Das Werden des jungen Leiters

Ein Gegenwartsroman

Büchergilde Gutenberg

Klaus-Peter Wolf

Das Werden des jungen Leiters

Der Titel wurde dem Autor von
Armund Reich geschenkt.
Gestaltung Heinrich Thomas, Heidesheim
Satz Jung SatzCentrum, Lahnau
Druck Union Druckerei GmbH, Frankfurt am Main
Bindung Osswald & Co., Neustadt/Weinstraße
Printed in Germany 1986 ISBN 3 7632 3231 1

Inhalt

Jörg Staute erkennt, daß seine Sekretärin ihn schon seit Jahren liebt

Auch ein kleiner Angestellter kann zwei Meter groß sein. Jörg Staute war exakt zwei Meter groß. Nicht einsachtundneunzig wie die meisten Riesen. Als Verwaltungsangestellter in einem durchschnittlichen Büro fühlte Jörg Staute sich gezwungen, Schlips und Anzug zu tragen. Er wirkte darin wie ein rosa angestrichenes Schlachtschiff in Manöverzustand.

Er gab sich Mühe, doch die widerspenstigen Haare konnte er auch mit Fett und einer Drahtbürste nicht in eine akzeptable Form bringen.

Groß und breitschultrig, wie er war, wirkte er inmitten der zarten Büromöbel etwas deplaziert.

Immerhin brachte ihm der außergewöhnliche Körperbau so viel Respekt ein, daß nur hinter vorgehaltener Hand über ihn gelacht wurde.

In den Träumen seiner Sekretärin nahm er einen festen Platz ein, gleich neben Charles Bronson und Marty Feldman.

Jörgs Frau Annie packte ihrem Mann täglich eine vitamin- und kalorienreiche Mahlzeit in den schwarzen Aktenkoffer: Tomaten, mehrere panierte Koteletts, Schwarzbrot mit Leberwurst oder Käse und diverses Obst. Die obligatorische Flasche Bier zum Essen holte Jörg Staute sich auf dem Weg vom Parkplatz zum Büro an einem Kiosk. Das von seiner Sekretärin liebevoll gespülte Wasserglas blieb jedoch stets leer, denn Jörg Staute trank Bier aus der Flasche.

Sie hatte ihm dieses Glas zum achtunddreißigsten Geburtstag geschenkt. Eine Anspielung, die Jörg Staute mühelos übersah.

Die anderen Angestellten tranken ihren Kaffee aus Tassen, ihre Milch aus Gläsern und ihr Bier nach Dienstschluß. Da dieses Glas ihn aber täglich blankgewienert anlächelte, pflegte Jörg Staute darin seine abgeknabberten Kotelettknochen zu deponieren.

Die Sekretärin, die auf den zarten Namen Melanie hörte, ließ die Knochen allabendlich in einer Plastiktüte verschwinden und ging dann mit dem fettigen Glas zur Toilette, um mit einem sauberen Glas zurückzukommen.

Jörg Staute brauchte fast zwei Jahre, um herauszufinden, daß die blonde Melanie gar keinen Hund besaß, und das kam so: Eines Morgens packte der smarte Riese sein Pausenbrot aus dem Aktenkoffer und stellte erstaunt fest, daß seine Frau ihm keine panierten Koteletts eingepackt hatte, sondern ein kaltes, gutgewürztes halbes Hähnchen. Und da Jörg Staute ein sentimentaler Mensch war, versank er in tiefe Meditation über die unmenschliche Aufzucht von Hühnern und deren Haltung in Legefarmen, bevor er seine Zähne in das nicht mehr ganz weiße, aber zarte Fleisch grub.

Da seine Zähne durchaus zu der Gesamterscheinung paßten, erwischte Melanie sich bei dem unseriösen Gedanken: ›Der könnte mit seinen Beißern einer Bulldogge die Knochen verkauen.‹

Wie immer landeten die Essensreste in dem bekannten Glas. Als gegen Büroschluß die lächelnde Melanie mit ihrer Plastiktüte anschwebte, wies Jörg sie streng, aber freundlich darauf hin, daß man Hähnchenknochen besser nicht an Hunde verfüttert, worauf Melanie leicht errötend gestand: »Aber ich habe doch gar keinen Hund.«

Nicht ohne Erstaunen fragte Jörg: »Aber was zum Teufel machen Sie dann mit den Knochen?«

»Ich werfe sie in die Mülltonne!« triumphierte Melanie.

So erkannte Jörg Staute, daß seine zwar hübsche, aber unauffällige Sekretärin seit Jahren unsterblich in ihn verliebt war.

Jörg lernt seinen Chef kennen

Die Büroarbeit für die Kaufhauskette Dagobert reizte Jörg Staute nicht gerade zu geistigen Höhenflügen. So beschäftigte er sich nebenbei mit zwei Dingen: Basketball und neuen Werbekonzeptionen.
Mit der richtigen Werbung kann man alles verkaufen, das wußte Jörg Staute. Das faszinierte ihn. Vor ein paar Jahren – gut, damals war er noch ganz schön unerfahren – hatte er allen Ernstes daran gedacht, so etwas wie Trikotwerbung am Altar einzuführen, mit Sprüchen auf dem Talar wie ›Saubere Herzen in sauberen Hemden – Pril, ein Produkt der Henkel-Gruppe‹. Der Pastor hatte ihn allerdings hinausgeworfen, als er mit dem Vorschlag kam, und ihn obendrein noch mit einer Glosse in seinem Kirchenblättchen lächerlich gemacht.
Vor Scham und Wut war Jörg sofort aus der Kirche ausgetreten. Er sparte nun jeden Monat 39 DM Kirchensteuer und war im tiefsten Inneren noch immer davon überzeugt, daß die Kirche auf diese Steuern auch locker verzichten könnte, wenn sie nur ansatzweise ihre Möglichkeiten auf dem Werbemarkt entdeckte.
An diese Geschichte wollte er nicht gern erinnert werden, als er an diesem denkwürdigen Abend seine Sekretärin, die Wasserstoffblondine Melanie, zum Essen ausführte.
Er hatte das feinste und natürlich auch teuerste Lokal der Stadt gewählt: das *Excelsior.*
Hier kostete ein Bier so viel wie anderswo ein zünftiges

Abendessen. Also genau die Atmosphäre, in der sich ein Typ wie Jörg Staute bei seinem ersten Annäherungsversuch ins rechte Licht setzen konnte.
Alles lief gut an. Er hatte sich die widerspenstigen Haare gewaschen und eventuell auftretende Achselnässe mit einem Deospray bekämpft. Seine treusorgende Ehefrau hatte an diesem Abend Besuch von ihrer Tante Frieda und rechnete folglich ohnehin nicht mit Jörgs Erscheinen, denn der liebte Tante Frieda ebensosehr wie seine Zahnschmerzen. Die Abneigung beruhte auf Gegenseitigkeit.
Ein Tisch war reserviert, die Fingernägel geschnitten und gesäubert, die Schuhe blank wie immer.
Melanie war auch soweit startklar, nur die verdammten Stöckelschuhe drückten. Aber zu dem langen Kleid konnte sie unmöglich die bequemen Wanderschuhe tragen. Sie zog sich dreimal um. Das kurze rote Kleid mit der weißen Bluse erschien ihr nicht angemessen, die hauchdünne, durchsichtige schwarze Nylonbluse mit der schwarzen Hose und den engen Stiefeln waren wohl doch zu gewagt für den ersten Abend, und ihr hübsches Theaterkostüm hatte leider einen Rotweinfleck, der in der Reinigung nicht rausgegangen war.
Schon im Flur schoß es ihr plötzlich durch den Kopf: die Wäsche!
Sie spurtete die Treppe wieder hoch, rannte ins Badezimmer und nahm die noch nicht ganz trockene Wäsche von der Leine. Sie stopfte sie zurück in die Waschmaschine.
Nicht auszudenken, dachte sie, wenn Jörg sich entschließt, mit mir noch einen Tee in meiner Wohnung zu trinken? Wie entsetzt wäre er, im Badezimmer über der Wanne auf der Leine meine Höschen und BHs zu sehen! Schließlich sollte er sie nicht für eine Schlampe halten!

Das Farbfoto von ihrem Verflossenen legte sie vorsichtshalber in den Wäscheschrank hinter die Handtücher. Jörg sollte keinen Grund zur Eifersucht haben. Den Zeitungsausschnitt aus dem Kirchenblatt: ›Bald schon Litfaßsäulen am Altar? Die Werbegags des Jörg Staute‹ ließ sie über ihrem französischen Bett hängen. Für sie war Jörgs Idee gar nicht lächerlich gewesen, und er sollte das wissen! Im Hinausgehen pfiff sie dann den Song:

Charlie, zünd die Kerzen an,
heute kommt ein großer Mann,
der etwas verlangen kann.

Sie wollten sich in einem Café treffen und von dort aus ins *Excelsior* fahren. Jörg wischte sich zum dritten Mal die schwitzigen Finger an den Hosenbeinen ab, als endlich eine Blondine ins Café kam, die aber leider nicht Melanie war.
Um sich abzulenken, griff er sich eine Illustrierte und blätterte. Auf Seite 3 sah er ihn: William Schmidt-Rudolf. Seit fast zehn Jahren für die Boulevardpresse 49 Jahre alt, Zigarrenraucher und Aufsichtsratsvorsitzender der Kaufhauskette Dagobert. 23 Kaufhäuser in der BRD, 84 in den USA, 2 in Luxemburg, 14 in Belgien. Chef des Imperiums, bei dem Jörg Staute als Angestellter versauerte. Jörg prägte sich dieses Bild genau ein. So sehen sie also aus, die Erfolgreichen dieser Welt.
Trotzdem, Zigarrenraucher würde er nie werden! Nicht er, der aktive Basketballer.
Melanie schwebte auf ihn zu und lächelte ihr Zahnpastalächeln. Sie bestellten zwei Irish Coffee, ließen sie kaltwerden, bezahlten (das heißt, Jörg Staute bezahlte) und stiegen in ein Taxi zum *Excelsior.* Sie stiegen beide hinten ein, drückten sich dabei wie unabsichtlich aneinander und lachten.

»Sie sehen zauberhaft aus!« sagte Jörg, ohne rot zu werden. Melanie atmete tief durch. Sie genoß diesen Satz wie ein Stück Erdbeertorte.
Vor dem *Excelsior* riß ein Hoteldiener die Taxitür auf und half Melanie und Jörg aus dem Auto. Die Tür der Eingangshalle öffnete sich automatisch. Während Jörg noch die großen Spiegel bewunderte, pellte ihn schon jemand von hinten aus dem Mantel. Ein Empfangskellner führte sie zu dem reservierten Tisch nahe am offenen Kamin. Schon bei der Weinprobe legte sich ein seltsamer Glanz über Melanies Augen.
›Ob sie wohl die Pille nimmt?‹ dachte Jörg. Aber natürlich, eine Frau wie sie, hübsch, alleinstehend...
Sie legte ihre Hand in seine.
Jörg wollte gerade loslegen und ihr all den üblichen Stuß erzählen, daß seine Frau ihn nicht versteht, gefühlskalt ist, nicht mehr mit ihm schläft, einen anderen Mann hat und – natürlich, daß er sich scheiden lassen will.
Zum Glück kam die Speisekarte dazwischen.
Jörg stellte selbstsicher das Menü zusammen. Es hörte sich vielleicht etwas abenteuerlich an, paßte aber besser zueinander als man denkt: französische Zwiebelsuppe, einen Sherry dry, Weinbergschnecken in Knoblauchsoße, einen Cream Sherry, Chateaubriand und zum Abschluß Schildkrötensuppe, die wie warme Pisse schmeckte, aber sie hatten beide noch nie Schildkrötensuppe gegessen. Darum versicherten sie sich gegenseitig, das kleine Silberlöffelchen angewidert in den Mund schiebend, das sei mit Sicherheit die beste Schildkrötensuppe ihres Lebens. Jörg brachte sie gleich zur Toilette. Diese Toilette war eine Beschreibung wert. Grüne Kacheln mit braunen Ornamenten bis zur Decke, ein Duft wie in einer Gärtnerei, Intimbeleuchtung, Lichtschranken, Wasserspülung wie von Geisterhand.

Da hörte Jörg Staute, mit offener Hose am Becken stehend, plötzlich eine Stimme.
»Verfluchter Mist, die Tür klemmt.«
Jörg sah sich um. Jemand hämmerte wütend gegen eine Toilettentür.
»Kann ich Ihnen behilflich sein?« fragte Jörg.
»Schlagen Sie die Tür ein, Mensch!« donnerte die Antwort.
Jörg brachte seine Hose in Ordnung und sagte dann: »Moment, ich hole einen Kellner.«
»Sie sollen die Tür einschlagen, verdammt!«
Kein Zweifel, der Eingesperrte war betrunken.
Jörg rief einen Kellner, erklärte die Situation und ging zu Melanie zurück. Sie suchte gerade einen neuen Wein aus.
Die Kellner gerieten nun in sichtliche Aufregung. Sie schwirrten wie aufgescheuchte Hühner um die Luxustoilette herum. Ein etwas verstört dreinblickender Kellner tauchte händeringend vor Jörg auf und stammelte: »Könnten Sie bitte mal, würde es Ihnen vielleicht etwas ausmachen, wenn ... die Anwesenheit der Dame ...«
Jörg stand auf und ging zur Toilette. Zwei spanische Kellner knieten vor der bewußten Tür und hantierten daran sinnlos herum. Dahinter war ein zufriedenes Schnarchen zu hören.
»Ich glaube, Ihr Freund ist eingeschlafen.«
»Das ist nicht mein Freund, ich weiß gar nicht, wer dort eingesperrt ist«, fauchte Jörg, dem die Sache langsam zu bunt wurde.
Um einen Schlußstrich zu ziehen, entledigte er sich seiner Jacke, knöpfte das zu enge Hemd auf, holte tief Luft und stellte mit einem einzigen Fußtritt seine Überlegenheit unter Beweis.
Der Krach ließ zwar die Kellner zusammenzucken,

weckte aber nicht den mit heruntergelassener Hose auf der Toilettenschüssel eingeschlafenen William Schmidt-Rudolf. Jörg erkannte ihn nicht gleich. Doch als er ihn erkannte, wurde er sich schlagartig seiner Verantwortung bewußt. Das Image einer ganzen Kaufhauskette stand auf dem Spiel. Die Zeitungen durften nichts davon erfahren. Negativwerbung war eine schlimme Sache, das wußte der Hobbywerbekonzeptionsentwerfer Jörg Staute nur zu gut. Frisch nach dem Motto: Nur keine Zeugen! warf er erst mal die Kellner raus.

»Nun gehen Sie schon. Ich kümmere mich um meinen Freund. Gehen Sie.«

»Aber ich denke, das ist nicht Ihr Freund.«

»Natürlich ist das mein Freund!«

»Aber Sie haben doch gesagt . . .«

»Hauen Sie endlich ab, Mann!«

Manchmal zeigte Jörgs Herkulesstatur eben doch die richtige Wirkung und klärte Diskussionen ohne lange Gedankenanstrengungen.

Während Jörg den Aufsichtsratsvorsitzenden und Geschäftsführer einer internationalen Kaufhauskette anzog, langweilte Melanie sich über einem Glas Wein.

William Schmidt-Rudolf rülpste geradlinig in Jörgs Gesicht. Auch er hatte Schnecken in Knoblauchsoße gegessen. Der säuerliche Nebengeruch ließ auf ein Magenleiden schließen.

»Herr Schmidt-Rudolf – ist Ihnen nicht gut? Soll ich Sie in Ihr Hotel bringen?«

»Hotel? Was für 'n Hotel denn?«

»Aber Sie müssen doch irgendwo wohnen.«

»Nee, zu dem Biest geh' ich nicht zurück. Eine Klapperschlange ist das, eine mexikanische Klapperschlange. Pssst. Psssst!«

»Nicht so laut.«

»Du kannst ruhig William zu mir sagen.«
Zunächst glaubte Melanie, daß jetzt der Wein seine Wirkung tue, als sie Jörg hemdsärmlig mit einem volltrunkenen Greis im Türrahmen stehen sah, dann half sie mit, den Greis an ihren Tisch zu setzen. Er griff sich gleich die Weinflasche und setzte sie an.
»Zahlen!« rief Jörg.
»Kommt gar nicht in Frage, ich zahle!« brummte William Schmidt-Rudolf und warf seine Brieftasche auf den Tisch.
Dezent legte der Kellner die Rechnungen auf ein Silbertablett. 326,80 DM für Jörg und Melanie und 272,50 DM für William. Aus Williams Brieftasche zählte Jörg sechs Hunderter auf den Tisch und sagte: »Stimmt so.« Der Kellner rümpfte die Nase, nahm das Geld und drehte den seltsamen Gästen den Rücken zu.
Jörg ließ ein Taxi rufen.
»Was wollen Sie mit dem Kerl?« fragte Melanie verwirrt.
»Wollen Sie den etwa mitnehmen?«
»Das ist William Schmidt-Rudolf.«
»Wer ist das?«
»William Schmidt-Rudolf.«
Und wieder stieg Jörg Staute im Ansehen seiner Sekretärin um einige Treppen höher, denn daß er so reiche und berühmte Bekannte hatte, machte ihn noch interessanter.
Das Wort Scheißhausbekanntschaften ging Jörg Staute nicht aus dem Kopf.

Eine Nacht mit Melanie

Im Taxi hing William Schmidt-Rudolf zwischen Melanie und Jörg. Rülpste, schnarchte und stank nach einer Mischung aus Jauche und Bier.
»Wir bringen ihn zu dir«, entschied Jörg.
Melanie nickte, stolz über so viel Ehre und war froh, die Wäsche im Badezimmer abgehängt zu haben.
Mühelos schleppte Jörg den Großaktionär die Treppen hoch in Melanies Wohnung.
»Wohin mit ihm?«
»Wie wohin?«
»Er muß irgendwo seinen Rausch ausschlafen. Wir haben eine große Verantwortung. Es darf keinen öffentlichen Skandal geben. Betrunkene Schauspieler und vollgekiffte Rockstars, das geht. Aber einen bekotzten und lallenden Bundeskanzler oder Kaufhauskettenchef, den muß man vor der Öffentlichkeit verstecken.«
Melanie war sofort Jörgs Meinung. Die würden vielleicht gucken, im Büro, wenn sie wüßten, daß bei ihr der große William Schmidt-Rudolf im französischen Bett lag!
Jörg bettete den Kaufhauskönig sanft und schloß dann die Schlafzimmertür leise.
Nun muß man wissen, daß Melanies Wohnung aus dem Schlafzimmer, der Toilette und der Wohnküche bestand. In diese Wohnküche, die von dem riesigen Kühlschrank dominiert wurde, zogen sich Melanie und Jörg zurück.
»Das gibt bestimmt eine Gehaltserhöhung!« orakelte Melanie und fischte zwei Dosen Bier aus dem Kühlschrank. Dann hockte sie sich mit Jörg hinter die Eckbank, und sie hielten dort Händchen.
»Es ist wohl besser, wenn ich die Nacht hier verbringe und aufpasse, daß William keine Dummheiten macht.«
Melanie nickte. Sie hatte ohnehin eingeplant, daß ihr

Schwarm, Jörg, die Nacht in ihren vier Wänden und in ihren zwei Armen ...

Aber sie hatte nicht einplanen können, daß William Schmidt-Rudolf ...

»Wo sollen wir denn schlafen?« fragte sie naiv und wurde dann sofort rot. Sie versuchte gleich, ihren kompromittierenden Satz zu relativieren und stotterte: »Ich meine ... wo Sie ... äh du ... Ich habe so eine kleine Wohnung. Uns bleibt nur die Küche und das Bad.«

»Dann schon besser die Küche.«

Jörgs Hände waren groß und kräftig. Groß genug, um mit einer Hand ihre beiden Knie gleichzeitig zu streicheln, während in der anderen eine Bierdose verschwand.

Sie knutschten ein bißchen; zwischendurch gingen sie abwechselnd vor die Schlafzimmertür und lauschten, ob William Schmidt-Rudolf noch nicht erwacht war. Und als Jörg mit dem beginnen wollte, wovon Melanie schon so lange träumte, raunte sie ängstlich in sein Ohr: »Aber was, wenn jetzt William Schmidt-Rudolf wach wird? Was soll er von uns denken? Ich bin doch nicht sooo eine! Und du bist schließlich verheiratet.«

Jörg Staute gab sich sofort geschlagen. Die Sache war ihm ohnehin nicht geheuer. Er hatte oft von Kollegen gehört, daß sie ihre Sekretärin im Büro ...; aber er hatte nie besonderen Spaß an solchen Dingen gefunden. Er liebte seine Frau freitags abends nach dem Spätkrimi im Bett, wie es sich gehörte, es sei denn, samstags war ein Basketballspiel, dann ruhte er sich freitags aus, und sie machten es samstags nach dem Spiel, obwohl er dann manchmal ziemlich kaputt war. Aber niemand sollte sagen können, daß er seine Annie vernachlässigte. Sie hatte sich auch nie beschwert.

Jörg und Melanie rissen noch zwei Dosen Bier auf und pflanzten sich in die Sitzecke. Jörg war zwar ein aufre-

gender Mann, doch der Tag war trotzdem anstrengend genug, um Melanie einschlafen zu lassen. Sie machte es sich auf der Sitzbank bequem, das heißt, sie legte ihren Kopf auf Jörgs Beine, formte ihren Körper wie ein Fragezeichen und begann dann sehr leise zu schnarchen. Fast klang es wie das Schnurren einer Katze. Nur für Jörg Staute war die Stellung reichlich unbequem. Er konnte sich nicht quer über die Sitzecke legen. Er konnte nicht einmal seine Beine bewegen, wenn er Melanie nicht wecken wollte. Ihm blieb nichts anderes übrig, als die Ellbogen auf den Tisch zu stützen, den Kopf in die Handflächen zu schließen und Schäfchen zu zählen.
So hatte er sich die erste Nacht mit Melanie nicht vorgestellt.

Jörg ist ein Genie!

Jörg Staute erwachte, als Melanie mit einem scheppernden Geräusch von seinen Knien und der Sitzbank rollte und die Tischdecke samt Bierdosen dabei mitnahm.
Sie lag nun unter dem Tisch und wurde ebenfalls wach.
Jörgs Arme schmerzten, und der Nacken fühlte sich an, als hätten sich ein paar seiner starken Muskeln verhärtet. Er dachte schon mit Schrecken an das Basketballspiel nächsten Freitag. Er mußte unbedingt in Form sein und konnte unmöglich mit steifem Hals . . .
Melanie – noch im Tran – wollte sich aufrichten und knallte dabei mit dem Hinterkopf unter die Tischplatte. Der Tisch tat einen Satz und Melanie lag wieder auf dem Pegulanfußboden.
Eine noch halbvolle Dose Bier rollte in die Ecke und zog eine Lache hinter sich her, was Melanie mit einem schlichten: »Oh, Scheiße!« kommentierte. Jörg stand auf

und stellte sich in die Mitte des Raumes, um seine müden Knochen kräftig durchzubiegen. Melanie kroch unter dem Tisch vor und sah ihr Idol an. Die Nacht hatte ihn etwas zerknittert, doch er sah immer noch zum Verlieben aus. Zu gern hätte sie ihm einen Guten-Morgen-Kuß auf die Lippen gedrückt, doch im letzten Augenblick erinnerte sie sich daran, daß sie sich die Zähne noch nicht geputzt hatte, und jetzt befürchtete sie, ihr Mundgeruch könne abstoßend auf ihn wirken. Sie huschte also rasch ins Badezimmer, um das Versäumte nachzuholen und ihr Gesicht zu verjüngen.
Jörg sammelte in der Zeit die Bierdosen auf und bemühte sich dann, ungebeten und ungeschickt, den Frühstückstisch zu decken und für frischen Kaffee zu sorgen. Teller und Tassen fand er und baute sie für drei Personen auf den Tisch. Mit der Kaffeemaschine kam er aber nicht klar. Zu Hause machte das Annie, im Büro Melanie. Er hatte also nie im Leben eine Chance gehabt, so etwas wirklich zu lernen. Er fand die Filtertüten nicht, wußte aber, daß Papier in diesen Trichter gehörte. Er versuchte es mit seinem Taschentuch. Doch Melanie schaffte ihr Make-up heute in Rekordzeit und konnte das Schlimmste verhindern. Kaum war der Kaffee auf genießbare Weise aufgebrüht und die ersten Toasts flogen hoch, da knarrte die Tür zum Schlafzimmer. Eine Hand wurde sichtbar, die sich um die Türfassung krallte und den restlichen Körper hinter sich herschleppte. Dann stand er voll sichtbar im Rahmen.
William Schmidt-Rudolf. Strubbelig, zerfurchtes Gesicht, offener Hosenschlitz, knubbeliges Hemd, schwarzer Rand am Kragen, nur einen Schuh an, noch weich in den Knien und mit einem waffenscheinpflichtigen Mundgeruch. Er sah aus, als würde er jeden Moment wieder zusammenbrechen. Doch William Schmidt-Ru-

dolf war frischer, als er aussah. Er hatte bereits den Zeitungsartikel gelesen, der über Melanies Bett hing, und dieser Artikel hatte ihn in eine seltsame Stimmung gebracht. Er wollte jetzt drei Dinge am liebsten gleichzeitig: ein Aspirin gegen den Kater, eine Tasse Kaffee gegen den schlechten Geschmack im Hals und zum Frischwerden, und außerdem wollte er noch diesen Jörg Staute kennenlernen.
Er war sich nicht ganz sicher, ob er vor ihm stand oder nicht. Deshalb hielt er sich mit einer Hand an der Tür fest und zeigte mit der anderen Hand auf Jörg Staute und grummelte: »Sind Sie der Teufelskerl?«
Jörg war erschrocken und überrascht. Er stotterte.
»W... w... was meinen Sie, Herr Schmidt-Rudolf?«
»Nennen Sie mich Sir!« verlangte William rigoros.
»Ich, ich weiß nicht, was Sie meinen, Sir.«
»Sind Sie der Knabe, der die Trikotwerbung für Pastoren eingeführt hat? Sie wissen schon, was ich meine! SAUBERE HERZEN IN SAUBEREN HEMDEN – PRIL, EIN PRODUKT DER HENKEL-GRUPPE! Litfaßsäulenwerbung am Altar und all den Schnick-Schnack!«
Jörg schämte sich sofort. Melanie sah betreten auf den Fußboden. Das würde Jörg ihr nie verzeihen, sie hatte den Zeitungsartikel hängen lassen. Jetzt wußte der große William Schmidt-Rudolf alles. Er würde Jörg feuern. Und Jörg würde sie nur noch mit Verachtung strafen. Sie spürte die ersten Tränen kommen.
Doch Jörg ließ seine feste Stimme – gefüllt mit dem Bekennermut der frühen Christen – ertönen: »Ja, ich bin der Clown. Ich habe Werbekonzeptionen entwickelt, die die gesamte Branche revolutionieren könnten, aber ich bin zwanzig Jahre zu früh damit aufgetreten.«
»Zu früh? Zu früh? Junger Mann«, holte William Schmidt-Rudolf aus, »entweder, man ist zu früh dran

oder zu spät. Wenn man zu spät dran ist, dann hat man schlicht und einfach verloren. Wenn man aber zu früh dran ist, dann war man schneller als andere und besser, dann braucht man Durchsetzungsvermögen, um seine Idee mit aller power...« Er hatte noch viel zu erzählen, doch sein Kreislauf spielte nicht mit, und die Kniekehlen gaben nach.
Sofort war Jörg bei ihm und packte ihn unter den Achseln. Melanie rückte den Tisch zurecht. Jörg schob William Schmidt-Rudolf hinter den Tisch auf die Eckbank und paßte auf, daß er nicht umfiel. Melanie servierte den Kaffee.
Die Männer tranken ihn mit viel Milch und Zucker. Melanie – wegen der schlanken Linie – schwarz.
Sie schlürften den heißen Kaffee, dann kratzte William Schmidt-Rudolf sich die Kopfhaut und suchte den verlorenen Gesprächsfaden.
»Also – was ich sagen wollte... diese aufgeblasenen Kerle bringen doch heute alle nichts mehr. Akademische Scheißer. Keine Praxis.«
Melanie nahm sich vor, zu den Ausführungen von William Schmidt-Rudolf zustimmend zu nicken. Dann – so dachte sie – könnte sie nichts falsch machen. Die Tassen waren schon leer, und sie goß nach.
Wieder kratzte William Schmidt-Rudolf sich die Kopfhaut. »Was wollte ich denn... also ja, kann ich noch ein bißchen Milch haben... Junge, Sie sind ein Genie!« Er sprang auf, beugte sich über den Tisch und küßte – plötzlich vital geworden – Jörg Stautes Stirn.
»Sie können sich nicht vorstellen, Junge, mit welchen Schwachköpfen ich mich den ganzen Tag über rumplage. Diese impotenten Werbeheinis! Denken in Sprechblasen wie Micky Maus. Zum Beispiel unsere Brötchen. Seit zwei Jahren sitzen sie an einer Werbekon-

zeption für unsere Brötchen. Seit der Zeit werden täglich einige Zentner davon zu Paniermehl verarbeitet, weil keiner Brötchen in unseren Kaufhäusern kauft...« Er biß genüßlich in den Toast, den er mit Honig bestrichen hatte. »Aber mal ehrlich, würden Sie im Kaufhaus Brötchen kaufen? Fabrikbrötchen?«
Jörg schüttelte energisch den Kopf, und Melanie, die erst versehentlich genickt hatte, tat jetzt auch ganz empört, als seien Kaufhausbrötchen wirklich das letzte.
»Warum stellen Sie die her und verkaufen die über Ihre Kaufhauskette?«
»Na, weil es was einbringt. Theoretisch. Ich kann sie für zwei Komma drei sechs Pfennig kaufen und für zwanzig verkaufen und bin damit immer noch fünf Pfennig billiger als die Konkurrenz. Also – als der nächste Bäckerladen.«
Wieder nickten sie fleißig.
»Ein Gewinn von fast tausend Prozent!«
»Ist doch großartig!« freute sich Melanie und klatschte in die Hände.
»Eben nicht.«
»Warum nicht?«
»Na, weil sie keiner kauft.«
»Warum nicht?«
»Na, weil sie nicht schmecken!« Langsam gingen Melanies Fragen ihm auf die Nerven.
»Falsch«, sagte Jörg.
Melanie erschrak. Jörg widersprach dem großen William Schmidt-Rudolf. Energisch sogar und in unflätigem Ton, wie sie fand.
Jörg führte aus: »Die Leute kaufen die Brötchen nicht, weil sie falsch beworben werden. Der Geschmack spielt gar keine Rolle. Schmeckt Ihnen etwa Ihre Zigarre? Können Sie mir doch nicht erzählen! Oder schmeckt den

Amerikanern das Kaugummi? Alles nur Blödsinn. Auf die richtige Vermarktung kommt es an! Auf sonst gar nichts.«

Wieder erhob sich William Schmidt-Rudolf von seinem Platz, nahm Jörg Stautes Kopf in beide Hände und küßte ihn auf die Stirn.

Nachdem er sich wieder gesetzt und Kaffee geschlürft hatte, bekundete er: »Das predige ich seit Jahren. Wir haben natürlich auch einen Slogan für unsere Brötchen. Von meinem eigenen Werbebüro entwickelt, in allen großen Illustrierten ganzseitig verkündet. Hat mich Hunderttausende gekostet. Hunderttausende! Danach stieg auch der Verkauf für eine Woche sprunghaft, aber dann – wie abgerissen.«

»Dann war der Slogan falsch!« behauptete Jörg frech, und wieder fürchtete Melanie, daß er sich um Kopf und Kragen redete.

»Falsch?«

»Na klar.«

»Er war – warten Sie mal – er war . . . ›Dagoberts Brötchen frisch und knackig‹.«

Jörg Staute schlug sich mit seiner gewaltigen rechten Faust in die Handfläche der linken.

»Da haben wir es. Falsch. Völlig falsch. Sie haben in den Leuten Erwartungen geweckt, die die schlechten Brötchen nicht erfüllen konnten. Sie waren doch schlecht – oder?«

»Miserabel.«

»Sehen Sie. Und es kommt darauf an, Erwartungen zu wecken, die die Brötchen dann auch erfüllen. So gewinnt man Dauerkunden.«

William Schmidt-Rudolf nickte nachdenklich.

»Aber meine Brötchen können keine Erwartungen erfüllen. Sie sind schlecht.«

Melanie mischte sich ein. »Vielleicht könnte man ja bessere Brötchen herstellen lassen, und dann ...«
»Dann stimmt die Gewinnspanne nicht mehr«, fuhr William Schmidt-Rudolf dazwischen. »Außerdem«, erklärte er, »ist es doch klar, daß die Produktion von guten Brötchen teurer ist als die von schlechten.«
Melanie nickte verständnisvoll und Jörg setzte nach: »Und das Geld kann man besser in die Werbung stecken. Gute Produkte, die keiner bewirbt, sind von vornherein erledigt.«
Sie schwiegen eine Weile betreten, dachten nach und kauten Toast. Dann fühlte Jörg sich veranlaßt, noch einen Satz zu äußern: »Außerdem kann jeder gute Produkte verkaufen. Die wahre Kunst aber besteht darin, schlechte Waren zu verkaufen.«
Da stimmte William Schmidt-Rudolf zu.
»Welche Erwartungen können denn schlechte Brötchen erfüllen?« fragte Melanie naiv. »Ich zum Beispiel ...«
»Ich hab's!« brüllte Jörg, wuchtete seinen massigen Körper hoch, stellte sich in die Mitte des kleinen Zimmers und sang fast: »Dagoberts Brötchen, weil uns die Gesundheit etwas wert ist! – oder nein, noch besser: weil die Gesundheit unser höchstes Gut ist!«
»Wieso Gesundheit? Sind die Brötchen denn gesund?« fragte Melanie.
William Schmidt-Rudolf klatschte vor Freude in die Hände. »Das ist es! So verkauft man Brötchen. So werden keine Erwartungen enttäuscht. Niemand wird erwarten, daß gesunde Kost gut schmeckt. Aber niemand ist enttäuscht, wenn er meine Brötchen ißt und sein Schnupfen nicht gleich weg ist. Sie sind ein Genie!«
Jörg setzte sich wieder. Er strahlte übers ganze Gesicht. Endlich hatte er jemanden gefunden, der wie er wirklich etwas von Werbung verstand.

Jörg träufelte Honig auf einen Toast und schob sich dann das Brotstück ganz in den Mund. Er kaute mit geschlossenen Augen.
William Schmidt-Rudolf war ein Mann von schnellen Entschlüssen. Er war von Geburt eine Art deutscher Amerikaner und daher ziemlich geradeheraus.
»Ich weiß nicht, was Sie bisher verdient haben, ich weiß nicht, wo Sie arbeiten. Aber ich biete Ihnen das Doppelte Ihres bisherigen Gehalts. Kündigen Sie sofort fristlos Ihrem Arbeitgeber. Ab heute arbeiten Sie für mich. Sie werden Chef meiner Presse- und Werbeabteilung.«
Jörg Staute verschluckte sich an seinem Toast. Er bekam einen Hustenkrampf, und Melanie trommelte auf seinem breiten Kreuz herum, damit er wieder Luft bekam.
»Was ist so schlimm an meinem Angebot? Ich will Sie nicht überfahren. Aber sagen Sie mir klar heraus, was Sie wollen. Mehr Macht oder mehr Geld? Oder beides? Oder haben Sie Angst, Ihr Arbeitgeber läßt Sie nicht aus dem Vertrag? Wer verliert schon gerne einen Mann, wie Sie einer sind? Aber keine Angst. Unsere Rechtsanwälte übernehmen das schon. Ich zahle auch eine Ablösesumme, wenn es nötig ist.«
»A... aber.. ich... ich bin doch Ihr Angestellter!« hustete Jörg.
»Was? Sie sind mein Angestellter? Das darf doch nicht wahr sein. Wo arbeiten Sie?«
»In der... in der Buchhaltung.«
»Buchhaltung?!« spottete William Schmidt-Rudolf.
»Buchhaltung?! Ich hör' wohl nicht recht. Ich werde meinen Personalchef feuern. Die taube Nuß hat Ihre Talente nicht erkannt. Eine ganz besondere Arschgeige ist das! Der stellt die Sekretärinnen und Verkäuferinnen nur nach der Größe ihrer Titten an. Entschuldigen Sie bitte den Ausdruck, junge Frau.«

Der Werbegraf und sein Assistent

Der gefürchtete Chef sämtlicher Werbebüros und Planungsgruppen des Kaufhauskonzerns Dagobert hieß angeblich Graf Paul von Hódmezövázárhely. Er gab an, ein gebürtiger Ungar zu sein, der durch den ›Terror der Roten Horden‹ nicht nur Land und Hof verloren habe, sondern auch daran gehindert worden sei, seinen Adelstitel zu tragen. Das war Grund genug für ihn, das Land zu verlassen (Frau und Kinder natürlich auch) und mit seiner Geliebten – einer Opernsängerin – in den Westen zu gehen. In Ungarn hatte er seinen Adelstitel verloren, doch hier verlor er seinen Namen, denn er war so unaussprechlich und er mußte ihn so oft bei Behörden buchstabieren, daß er sich zunächst Visitenkarten drucken ließ. Mit diesen Karten, auf denen zu lesen war: Graf von Hódmezövázárhely, UNTERNEHMENSBERATER und WERBEBERATER schindete er zwar viel Eindruck, doch nichtsdestotrotz nannten ihn seine Untergebenen hinter vorgehaltener Hand den ›dicken Pauli‹, denn er war klein und fett und trug außer weißen oder cremefarbigen Anzügen auch noch einen dicken schwarzen Schnurrbart. Er war ebenso gutmütig wie einfältig. Doch seiner bereits erwähnten ehemaligen Geliebten und jetzigen Frau verdankte er eine gnadenlose Karriere. Sie hatte – als Opernsängerin wenig erfolgreich – sich darauf beschränkt, ›in Budapescht einmal ganz groß‹ gewesen zu sein und jetzt alle einflußreichen Männer zu becircen – mit ihnen zu schlafen oder sie mit ihrem Mandelkuchen zu verwöhnen –, die der Karriere ihres Grafen nutzen konnten. Und da der Personalchef des Dagobert-Konzerns nicht nur auf Zigeunermusik und Opernstars stand, sondern vor allen Dingen keinen prall gefüllten BH übersah, hatte Madame Isolde – wie sie sich jetzt nannte – bei ihm ein leichtes Spiel. Sie verführte ihn, kurz nachdem sie sich vorgestellt worden waren, noch während einer Party. Von da an besuchte sie den Personalchef jeden Dienstag, meist am Spätnachmittag, wenn seine zwei Sekretärinnen schon frei hatten. Er schenkte ihr fast jedesmal neue Unterwäsche aus dem Angebot für gehobene Ansprüche. So kam es, daß sie manchmal davon sprach, sie gehe wieder ›Wäsche vorführen‹.

Nun, Graf Paul von Hódmezövázárhely wurde für ein Jahresgehalt von 100 000 DM plus 13 Prozent Mehrwertsteuer zum Chef sämtlicher Werbebüros des Konzerns. Das brachte ihm so etwa die doppelte Summe seines Gehalts an Schmiergeldern von Fotoagenturen, Schauspielervermittlungen und Druckereien ein. Die Schmiergelder für die Werbung in Zeitschriften und in den kommerziellen Fernsehsendungen überließ er seinem persönlichen Assistenten, Gerhardt Goldammer, von allen Goldie genannt. Denn Goldie war der einzige Mensch, der von der absoluten Unfähigkeit des Grafen wußte. Nur er konnte ihm gefährlich werden. Aber warum sollte er? Er kassierte den Löwenanteil der Schmiergelder, und Pauli hielt dafür den Kopf hin, denn wenn mal etwas auffliegen sollte, dann hatte Goldie eine reine Weste. Schließlich war er nur der persönliche Assistent vom Chef. Der Kaffeeholer und Terminenotierer.

Ein bißchen beneidete er den Grafen auch, denn der Graf war ein genialer Schauspieler. Er beherrschte zwar nur eine Rolle, doch die beherrschte er perfekt. Er spielte sie jeden Dienstag, meist am Spätnachmittag, wenn Madame Isolde Unterwäsche vorführte.

Das lief etwa so ab. Jedes Werbebüro schickte den Chef einer Planungskommission oder einer Projektarbeitsgemeinschaft zu dieser Besprechung. Einige flogen dafür aus den Vereinigten Staaten wöchentlich nach Frankfurt und von dort aus weiter nach Hamburg oder Köln, je nachdem, in welchem Kaufhaus der Kette der Graf die Konferenz abzuhalten beliebte. Es saßen dann etwa gegen 17 Uhr jeden Dienstag fünfundzwanzig hervorragend ausgebildete Akademiker um einen länglichen Tisch und warteten eine gute Stunde, bis der freie Platz am Kopf des Tisches vom Grafen besetzt wurde. Neben ihm nahm wie immer, mit seinem Aktenköfferchen bewaffnet, Goldie Platz.

Man vermutete allgemein, daß der Graf sehr lichtempfindlich war, denn er trug zu jeder Konferenz eine dicke schwarze Sonnenbrille. Außerhalb dieser Konferenzen wurde er allerdings nie damit gesehen. Er brauchte diese Brille nur als Requisit für seinen Auftritt.

Er stützte den Ellbogen des rechten Arms auf den Tisch, legte dann Daumen und Zeigefinger der rechten Hand an die Stirn und schwieg bedächtig.

Goldie gab mit einer Handbewegung zu verstehen, daß die Herren nun beginnen konnten. Jeder von ihnen trug, den Oberkörper nach vorn gebeugt, die Augen aufmerksam auf den Grafen gerichtet, sein Sprüchlein vor. Meist unterbrach der Graf den Redner zwischendurch mit folgender Geste: er nahm Daumen und Zeigefinger als Kopfstütze behutsam weg – manchmal befürchtete man, jetzt könne sein Kopf auf die Tischplatte fallen, doch das passierte nie. Dann nahm er das rechte Brillenglas vorsichtig zwischen Daumen und Zeigefinger und hob den Kopf. Jetzt konnte man annehmen, daß er seinen Blick auf den Redner richtete. Doch die dunklen Gläser ließen nicht erkennen, ob seine Augen Begeisterung zeigten oder kalte Ablehnung. Schon zu diesem Zeitpunkt verstummten die meisten Redner, trotzdem gab der Graf jedesmal den kurzen, aber inhaltsschweren Satz von sich: »Ruhe. Ich denke nach.«

Dann richtete er den Blick entweder ganz gegen die Decke oder runter auf die Tischplatte – in dieser Beziehung liebte er die Abwechslung und verblüffte seine Mitarbeiter immer wieder durch seinen Variationsreichtum. Mit Daumen und Zeigefinger der rechten Hand rieb er sich dann die Nasenwurzel und sah aus wie das Denkmal eines Mannes, der einen schwarzen Schnurrbart trägt und nachdenkt.
Er dachte natürlich nicht wirklich nach, er wartete nur auf Goldies Zeichen. Denn Goldie hatte in seinem Aktenköfferchen all die Firmen, die von Werbeaufträgen begünstigt werden sollten, weil sie entsprechende Schmiergelder zahlten. Goldie überprüfte also den jeweiligen Vorschlag des Werbefachmanns darauf, was er brachte. Wenn er die Summe angemessen fand, gab er das dem Grafen durch einen Tritt gegen das Schienbein zu verstehen. Wenn es zu wenig oder gar nichts einbrachte, trat er ihm auf die Zehen. Wenn der Graf das Signal erhalten hatte, stützte er den Kopf wieder leicht auf Daumen und Zeigefinger und sagte: »Fahren Sie fort.« Er wartete jetzt stets höflich ab, bis der Redner zum Schluß kam. Dann nahm er das rechte Brillenglas zwischen Daumen und Zeigefinger, tat, als werfe er einen flüchtigen Blick auf den Redner und hatte nur zwei Antworten. Entweder: »Blödsinn. Der nächste bitte.« Oder: »Interessant. Besprechen Sie alles Weitere mit meinem Assistenten.«
Einmal, als eine Werbeidee, der er zustimmte, ihm fast 350 000 DM brachte, ließ er sich sogar dazu hinreißen zu sagen: »Wie heißen Sie?« – »Professor Doktor Kovemich!« war die Antwort.
Der Graf nickte gewichtig und sprach: »Ihren Namen werde ich mir merken, Herr Professor.«
Seit dem Zeitpunkt hielt der Professor den Grafen für

seinen persönlichen Freund, und weil er ihn außerdem für ein Genie hielt, schlug er ihn für den Ehrendoktorhut seiner Universität vor. Er fand, ohne akademischen Titel könne der Graf nicht länger herumlaufen.
Der Graf bekam den Titel und das Angebot einer Gastprofessur obendrein. Er lehnte dankend ab, weil er überfüllte Hörsäle hasse.

Ein Personalchef bei der Arbeit

Der Unterwäschefetischist und Personalchef des Dagobertkonzerns hieß Gert Schnell. Er hatte nun an diesem denkwürdigen Tag von einer ganz besonders delikaten Sache Wind bekommen: Von den sogenannten »Quietschtitten«. Es gehörte nämlich zu den Besonderheiten der Kaufhauskette Dagobert, daß sie Spezialabteilungen mit sexuellen Ersatzteilen und Hilfsmitteln hatte. Dort gab es ein Rubbelfinger-Vibrator-Set mit und ohne Noppen, Lustmachertropfen, Sauigeleien auf Schallplatten und Kassetten, eine aufblasbare Spielgefährtin, elektrisch betriebenen Vaginaersatz, den man auch bei Bedarf an die Autobatterie anschließen konnte, und ähnliche unverzichtbare Utensilien. Diese Ecke in den Kaufhäusern wurde von den Angestellten scherzhaft »das Ersatzteillager« genannt. Geführt wurden diese Spezialabteilungen von jungen, drallen Damen, die der Personalchef nach seinen ureigenen Kriterien auswählte. Sie wechselten alle sechs Monate das Kaufhaus. Die Kette zahlte den Umzug und leistete es sich, die Mädchen samt ihren Möbeln zwischen Amerika und der Bundesrepublik hin- und herfliegen zu lassen. Das Höchstalter für sie war 28. Nun hatte es eine folgenschwere Wette zwischen Berthold Bräsig, dem Hersteller

der ›Ersatzteile‹, und Goldie, dem Assistenten des Werbechefs, gegeben.
Es ging bei der Wette darum, daß Berthold Bräsig behauptet hatte, für jedes menschliche Körperteil sei ein Ersatzteil vonnöten. Er könne sie alle herstellen, es käme dann nur noch darauf an, sie zu verkaufen. So kam im Zusammenspiel mit dem Chefeinkäufer der Kette folgendes heraus: Berthold Bräsig produzierte 100 000 ›Quietschtitten‹. Das heißt: Nachbildungen einer einzelnen weiblichen Brust. Sie waren aus hautfarbenem Gummi und quietschten, wenn man sie anfaßte.
Der Chefeinkäufer der Kaufhauskette, Heribert Haller, kaufte dem erfreuten Berthold Bräsig alle 100 000 ›Quietschtitten‹ ab und überließ es nun Goldie, für den Verkauf die richtige Werbung zu machen. Für den Konzern ging es bei dem Spiel um ein mögliches Verlustgeschäft von 500 000 DM, falls sich die Quietschtitten als unverkäuflich erwiesen. Aber was bedeutete das schon, wo doch die drei um eine Kiste besten Cognac gewettet hatten.
Als Gert Schnell vor wenigen Stunden, hinter vorgehaltener Hand, versteht sich, davon erfahren hatte, wußte er nicht, daß die Quietschtitten schon produziert waren und auf dem Weg zu den einzelnen Kaufhäusern. Deshalb entschied er sich, seiner Auffassung von Pflicht als Personalchef nachzukommen. Er machte es sich zur Aufgabe, die passende Vorlage für die herzustellende weibliche Brust zu finden. Er suchte das Modell mit sehr viel Energie, ja man kann fast sagen, mit Hingabe aus.
Zu diesem Zweck hatte er vierundzwanzig Damen zur Brustprobe eingeladen. Sie betraten einzeln sein Büro, und er begutachtete jedes mögliche Modell.
Niemand hatte ihn um diesen Job gebeten, aber wer, wenn nicht er, sollte ihn ausfüllen?

Als Jörg Staute und William Schmidt-Rudolf das Büro betraten, saß gerade eine rothaarige Dame nur mit einer engen Jeans bekleidet auf seinem Schreibtisch, und er machte die Geschmacksprobe.
Da er dabei die Augen geschlossen hielt, bemerkte er nicht, wer reinkam. Nur die rothaarige Dame war über diesen Überfall empört.
»Können Sie nicht draußen warten?« fauchte sie.
»Nein«, sagte William Schmidt-Rudolf.
Erschrocken öffnete Gert Schnell die Augen und erkannte seinen Chef. Sein Mund öffnete sich zu einem breiten Staunen. Jörg Staute sah betreten vor sich.
William Schmidt-Rudolf war kein Mann, der erst lange ausholen mußte, um zum Kern zu kommen. Er sagte es schlicht heraus, geradlinig und ohne sich von dem barbusigen Mädchen stören zu lassen.
»Das hier ist Jörg Staute. Er wird in Zukunft in meinen Werbebüros schalten und walten, wie es ihm beliebt. Er ist ein Genie. Seien Sie nett zu ihm. Sorgen Sie dafür, daß er eine Schreibkraft bekommt, eine Sekretärin, deren Titten ihm nicht dauernd vor der Nase rumbammeln, und dann setzen Sie diesen Grafen an die Luft. Diesen elenden Kretin.« Schon wollte William Schmidt-Rudolf wieder gehen, denn er hielt die Sache für erledigt, da fragte Gert Schnell: »Wie bitte?«
Gemächlich ging William Schmidt-Rudolf auf den Schreibtisch zu, stemmte beide Fäuste auf die Platte, baute sich gefährlich vor Gert Schnell auf und brüllte dann über den Kopf der Rothaarigen hinweg: »Kretin! Habe ich gesagt! Kretin!«
Dann drehte er sich um und schritt siegesbewußt zur Tür.
Die Rothaarige blickte den Personalchef an und fragte: »Was ist denn das, ein Kretin?«

Gert Schnell zuckte mit den Schultern.
Bevor die Tür ins Schloß knallte, drehte William sich noch einmal um seine eigene Achse und richtete den Zeigefinger des ausgestreckten rechten Arms auf Gert Schnell. Wie Schüsse aus einer imaginären Pistole peitschten die Worte den Zeigefinger entlang in Gert Schnells Gesicht: »Eine Arschgeige ist das! Eine Arschgeige!«
Jörg Staute lernte an diesem Morgen einiges über das Durchsetzungsvermögen von William Schmidt-Rudolf, und er lernte, daß ein rüder Ton durchaus einer Führungskraft von der Qualität Williams angemessen war. Nur die, die nicht mehr ganz unten und auch noch nicht ganz oben waren, sprachen geschraubt und verzweifelt ausgewählt. Die, die ganz oben waren, redeten schon wieder den proletarischen Slang, entweder aus Snobismus oder weil sie damit kokettierten, von ganz unten gekommen zu sein. Vom Tellerwäscher zum Millionär.
Jörg rätselte darüber nach, wie William zu seinem großen Vermögen gekommen sein könnte. Er nahm sich vor, ihn bald mal danach zu fragen. Außerdem, wenn jemand so reich war, warum arbeitete der dann? William hätte sich doch bequem mit einer Schar von Bediensteten auf eine Südseeinsel zurückziehen können, um sein Leben zu genießen. Was brachte ihn dazu, statt dessen über Werbekonzeptionen, die Brötchenpreise und Bilanzen nachzudenken?

Annie ist wütend

Jörg Stautes treusorgende Ehefrau Annie beseitigte mit dem roten Staubsauger, den sie zärtlich ›mein kleiner Vampir‹ nannte, die Krümelreste von Tante Friedas Besuch. Tante Frieda verließ ihre Zweizimmerwohnung in Wanne-Eickel nur, um einzukaufen oder Verwandte zu besuchen. Einmal monatlich kam sie zu Jörg und Annie. Das heißt, eigentlich kam sie zu Annie, denn Jörg hatte dann immer gerade eine unaufschiebbare geschäftliche Besprechung.
Aber diesmal war Jörg eine ganze Nacht weggeblieben. Annie konnte es sich nicht erklären. Und wenn sie sich hätte aussuchen dürfen, was ihr lieber gewesen wäre, ein Autounfall oder ein Seitensprung, sie hätte den Autounfall gewählt. Denn sie war glücklich mit ihrem Jörg. Besser, er lag sicher im Krankenhaus als in einem französischen Bett. Sie würde ihn lieber wieder von einer Krankenschwester mit Häubchen in Empfang nehmen als von einer Geliebten im Negligé.
Annie pfefferte den kleinen Vampir wütend in die Ecke. Sie stellte sich Frauenkörper vor. Fast all ihre Freundinnen waren einmal hinter Jörg hergewesen. Gepflegte Riesen waren eine Rarität. Sie hatte ihn sich geangelt, und sie wollte ihn auch behalten.
Annie kannte diese männerfressende Opernsängerin Isolde vom Hörensagen, und einige der schmalhüftigen jungen Mädchen aus Jörgs Büro hatte sie auch schon gesehen. Ein sauersüßes Grinsen huschte über ihr Gesicht.

Der ›Bleistift‹

Nun bekam Jörg Staute etwas, das William Schmidt-Rudolf ›den Bleistift‹ nannte. Wenn jemand den Bleistift hatte, dann konnte er alles, was das Kaufhaus führte, an jede beliebige Adresse der Welt kostenlos schicken. Er nahm nur seinen Bleistift und unterschrieb. Es gab niemanden im Konzern, der es gewagt hätte, die Ausgaben der Bleistiftmänner zu kontrollieren. Sie schickten den ausländischen Geschäftspartnern Blumen und Obst ins Hotel, sie statteten Geschäftsfreunde mit Fotoausrüstungen aus und ließen sie mit der kaufhauseigenen Reisegesellschaft auf Safari gehen. Die Pelzmäntel und Lackstiefelchen, die Abendkleider und das passende Parfüm für die jeweils aktuelle Geliebte wurden selbstverständlich auch mit dem Bleistift besorgt.

Den Bleistift verteilte nur William Schmidt-Rudolf persönlich. Er erteilte und entzog diese Vollmacht, ganz wie es ihm beliebte. Es war sozusagen sein persönliches Geschenk an seine treuesten leitenden Mitarbeiter. Dieses Geschenk klingt kostspielig, war es aber nicht, weil der alte William die Waren, die mit dem Bleistift verschenkt wurden, zu hundert Prozent von den Steuern als Werbekosten absetzen konnte. Er setzte den Verkaufspreis ab, mußte aber selbst nur den Einkaufspreis bezahlen. Das heißt, er verdiente an den verschenkten Sachen mehr als an den verkauften. Wer das nicht versteht, der möge mal seinen Steuerberater befragen. Voller Großzügigkeit erklärte William seinem neuen Werbemann Jörg Staute, daß der Bleistift sein persönliches Geschenk sei und Jörg solle ihn ja kräftig ausnutzen. Jörg war verlegen, überlegte, ob er sich ein paar neue Hemden mitnehmen sollte oder Haarspray für Annie. Da wurde William wütend.

»Führungskräfte sind stark und schnell in ihren Ent-

schlüssen. Verklemmte Jüngelchen brauche ich nicht. Sie haben den Bleistift, also besorgen Sie sich, was Sie brauchen. Haben Sie zum Beispiel einen Farbfernseher mit Stereoton und Fernsteuerung? Ein Videogerät?«
»Nein, hab' ich nicht.«
»Na also. Sie haben für heute frei. Morgen treffen wir uns im Planungsbüro eins. Bis dahin kaufen Sie, was Sie brauchen, und machen Sie Ihrer netten Freundin ein paar Geschenke.«
Jörg wußte nicht, daß William Schmidt-Rudolf an jedem Teil verdiente, das er mitnahm, sonst wäre er vielleicht noch unverschämter gewesen. Jedenfalls fuhr er mit einem Lieferwagen nach Hause. Der Fahrer half noch beim Tragen mit. Jörg baute alles im Flur auf. Da würde Annie sich aber freuen! So viele teure Geschenke hatte es nicht mal zu Weihnachten gegeben, ach, was sage ich, auch nicht zur Hochzeit, von allen Verwandten zusammen nicht. Fünfzig Rosen aus der Blumenabteilung mit Vase aus der Porzellanabteilung. Den Mixer, den sie sich schon so lange gewünscht hatte. Den Stereofarbfernseher mit Fernbedienung und Videogerät. Ein Nerzjäckchen. Die langersehnte Spülmaschine mit einem Weichwaschgang für besonders empfindliche Gläser. Eine zwanzigbändige Kochbuchreihe. Drei Kisten 76er Mosel. Einen Cognac Marke Dagobert. (Der Cognac wurde nicht in Frankreich hergestellt, sondern nur von Portugal über Spanien nach Frankreich gebracht, wo er das Etikett ›Cognac‹ bekam, aber das wußte Jörg Staute nicht. Also merkte er es auch nicht.) Die zwanzig Langspielplatten von Ulrich Roski bis James Last waren leider nur mit einer rosa Seidenschleife zusammengehalten. Als Jörg klingelte, riß die Schleife, und die Platten segelten auf den Boden. Jörg bückte sich, um sie aufzusammeln. Dann sah er auf Annies Schuhe.

Er schloß für einen Moment die Augen. Er stellte sich vor, wie sie staunen würde. Wie sie sich freuen würde. Gleich würden sie Wein zusammen trinken und die neuen Platten hören und den Farbfernseher...
Er hatte nicht im geringsten mit der Ohrfeige gerechnet. Sie warf den erstaunten Riesen um. Das heißt, er rutschte rückwärts aus, stieß dabei die Blumenvase um, und die fünfzig Rosen gesellten sich zu den zwanzig Langspielplatten auf den Boden.
Annie war blaß vor Zorn. »Schenk den Plunder deiner Freundin!«
Sie schrie es raus und knallte sofort die Tür wieder zu.
Wenn das nicht Beweis genug war! Nach einer Nacht kam er beladen mit Geschenken nach Hause! Sonst brachte er höchstens mal eine Schachtel After Eight mit. Jetzt all die Platten und Rosen.
Während Jörg sich schnaufend erhob und die Haare glattstrich, lehnte sie von innen an der Tür und schob den Riegel vor. Sie wußte zwar, daß dieser Riegel seiner Kraft nicht gewachsen war, er würde notfalls einfach durch die geschlossene Tür in die Wohnung kommen, aber etwas Widerstand wollte sie ihm nun doch entgegensetzen.
Sie wartete. Dann wurde sie neugierig und sah durch den Spion, was er sonst noch alles mitgebracht hatte. Sie traute ihren Augen kaum. Wenn die Aufschriften auf den Packungen richtig waren, dann...
»Annie, Liebling! Was hast du denn?«
»War sie wenigstens gut?« keifte sie.
»Was sagst du, Schätzchen? Ich kann dich nicht verstehen. Mach doch die Tür auf. Ich habe dir viele Geschenke mitgebracht, und...«
Sie öffnete schon.
»... eine tolle Nacht erlebt, du wirst es kaum glauben, ich habe...«

Wieder traf ihn Annies zarte Hand am Ohr. Er mochte diese gezielten Schläge gar nicht, weil dadurch so ein unangenehmer Druck im Gehörkanal auf das Trommelfell erzeugt wurde.
»Du tust mir weh!«
»Hoffentlich!« krakeelte Annie.
Jetzt verstand Jörg, was sie meinte. Sofort versuchte er, ihr alles zu erklären: »Aber Annie, du ahnst ja gar nicht, mit wem ich die Nacht verbracht habe!«
»Jetzt reicht's!« schrie sie und holte schon wieder aus.
»Mit William Schmidt-Rudolf.«
Sie bremste den Angriffsflug ihrer zielsicheren Hand. In der Luft arretierte die Rechte und wartete auf weitere Befehle.
»Mit wem?« fragte Annie ungläubig.
»Mit William Schmidt-Rudolf!«
Ihre Augen verengten sich zu einem durchdringenden Röntgenapparat.
»Du sollst mich nicht anlügen!«
»Aber Liebling, ich ...«
Noch immer schwebte die angriffsbereite Rechte vor Jörgs Ohr. Annie stand dabei noch immer auf den Zehenspitzen, da sie ihn sonst nicht erreichte. Die Chance, daß sie einen Krampf in den Zehen bekam, war relativ gering. Sie hatte in ihrer Jugend zweimal wöchentlich Ballettstunden.
Annies Lippen formten sich zu schmalen, zynischen Sprechwerkzeugen: »Du hast also die Nacht mit William Schmidt-Rudolf in dessen Jagdhaus in Kalifornien vor dem offenen Kamin verbracht?«
»Nein, nein, Liebling. Nicht in Kalifornien. In der Wohnung meiner Sekretärin, Melanie, du kennst sie bestimmt, diese nette blonde ...«
Annie schoß die Hand ab. Jörg jaulte einmal kurz auf,

dann reichte es ihm. Er nahm die strampelnde Annie auf die Arme, trug sie ins Wohnzimmer und ließ sie auf das Sofa plumpsen. Er ging wieder raus, um die Geschenke, die er mit dem Bleistift gekauft hatte, reinzuholen. Sofort sprang sie vom Sofa auf und warf den ersten besten Aschenbecher hinter ihrem Mann her. Jörg bekam ihn ins Kreuz. Er ließ sie weiter toben und brachte alles in die Küche, wie es sich gehörte. Annie beobachtete ihn ständig mit mindestens einem Auge, während sie die tobende Ehefrau spielte und schrie.
Sie wollte jetzt von ihm beruhigt werden. Sie fand, verdammt noch mal, das sei seine Pflicht. Er hatte sie jetzt in den Arm zu nehmen und um Verzeihung zu bitten. Sie würde ihm verzeihen, dann würden sie sich lieben, danach würden sie beide wieder friedlich und beruhigt sein, und viel später würden sie zum Spanier gehen und Meeresfrüchte essen.
Sie freute sich schon richtig darauf, doch er packte nur irgendwelche Kisten vom Flur in die Küche, sammelte Rosen auf und Langspielplatten und kümmerte sich nicht um sie.
Um endlich seine Aufmerksamkeit zurückzugewinnen, ließ sie den Wutausbruch in leisem Wimmern ausklingen und schluchzte nun gekränkt und verletzt. Er rackerte sich an der Spülmaschine ab. Sie schluchzte lauter, aber auch sein Atem verschnellerte sich und rasselte. Vielleicht hörte er sie nicht, weil die Ohrfeigen ihn taub gemacht hatten..., sie nahm sich vor, ihn in Zukunft nicht immer nur auf die Ohren zu schlagen.
Jörg hatte es endlich geschafft. Er schloß die Tür zum Flur hin und sah nun nach Annie. Sie lag auf dem Teppich und weinte zum Erbarmen. Jörg kannte die Pose und den Klang des Schmerzes aus einem Film mit – war es nicht Doris Day?

Er wußte, was sie jetzt von ihm wollte. Schließlich waren sie lange genug verheiratet, und solche Szenen gab es jedes halbe Jahr einmal. Er ging also wieder in die Küche zurück, nahm sich ein Bier, öffnete die Flasche mit den Zähnen, spuckte den Kronkorken in den Abfalleimer und leerte die Flasche mit einem Zug. Dann rülpste er genüßlich und ging ins Wohnzimmer zurück, um Annie vom Teppich aufzuheben und ins Schlafzimmer zu tragen.

Heute war kein Freitag, aber sie hatten Spaß wie immer, und nach dem ausgiebigen Beischlaf lagen sie ermattet nebeneinander und atmeten schwer.

»Ich weiß selbst nicht genau, was passiert ist«, sagte Jörg. »Aber ich glaube, wir sind jetzt reich.«

»Du hast wirklich William Schmidt-Rudolf getroffen?«

»Tja, und nicht nur das. Er hat einen Narren an mir gefressen. Ich glaube, ich gehöre jetzt zu den ersten Zehn in unserem Konzern.«

Für Annie stand fest, daß er übertrieb. Aber seine Lügen hatten immer einen wahren Kern. Wahrscheinlich hatte er eine Gehaltserhöhung bekommen.

»Ich lieb' dich, mein Kleines«, sagte er. »Du bist die schönste Frau der Welt.«

»Ich hör' dir gern zu«, sagte sie. »Keiner lügt rücksichtsvoller als du.«

Jörgs Feinde werden aktiv

Für Gert Schnell häuften sich nun Berge voller Probleme auf. Wie sollte er Madame Isolde die Geschichte beibringen?
Wie würde Goldie reagieren, wenn er von dem neuen Werbegenie am Absahnen der Schmiergelder gehindert werden sollte? Gert Schnell konnte sich nicht vorstellen, daß es um andere Dinge als Schmiergelder gehen konnte. Er vermutete schon, Jörg Staute sei das U-Boot einer großen amerikanischen Werbefirma, die mit ihm die ganze Dagobert-Werbung in den Griff kriegen wollte. Eins war klar, dieser Jörg Staute war ein gefährlicher Mann. Er hatte sich viele Jahre lang in der Buchhaltung des Kaufhauses versteckt und auf seinen großen Tag gewartet. Gert Schnell kassierte 50 000 Mark jährlich von Goldie. Dafür hatte er dafür zu sorgen, daß in die Spitzengruppe der ›Werbekonferenz‹ – der Ausdruck kam von Goldie – nur Männer kamen, die Goldie genehm waren. Dieser Jörg Staute war also eine Katastrophe. Gert Schnell brach die Suche nach der geeigneten Vorlage für die Quietschtittenproduktion ab. Er ging zu einer unangenehmeren Arbeit über. Er rief Goldie an.
Goldie gab die Anweisung, ein Detektivbüro auf Jörg anzusetzen. Goldie sah das alles nicht so schwarz. Jeder hatte seine Schwächen. Auch bei Jörg Staute würden sie den wunden Punkt finden, Geld, Frauen, Macht ..., um was sollte es sonst noch gehen? Sie würden sich mit diesem neuen Mann verbünden oder ihn absägen. Erst mal brauchte Goldie Informationen. Er wollte nicht, daß der Graf von Hódmezövázárhely von der Sache erfuhr. Sein Nervenkostüm war zu dünn. Außerdem kassierte Goldie den größten Batzen der Schmiergelder, damit solche Sachen nicht passierten. Was sollte er tun, wenn

der Neue sich mit dem Grafen zusammentun würde, um ihn kaltzustellen?
»Und wie soll ich das machen, ihn nicht informieren? Er ist doch gekündigt, ich muß ihm ...«
»Das ist dein Problem. Wenn du damit nicht fertig wirst, kann ich dich ja gleich von meiner Gehaltsliste streichen.«
›Gehaltsliste‹ nannte Goldie seine Liste mit den Leuten, die regelmäßig von ihm geschmiert wurden. Seine Privatsekretärin hatte diese Liste unter Verschluß und sorgte dafür, daß Goldie nie vergaß, pünktlich zu bezahlen. Auf Goldies Liste standen zeitweilig bis zu dreißig Personen mit Beträgen zwischen ›kleine Geschenke für die Frau Gemahlin‹ und handfesten Schecks über zwanzig- bis fünfzigtausend. Gert Schnell gehörte zu den bestgeschmierten Leuten auf Goldies Gehaltsliste, daher war Goldie sich sicher, daß er spurten würde.
Goldie wäre durchaus bereit gewesen, den Grafen zu opfern und gegen einen neuen Mann einzutauschen. Aber wer garantierte ihm, daß der neue Mann so reibungslos mitspielen würde wie der Graf? Vielleicht konnte der Neue besser rechnen und würde mehr für sich verlangen? Vielleicht käme er gar auf die Idee, sich der teuren Mitarbeit Goldies zu entledigen? All diesen Problemen konnte Goldie sich stellen. Für alles gab es eine denkbare Lösung. Aber was sollte passieren, wenn der Neue nicht einfach in die eigene Tasche arbeitete, sondern tatsächlich das U-Boot einer großen Agentur war, die jetzt versuchte, über ihn das ganz große Geschäft zu machen? Sie würde sich auf viele Jahre jegliche Schmiergeldzahlungen klemmen können, wenn sie einen sicheren Mann in diese Position brachten. Der mußte wahrscheinlich nur ein, zwei Jahre durchhalten, langfristige Verträge mit seinen Brötchengebern aus-

handeln, einen der Agentur genehmen Mann in die Position bringen, und dann konnte er sich zurückziehen. Er hätte ausgesorgt für sich, seine Kinder und seine Enkelkinder. Ein Häuschen in Florida. Eins in der Schweiz. Eins in Monte Carlo. Beteiligungen an lukrativen Firmen. Ein Nummernkonto mit mindestens sechs Stellen. Er konnte sich viele Verlockungen ausdenken. So ein Mann, so ein zuverlässiges U-Boot, war jeden Preis wert.

Dagegen konnte er nicht pokern.

Nun, er würde sicherlich keine Not leiden, aber er war trotzdem nicht bereit, sich ausbooten zu lassen. Er liebte seinen Beruf. Er konnte zwar nicht genau sagen, welchen Beruf er eigentlich hatte, aber er liebte ihn wirklich. Seinen Kindern erklärte er das so: »Man kommt viel mit Menschen zusammen, kann eigene Ideen verwirklichen und wird täglich neu gefordert.«

Der Detektiv Dieter Dähmel

Der Detektiv Dieter Dähmel hatte soeben durch die Fernsehserie Columbo seine seit Jahren andauernde Identitätskrise überwunden. Er konnte mit den smarten, jungen, athletisch wirkenden, ständig Whisky trinkenden und Frauen vernaschenden Detektivvorlagen des Fernsehens nicht konkurrieren. Er konnte nicht mal richtig Pfeife rauchen. Die Pfeifen wurden ihm trotz vieler Versuche immer wieder heiß, begannen innen zu schmurgeln, und der Rauch brannte auf der Zunge. Ständig ging das Ding aus, und er verbrauchte eine Packung Streichhölzer pro Pfeifenfüllung. So wirkte er ganz und gar nicht ruhig, gelassen und konzentriert, wenn er, das Holzding zwischen den Zähnen, seine Ermittlungen machte. Im Gegenteil. Er sah aus wie ein Nervenbündel, das spuckend und hustend ein Streichholz nach dem anderen anriß, gewaltige Qualmwolken produzierte und immer wieder im Redefluß stockte, weil er an der Pfeife ziehen mußte, da sie der Gefahr entgegenlief, auszugehen. Außerdem verlor er ständig die Pfeifenstopfer und mußte dann den Zeigefinger benutzen, um den sich aufbäumenden glimmenden Tabak in die Pfeife zu drücken, und das war auch nicht gerade angenehm.

Nun gab es Columbo. Die Pilotsendung war soeben gelaufen. Er brauchte also sein faltiges Gesicht nicht länger zu verstecken. Er konnte auch strubblig rumlaufen und mußte nicht in einem fort Whisky pur aus Wassergläsern trinken. Sein Problem war nämlich, daß er nach dem zweiten Whisky jede Telefonnummer vergaß. So einen zerknitterten alten Mantel, wie dieser Columbo ihn trug, hatte er letzten Herbst in eine Altkleidersammlung der Kirche gegeben. Er würde sich eben einen neuen kaufen und den dann zerknittern. Er würde endlich so mürrisch aussehen dürfen, wie er wirklich war. Er konnte sich die Kopfhaut kratzen, wenn sie juckte, brauchte nicht immer alles wissen, und ein bißchen Trotteligkeit gehörte sogar zu seiner liebenswerten Rolle. Jetzt, da er mürrisch sein durfte, war er bester Laune. Er hatte eine Identität. Von jetzt an würde er, der Detektiv Dieter Dähmel, mit voller Unterstützung des Fernsehens seinen Beruf ausüben. Und das war wichtig für ihn, denn alle seine Kunden waren Fernsehzuschauer. Detektive hatten so zu sein, wie die sich Detektive vorstellten, und die stellten sich Detektive so vor, wie das Fernsehen sie präsentierte.

Er beschloß, teurer zu werden. Da klingelte das Telefon. Tatsächlich schien seine neue, vom Fernsehen verliehene Identität sich auszuzahlen. Er brauchte nicht lange hinter seinen Aufträgen herzulaufen! Sie kamen per Te-

lefon ins Haus. Er brauchte auch nicht um das Honorar zu feilschen.
»Bringen Sie mir alles, was Sie binnen 24 Stunden über Jörg Staute in Erfahrung bringen können, in mein Büro, und Sie erhalten 5000 Mark ohne Quittung, also steuerfrei.« Was so gut war wie 10 000 Mark mit Quittung.
Diesen Auftraggeber würde er sich unter allen Umständen warm halten. Um so viel Geld nach Abzug aller Steuern zu verdienen, mußte er sonst gut drei Monate arbeiten, und oft – wenn er Pech hatte – sah das Ergebnis von drei Monaten Arbeit viel karger aus. Dazu kamen noch die Rechnungen für die Zeitungsinserate. Das Büro mußte bezahlt werden, die Telefonrechnung und all der Kram, der nun mal sein mußte, damit der Laden lief.
Natürlich hatte Goldie eine eigene Detektei, die für ihn Beschattungen, bewaffnete Geldtransporte (vieles passierte in bar) und andere Spezialaufträge übernahm. Diese Leute hatte er sofort auf Jörg Staute angesetzt. Trotzdem wollte er, daß Gert Schnell einen unbekannten, völlig belanglosen Detektiv auf Jörg Staute hetzte, denn Goldie wollte die Akten vergleichen. Er ließ sich ungern linken, und wenn dort ein perfekter Coup einer großen Firma geplant wurde und wenn Jörg Staute deren U-Boot war, dann wußten die auch, wer gewöhnlich die Beschattungen für Goldie übernahm, und dann hatten sie die geschmiert oder auch dort bereits einen Strohmann sitzen. Und Goldie wollte sichergehen. Niemand konnte einen willkürlich ausgesuchten Detektiv bestechen. Sein Auftrag wurde von vornherein auf 24 Stunden begrenzt, damit er erst gar nicht von den anderen entdeckt und dazu verführt werden konnte, aus dem Ruder zu laufen.
Goldie kam sich sehr schlau vor.

Melanie bangt und hofft

Melanie hatte in ihrer Wohnung einiges aufzuräumen. Sie sang dabei fröhlich und wechselte die Bettwäsche. Sie drückte das Laken an ihre Nase und sog den Duft tief ein. Darauf hatte William Schmidt-Rudolf geschlafen. Melanie war über Nacht aufgestiegen ins Jet-set, was immer das war... Ihre Freundinnen behaupteten, sie gehöre jetzt dazu.

Jörg Staute hatte ihr dazu verholfen. Der Mann, den sie schon so lange bewunderte. Jetzt krieg' ich dich erst recht, dachte sie. Das Leben würde sich ändern. Nichts wäre mehr wie früher. Sie mußte nur drauf achten, daß er das mit seiner Scheidung möglichst schnell über die Bühne brachte. Er würde jetzt sehr schnell ein reicher Mann werden, denn er war der Freund von William Schmidt-Rudolf, und ein Genie war er dazu. Sie bekam also nicht nur einen Traummann, sondern einen reichen Traummann.

Er hatte eigentlich nur den Nachteil, daß er nach der Nacht in ihrer Küche nicht wieder zurückgekommen war. Er hatte die Nacht sicherlich bei seiner Frau verbracht. Klar, dachte sie, schließlich hatte er ihr einiges zu erklären. Er würde versuchen, ihr alles schonend beizubringen, und dann mit den wichtigsten persönlichen Sachen erstmal zu ihr ziehen. Die Wohnung war zwar winzig, aber sie konnte sich nicht gut vorstellen, daß er seine Frau rausschmeißen würde, um die Wohnung für seine Geliebte zu räumen. Nein, so einer war er nicht! Sie müßten sich eben eine neue Bleibe schaffen. Mit seinem Geld wäre das sicherlich kein Problem.

Das Telefon klingelte.

Sie eilte hin, hoffte, daß er..., aber es war ihre Freundin Monika.

»Ach du.«
»Enttäuscht?«
»Ein bißchen.«
»Dachtest du, er ist es?«
»Hm.«
»Soll ich dich trösten kommen?«
»Trösten, wieso?«
»Na, er ist doch bestimmt nach der ersten Nacht wieder zu seiner Frau zurückgegangen!«
»Stimmt, woher weißt du ...«
»Ich kenne das. Ist mir schon zigmal passiert. Männer sind wie Toiletten. Entweder besetzt oder beschissen.«
Melanie war echt empört! So eine Unverschämtheit!
»Schneeziege!« fauchte sie und knallte den Hörer in die Gabel, als ob das Telefon etwas dazu getan hätte.
Sie ging in die kleine Küche und schüttete sich einen scharfen Birnenschnaps ein, den sie extra für Jörg gekauft hatte. Sie vermutete, ein Mann wie er würde auf klaren Schnäpsen stehen, nicht auf Likörchen. Sie kippte den Birnenschnaps, der mörderisch im Hals brannte, und fragte sich, ob man daran wirklich etwas Gutes finden konnte. Vielleicht war es so eine Art Mutprobe zwischen Männern, wenn sie sich gegenseitig auf ein Bier und einen Klaren einluden?
Sie schüttelte sich angeekelt und trank klares Wasser aus der Leitung hinterher.

100 000 ›Quietschtitten‹ wollen verkauft werden

Heribert Haller verspürte einen leichten Stich in der Seite, als er die ›Quietschtitte‹ auf seinen Schreibtisch gelegt bekam.
»Davon sind 100 000 Exemplare im Hauptlager angekommen. Nach welchem Schlüssel soll ich sie auf unsere Häuser verteilen?« fragte seine Sekretärin.
»Nach dem üblichen«, antwortete Heribert Haller und streckte die Hand nach dem unwirklichen Ding aus. Sie sah so echt aus, als sei sie seiner Sekretärin gerade erst aus dem Ausschnitt gefallen. Aus reinem Latex hergestellt. Fühlte sich fast an wie menschliche Haut. Er wußte das. Er kannte ja die Projektbeschreibung. Trotzdem erschrak er, als seine vorsichtigen Fingerkuppen diese Nachbildung einer weiblichen Brust berührten. So echt hatte er sich das alles nicht vorgestellt. Seine Finger strichen bedächtig den Berg rauf zu der vorstehenden Brustwarze. Kaum berührte er sie, da quietschte das Ding auch schon wie eine ängstliche Maus.
Staunend öffnete er den Mund.
Mich hat er noch nie so verwirrt angeguckt, dachte seine Sekretärin. Und wenn ich dran denke, wie abwesend und müde er in letzter Zeit beim Diktat aus dem Fenster guckt, dann kann ich mir gut vorstellen, daß Sekretärinnen bald durch Computer, Tonbandgeräte und Gummipuppen ersetzt werden.
»Also nach dem üblichen Schlüssel«, sagte sie, und er nickte, ohne den Mund dabei zuzumachen.

Eine Opernsängerin sinnt auf Rache

Gert Schnell setzte Hoffnungen in Madame Isolde. Er als Unterwäschefetischist und sie als mißglückter Bühnenstar. Paarten sich da nicht ideal zwei Wünsche? Ihr Drang, sich zu verkleiden, darzustellen und bewundert zu werden und sein Verlangen, weiße Haut durch immer raffiniertere Verstecke schimmern zu sehen, ergänzten sich seiner Meinung nach prächtig. Er war sich fast sicher, daß sie ihm weiterhelfen würde.

Als sie das einteilige Ledermieder, das den Busen bedeckte und doch die Brustwarzen frei ließ, angelegt hatte, hielt er den richtigen Augenblick für gekommen.

»Was soll ich machen? Dein Graf ist gefeuert. An seine Stelle hat der Alte einen jungen Spund eingesetzt. So einen Riesen. Ich konnte es nicht verhindern. Glaub mir. Und das schlimmste ist, der Graf darf es nicht mal erfahren, hat Goldie gesagt.«

Die Opernsängerin wurde unter ihrem Puder knallrot im Gesicht. Sie blieb einen Moment zur Säule erstarrt stehen, dann schrie sie los: »Du gemeines, perverses Schwein! Läßt mich hier als Clown rumtanzen für deine private Modenschau, und in Wirklichkeit tust du nichts für mich!«

Vor ihm hatten sich schon viele Frauen aus- und wieder angezogen, aber noch nie hatte er eine so schnell in die Kleider hechten sehen, wie jetzt Madame Isolde.

Er suchte noch nach Erklärungen, wollte etwas retten, doch sie forderte, sofort Goldie zu sprechen und diesen neuen Typen, der an des Grafen Stelle rücken sollte, natürlich auch. Am besten gleich William Schmidt-Rudolf persönlich.

Immerhin beruhigte Gert Schnell sie dadurch, daß er eine direkte Verbindung zu Goldie herstellen ließ. Jetzt

hockte Madame Isolde auf seinem Schreibtisch und telefonierte aufgeregt mit Goldie, während sie die Asche, die von ihrer langen Zigarette fiel, um sich herum verteilte. Sie machte Goldie allen Ernstes den Vorschlag, den Neuen durch folgende Geschichte auszuschalten:
»Wenn ich in seinem Büro bin, reiß' ich mir die Kleider vom Leib und fang' an zu schreien. Du hast dafür gesorgt, daß Fotografen der wichtigsten Illustrierten vor der Tür warten. Und wenn dann die Schlagzeilen WELTBERÜHMTE OPERNSÄNGERIN VON WERBELEITER EINER INTERNATIONALEN KAUFHAUSKETTE VERGEWALTIGT in allen Blättern stehen, ist er erledigt. Das kann William Schmidt-Rudolf sich nicht leisten.« Goldie versprach, sich die Sache in Ruhe zu überlegen. Er verlangte dafür ihr Stillschweigen gegenüber dem Grafen und eine Woche Zeit. Sie sicherte ihm beides zu.

Madame Isolde überredet den Grafen zu einem Kurzurlaub

Mit einem eigens für diesen Zweck mit viel Liebe gebakkenen Mandelkuchen gelang es Madame Isolde, ihren Grafen zu einem unvorbereiteten Kurzurlaub zu überreden.
Als er nach Hause kam, fand er unter dem Mandelkuchen auch die Flugkarten nach Las Vegas. Ein paar Tage Spielhölle reizten ihn wirklich. Er bemühte sich um eine Verbindung zu Goldie und fragte den, ob es möglich sei, für eine Woche zu verschwinden, ihm stünde alles bis oben, und er sei wohl überarbeitet.
Goldie lächelte und sagte, das alles sei gar kein Problem, er solle sich ein paar schöne Tage machen.
Er traute dieser Madame Isolde viel zu. Wenn nötig, wäre

er auch bereit, die Nummer mit der Vergewaltigung zu fahren, doch er liebte so viel Aufsehen nicht und sann auf bessere Möglichkeiten. Er beschloß, den Neuling als erstes über die ›Quietschtitten‹ stolpern zu lassen.

Frau Söhnlein

Jörg wußte weder genau, was er jetzt war, noch was man jetzt von ihm erwartete. Er wußte nicht mal, wo jetzt sein Arbeitsplatz war. Hatte er eigentlich ein Büro? Was würde er verdienen?
Er frühstückte nachdenklich mit Annie, schlürfte seinen Kaffee und betrachtete nicht uninteressiert, daß sich ihr Bademantel vorn spaltete, wenn sie durch die kleine Küche schritt, die jetzt mit Geschenken aus dem Kaufhaus zugestellt war.
Es klingelte. »Wer kann das sein?« fragte Annie.
Jörg sah auf die Uhr, stellte fest, daß sie stehengeblieben war, und zuckte mit den Schultern.
Annie öffnete.
Vor ihr stand eine etwa fünfzig Jahre alte Frau, die offensichtlich versuchte, mindestens wie siebzig auszusehen. Sie trug einen Dutt, einen sackartigen Pullover und einen Rock, der ihr formlos bis an die Waden hing. Alles in trostlosem Grau. Dazu eine dicke Brille. Lange Finger mit kurzen, ungefärbten Nägeln. Flache Wanderschuhe.
Sollte Jörg etwa, weil er beruflich aufgestiegen war, eine Putzfrau engagiert haben? fragte sie sich heimlich.
»Sie wünschen bitte?« fragte sie laut.
»Guten Tag, mein Name ist Söhnlein. Ich möchte gerne zu Herrn Staute.«
Annie ließ die Frau ohne weitere Worte eintreten.

In der Küche dann erklärte sie Jörg: »Guten Tag, Herr Staute, ich bin Ihre neue Sekretärin. Herr Schnell, unser Personalchef, hat mich auf besonderen Wunsch von Herrn William Schmidt-Rudolf für Sie ausgesucht.«
Jörg war sprachlos. Die sollte er gegen Melanie eintauschen? Er erinnerte sich an William Schmidt-Rudolfs Worte in Gert Schnells Büro: »Eine Sekretärin, deren Titten ihm nicht dauernd vor der Nase rumbammeln.« Der Ausdruck war zwar etwas deftig gewesen, aber mußte Gert Schnell das gleich so ernst nehmen?
»Warum kommen Sie hierher?« fragte Jörg mißgelaunt.
»Weil es mein Auftrag ist. Ich soll Sie mit allen Dingen vertraut machen, die für Sie wichtig sind. Ich bin seit dreißig Jahren im Betrieb und kenn' mich aus.«
»Soso, na ja. Dann ...«
»Sie sollten zuerst mal alle Abteilungen und Aufgabenstellungen der verschiedenen Werbebüros und Planungsgruppen kennenlernen.«
»Und woher wissen Sie das alles?« fragte Jörg.
»Erstens bin ich, wie schon erwähnt, seit dreißig Jahren mit dabei und zweitens habe ich gestern alle Unterlagen von unserem Personalchef persönlich bekommen. Ich habe die Nacht über gearbeitet und weiß jetzt Bescheid. Mehr als das. Ich hätte dazu auch einige Vorschläge. Ich finde es zum Beispiel unnütz, wenn die einzelnen Werbe- und Projektleiter einmal in der Woche angeflogen kommen ...«
Jörg unterbrach sie. »Wie spät ist es?«
»Viertel nach neun.« Ohne weitere Umstände fuhr sie fort: »Wo sie doch ihre Berichte genausogut schriftlich einschicken könnten.«
»Ich werde darüber nachdenken«, sagte Jörg, stöhnte einmal laut, erhob sich, küßte Annie auf die Stirn und sagte: »Also gehen wir.«

Annie war glücklich. Nicht nur, weil das mit der Beförderung wirklich zu stimmen schien, sondern besonders über seine neue Sekretärin. Deren Lippenstift würde sie nicht von seinem Hemdkragen waschen müssen. Vermutlich benutzte sie nicht mal welchen.
Jörg steuerte den Wagen, und die nette, wortgewandte ältere Dame redete auf ihn ein. Er hörte zwar den Klang ihrer Worte, verstand aber nicht wirklich, was sie sagte, weil er sich mit ganz anderen Problemen beschäftigte: Was sollte aus Melanie werden? Er konnte sie doch nach seinem unerwarteten beruflichen Höhenflug nicht einfach fallenlassen. Fast wünschte er sich wieder in die Buchhaltung zurück, mit dem ständig gespülten Wasserglas auf dem Schreibtisch, mit der treusorgenden Melanie und den netten Kollegen.
Wenn er William Schmidt-Rudolf richtig verstanden hatte, dann war er jetzt ein wichtiger Mann. Er hatte doch zu dem Personalchef gesagt: »... der schalten und walten kann, wie er will« – oder hatte er das falsch in Erinnerung?
Nun, wenn er schalten und walten konnte, wie er wollte, dann müßte es doch auch möglich sein, Melanie aus der Buchhaltung rauszuholen.
Plötzlich durchfuhr es ihn wie ein Blitz. Seine Stellung in der Buchhaltung mußte natürlich neu besetzt werden. Sein Nachfolger bekäme logischerweise Melanie als Sekretärin, und er kannte doch die Jungen aus der Abteilung. Die waren hinter jedem Rock her. Wut kam in ihm hoch. Eifersucht. Er würde Melanie zu sich holen. Diese blöde alte Ziege neben ihm sollte gehen, wo sie hergekommen war.
Aber wo kam sie her?
»In welcher Abteilung haben Sie bisher gearbeitet?«
»Als Herrn Rudolfs Europasekretärin.«

»Als was?« fragte Jörg entgeistert.
»Na ja, wenn Herr William Schmidt-Rudolf in Europa ist, muß hier doch einer die Termine für ihn organisieren, die Presseleute von ihm fernhalten und ähnliche Dinge. Er kommt natürlich immer mit einem ganzen Stab von Mitarbeitern, aber ich bin seine Europasekretärin.«
Erst jetzt wurde Jörg Staute bewußt, wie wichtig er inzwischen war. Aber gleichzeitig bekam er Angst vor dieser resoluten Brillenschlange. Sie würde den alten William über jeden seiner Schritte informieren. Und er konnte sich kaum vorstellen, daß sie gnädig über einen einmal gemachten Fehler hinwegsehen würde.
Er mußte sich jetzt sehr vorsehen.

Das Karl-May-Museum

Hinter einem Schreibtisch, der die Bezeichnung ›gigantisch‹ verdiente, saß – nein, thronte William Schmidt-Rudolf. Jörg Staute schätzte die Schreibtischplatte auf mindestens fünf mal drei Meter. Sie war aus Marmor und blank gewienert. Auf dem Schreibtisch befanden sich neben Williams Füßen nur noch ein Aschenbecher und ein halbvolles Glas. Der tiefe Ohrensessel, den William ersteigert hatte, weil es einem Antiquitätenhändler gelang, ihn davon zu überzeugen, es sei der ehemalige Sessel von Präsident Lincoln, war viel zu unbequem, fand William. Der Raum war völlig lärmisoliert. Dickes Leder an den Wänden und sonst nur altes Holz. Sogar die schwere Tür schloß sich fast lautlos hinter Jörg und seiner neuen Sekretärin.
»So«, sagte William. »Dies hier ist das Planungsbüro eins. Es heißt so, weil ich mich hierhin manchmal zurückziehe. Es ist so ein ruhiger, fast romantischer Ort. Ne-

benan habe ich eine Sammlung sämtlicher Karl-May-Bücher – für meine Mußestunden.«
William überlegte kurz, zielte dann mit dem treffsicheren Zeigefinger auf Jörg und fragte: »Wie viele Bücher hat Karl May geschrieben?« Damit hatte Jörg nicht gerechnet. Er trat nervös von einem Fuß auf den anderen.
»Etwa siebzig«, raunte die Sekretärin ihm von hinten ins Ohr. Jörg wollte diese Information gerade weiterverwenden, da rief William Schmidt-Rudolf lauthals:
»Falsch! Ganz falsch! Mehr, viel mehr! Ich bin nämlich Karl-May-Fan, müssen Sie wissen!«
Jörg schwieg betreten.
»Ich nehme an, Frau Söhnlein, Sie haben Herrn Staute bereits umfassend informiert?«
»Ehrlich gesagt, nein. Ich hatte noch keine Gelegenheit.«
»Na ja, macht auch nichts. Wir müssen sofort nach Brüssel. Meine Maschine ist schon startklar. Sie werden mich wie immer begleiten.«
»Ja, aber...« stammelte Jörg.
William schwang die Füße vom Scheibtisch und ging festen Schrittes grinsend auf Jörg zu.
»Keine Angst, alter Junge! Immer frisch ran. Setzen Sie Ihre Ideen durch, lassen Sie sich durch nichts bremsen. Auch nicht durch mich. Sie haben alle Vollmachten. Bringen Sie den Laden auf Vordermann!« Dann klopfte er Jörg Staute hart, aber herzlich auf die Schultern und lachte. »Sie werden das Schiff schon schaukeln.«
Frau Söhnlein ging zum Schreibtisch, legte eine Akte drauf und sagte zu Jörg: »Darin finden Sie alle nötigen Unterlagen. Wenn Herr Rudolf mich nicht mehr braucht, melde ich mich sofort zurück. Jörg war immer noch nicht zu Worte gekommen. Er holte tief Luft. »Ich weiß, was Sie sagen wollen«, fiel Rudolf ein. »Sie brauchen Mitarbei-

ter. Nun, ich bezahle genug Leute. Wenden Sie sich vertrauensvoll an Gert Schnell, diese taube Nuß. Er schickt Ihnen jeden Mann und jede Frau, die Sie brauchen.«

William Schmidt-Rudolf hatte schon die Tür in der Hand, da sagte er noch: »Und setzen Sie sich durch, sonst sind Sie verloren.«

Frau Söhnlein hauchte noch ein ›Auf Wiedersehen‹, und dann stand Jörg allein in diesem Büro. So mancher dynamische Jungmanager hätte davon geträumt, doch Jörg kam sich nur sehr einsam und verlassen vor. Ihm war zum Heulen zumute.

Langsam durchmaß er das Zimmer mit weitausholenden Schritten. Im Nebenraum fand er dann so etwas wie ein Karl-May-Museum. Bilder, Kleidungsstücke des großen Autors, die von Schaufensterpuppen getragen wurden, eine riesige Bücherwand mit den verschiedenen Karl-May-Ausgaben von Leder mit Goldprägung bis hin zum Taschenbuch. Unter einer Glasvitrine eine schäbige alte Uhr, von zwei Punktstrahlern angeleuchtet. ›Was soll der Quatsch‹, dachte Jörg. Dann begann er in den Lederausgaben zu blättern.

Es mußten Stunden vergangen sein, als er sich bewußt wurde, daß er in einem Lesesessel saß, die Beine überkreuzt, Winnetou Band I auf den Knien.

Winnetou an einen Baum gebunden als Gefangener der Kiowas, aber Old Shatterhand ist nicht weit und die züchtige Nscho-tschi wartet noch auf ihren ersten Kuß...

Jörg erschrak über sich selbst. Dafür wurde er nicht bezahlt. Er sollte hier Ideen entwickeln und durchsetzen!

Er rief den Personalchef Gert Schnell an und sagte: »Ich brauche meine alte Sekretärin. Ich kann sonst nicht arbeiten. Schicken Sie mir Melanie rüber. Herr Rudolf hat gesagt, ich könnte mich an Sie wenden, wenn ich...«

»Aber selbstverständlich.«
Eine knappe halbe Stunde später flog sie in seine Arme. Nachdem sie sich genügend begrüßt hatten, bewunderte Melanie das Büro. Sie fand, es sei eines Präsidenten würdig.
»Hier werden wir in Zukunft arbeiten«, versprach Jörg. Die Freude in ihrem Gesicht machte ihm Mut. Sie wollte ihn eigentlich fragen, wie er mit Annie klargekommen war – ob es schwer für sie war, ob sie geweint hätte, vielleicht gar mit Selbstmord gedroht –, doch die Freude über das Luxusbüro wischte all diese Gedanken weg. Melanie hüpfte auf den Riesenschreibtisch, räkelte sich darauf, streckte sich lang aus, ließ dabei den Rock über die Oberschenkel rutschen, ahmte die Posen nach, die sie von Frauen aus Illustrierten kannte und lächelte Jörg vielversprechend an. Eigentlich war er zu seriös für so etwas. Aber dieser plötzliche Aufstieg, der Bleistift, das Büro ... all das machte ihn übermütig, ja leichtsinnig. Außerdem – ihre Beine konnten sich wirklich sehen lassen – und wenn sie mit der Zunge die Lippen befeuchtete, dann sah das so herrlich verkommen aus, so phantastisch unmoralisch, so göttlich durchtrieben, daß Jörg im Begriff war, alle Zurückhaltung fahren zu lassen ... Doch da sprach eine unsichtbare Stimme: »Hoffentlich störe ich Sie nicht an ihrem ersten Arbeitstag.«
Jörg fuhr herum. Melanie hechtete vom Schreibtisch und brachte ihre Kleidung in Ordnung.
»Ich bin Gerhardt Goldammer, der persönliche Assistent des Grafen Hódmezövázárhely.«
»Verdammt!« schrie Jörg. »Ich spinne doch nicht! Hier ist niemand!« Auch Melanie sah keinen Menschen – außer Jörg natürlich.
»Ich will Sie wirklich nicht stören, aber ich dachte, es wäre doch nett, wenn man sich mal ...«

»Wo sind Sie?«
»Draußen vor der Tür.«
Jörg riß die Tür auf. Da stand er vor ihm: Gerhardt Goldammer, genannt Goldie, hellblauer Maßanzug mit dunkelblauen Streifen. Er hatte den Kopf leicht gegen eine Sprechanlage geneigt.
Unwirsch bat Jörg ihn herein.
»Ich dachte schon, Sie seien ein Gespenst.«
Goldie lachte. »Ach ja, Sie haben bestimmt den Lautsprecher nicht gesehen. Ein alter Fimmel vom guten William. Er haßt technische Geräte. Also – ich meine, er haßt ihren Anblick, aber er benutzt sie natürlich. Die Lautsprecher sind in eins der Lederpolster hier an der Wand eingebettet. Unsichtbar, aber mit bester Klangqualität. Tja, der gute alte William! Das Telefon ist in einer Whiskyflasche verborgen. Man spricht in den Flaschenhals, die Wählscheibe ist unter dem Boden angebracht, tolle Erfindung. Hat ein amerikanischer Popkünstler extra für den guten alten William entworfen – ein Andy, Andy Weiß-der-Teufel-wie. Ich vergesse Namen, sobald ich sie gehört habe, aber ich habe ein erstklassiges Zahlengedächtnis!« Während Goldie weiterredete und Jörg daran dachte, daß schon wieder ein intimes Beisammensein mit Melanie in die Hose gegangen war, bestaunte Melanie fassungslos die Whiskyflasche.
Sie sind Kinder, dachte sie, kleine Kinder, die Spielzimmer aus ihren Büros machen, die Kaufladen spielen und sich zu Weihnachten eine elektrische Eisenbahn wünschen.
»Wenn Sie sich hier so gut auskennen, dann können Sie mir vielleicht auch verraten, was diese Uhr da in der Glasvitrine soll.« Goldie nickte und begab sich ins Karl-May-Zimmer.

»Die Uhr ist das Prachtstück der Sammlung. Hat ein Vermögen gekostet, sag ich Ihnen. Ein Vermögen. Das ist die Uhr, die Karl May zum Schriftsteller gemacht hat.«

»Die Uhr hat was?«

»Sie hat Karl May zum Schriftsteller gemacht. Der gute alte William hat mir die Geschichte mal ganz haarklein erzählt. Warten Sie mal, ich glaube das war so: Der Karl May – also als er noch jung war, da hat der diese Uhr irgendwo geklaut. Später dann durfte er wegen dieser Straftat kein Lehrer werden, das wollte der nämlich eigentlich. Tja und so wurde er eben Schriftsteller. Wie das Leben so spielt!«

»Und das ist die Uhr, die Karl May ...?«

»Genau, das ist sie.«

»Toll«, staunte Jörg, und das meinte er ehrlich.

Goldie war sich ziemlich sicher, in Jörg Staute einen eingeschleusten Strohmann vor sich zu haben, denn er tat zu unbedarft, benahm sich zu kindlich naiv für einen Selfmademan. Er war kein karrierebewußter Aufsteiger. Er war eine ferngesteuerte Null.

Er würde über die ›Quietschtitten‹-Affäre stolpern und sich die Beine brechen. Einmal hingefallen kam man in diesem Job nicht wieder hoch, da ging es ihnen wie den Pferden. Es konnte noch so kostbar sein, noch so viele Preise gewonnen haben, brach ein Pferd sich ein Bein, war es erledigt. Gnadenschuß und Pferdemetzger.

Inzwischen wußte Goldie auch, daß er von Berthold Bräsig reingelegt worden war. Die ›Quietschtitten‹ waren nicht seine Erfindung. Man hatte diese Dinger bereits vor Jahren auf dem amerikanischen Markt herausgebracht. Der finanzielle Reinfall glich dem Schwarzen Tag an der Börse. Man wollte in jeden amerikanischen Haushalt eine ›Quietschtitte‹ bringen, doch man verkaufte trotz Werbefeldzug keine 500 Exemplare. Die Nachbildung

einer einzelnen weiblichen Brust kam als erotisches Hilfsmittel nicht an. Man stellte die Werbung auf Scherzartikel um, setzte weitere 3000 Exemplare ab und blieb auf dem Rest hängen. Berthold Bräsig hatte die 100 000 ›Quietschtitten‹ gar nicht selbst produzieren lassen. Er konnte sie für ein paar Pfennig aus der Konkursmasse der amerikanischen Firma herauskaufen. Seitdem wartete er nur auf die Gelegenheit, seinen Lagerbestand irgendeinem Schwachkopf anzudrehen.
Goldie zauberte aus einer maßgeschneiderten Anzugjacke das Problemding hervor.
»Kennen Sie das?« fragte er Jörg.
Jörg schluckte. Wollte man sich einen Witz mit ihm machen?
»Das wird unser neuer Verkaufsschlager. Heute um 17 Uhr soll die Werbekonzeption besprochen und nach Möglichkeit schon festgelegt werden. Wir dachten, vielleicht wollen Sie – ich meine – als neuer Werbechef . . .?«
»Natürlich werde ich da sein. Aber sagen Sie mir, was ist das?«
»Das?«
»Ja, was ist das?«
»Das ist die Nachbildung einer weiblichen Brust.«
»Das sehe ich selbst! Und was soll das?«
»Da überfragen Sie mich, aber wir haben davon 100 000 auf dem Lager.«
»Mein Gott.«
Goldie nickte vielsagend: »Tja, es ist schlimm, ich weiß auch nicht, wer sich das wieder ausgedacht hat, aber die Sache ist völlig unverkäuflich.«
Jörg sah ihn an, blickte dann triumphierend zu Melanie und sprach gewichtig: »Nichts ist unverkäuflich. Merken Sie sich das. Es kommt nur auf die richtige Werbung an. Wir verkaufen davon genauso viele Exemplare, wie

wir wollen. Es ist nur die richtige Marktstrategie notwendig.«
Wieder grinste Goldie: »Darf ich Sie vor unseren Kollegen zitieren?«
»Nicht notwendig. Ich werde es selbst tun. Das soll sich nur jeder hinter die Ohren schreiben. Das Zeitalter der nichtverkäuflichen Produkte haben wir hinter uns gelassen wie die Steinzeit, die Eisenzeit und all den alten Plunder.«
Jörg fand, daß er schon den richtigen Führungsstil draufhatte. Jedenfalls sah er in Melanies Augen wachsende Bewunderung. Er bemühte sich, Goldie loszuwerden und ließ sich von ihm nur noch verraten, wo die Besprechung um 17 Uhr sein sollte, dann schob er ihn aus der Tür.
Eigentlich wollte er sich jetzt Melanie zuwenden, doch die Lust war ihm vergangen. Vielleicht lag es an dieser künstlichen Brust... Er lud sie zum Essen ein.

Dieter Dähmel schlägt zu

Der Detektiv Dieter Dähmel hatte sich einen neuen Mantel gekauft, ihn zusammengeknüllt, auf den Sitz gelegt und sich beim Fahren draufgesetzt. Jetzt war er schön faltig und zerknittert. Er stand vor Jörg Stautes Wohnungstür. Er versuchte den Handwerkertrick. Annie – noch immer im Bademantel – öffnete dem mißlaunigen Herrn und fragte nach seinen Wünschen.
»Ich soll Ihre Leitungen nachsehen. Der Hausmeister hat mich angerufen. Bei Ihnen stimmt was nicht...«
»Sie kommen wie gerufen!« jauchzte Annie und zog den Mann in die Wohnung. ›Irgendwoher kennst du den doch?‹ fragte sie sich.

»Darf ich Ihnen einen Cognac anbieten oder vielleicht lieber eine Flasche Bier?«
Mit so viel Aufmerksamkeit und Entgegenkommen hatte Dieter Dähmel nicht gerechnet. Er schrieb das alles seinem neuen Columboimage zu und zündete sich erstmal eine Zigarre an. Annie holte einen Cognacschwenker.
Dieter Dähmel kam sich großartig vor. Er bekam von einer schmalhüftigen, leichtbekleideten Frau einen Cognac serviert, rauchte in Ruhe eine Zigarre dabei, und er würde dafür 5000 DM ohne Quittung bekommen. War das Leben nicht großartig?
Kaum hatte er ausgetrunken, da bat Annie ihn auch schon ins Nebenzimmer. Nein, nicht in ihr Schlafgemach! In die Küche. Er sollte ihr den Anschluß für die Spülmaschine machen. Sie selbst fummelte seit fast einer Stunde daran herum und bekam das Ding nicht dicht. Annie wunderte sich zwar, warum der Handwerker in Hut und Mantel erschienen war, doch das mit der Spülmaschine kriegte er glänzend hin.
Dann begann er, merkwürdige Fragen zu stellen: ob sie mit dem Haushaltsgeld auskäme, was ihr Mann denn so verdienen würde, ob er ein Playboy sei, Weibergeschichten hätte und so.
Annie fand, daß man sich mit dem Handwerker gut unterhalten konnte, gab bereitwillig Auskunft, fragte auch nach seiner Familie, nach den Kindern und den Noten in der Schule, holte ihm noch einen Cognac, und dann war er auch beim Aufbau des Farbfernsehers und der Videoanlage behilflich.
»Wer hat denn hier Geburtstag? Darf man gratulieren?« fragte Dieter Dähmel und deutete auf die Rosen.
Dann berichtete Melanie ihm vom raschen beruflichen Aufstieg ihres Mannes. Dieter Dähmel zeigte sich inter-

essiert, glaubte schon fast genug zu wissen für 5000 DM, da kam ihm plötzlich der Gedanke, diese leichtbekleidete junge Frau wollte bestimmt von ihm vernascht werden. Ja, dieser Tag sollte ihn für die letzten jämmerlichen Jahre entschädigen! Entschlossen legte er den Arm um ihre Taille. – Sofort bekam er eine von Annies berühmten Ohrfeigen zu spüren. Seinen Abgang aus diesem Haus kann man getrost als Flucht bezeichnen.

Anastasia Rudolf

William Schmidt-Rudolf hatte in Brüssel etwas zu erledigen, wozu er Frau Söhnlein unbedingt brauchte. Eigentlich hatte er gehofft, sie an Jörg Staute losgeworden zu sein, doch nun mußte er ihre Anwesenheit noch ein paar Stunden ertragen, denn er traf in Brüssel seine Frau. Familienmitglieder nannten sie in ihrer Abwesenheit kurz ›den Drachen‹. Dabei war ihr Äußeres keineswegs furchterregend. Sie lebte zwei Monate im Jahr auf einer Schönheitsfarm in Florida, das waren für William die schönsten Wochen des Jahres. Den Rest der Zeit verbrachte sie damit, hinter William herzuspionieren. Nicht nur, daß sie ständig an seinen Fähigkeiten zweifelte und die Bilanzen von Steuerberatern überprüfen ließ, nein, sie war auch noch krankhaft eifersüchtig. Sie selbst suchte die engeren Mitarbeiter von William aus. Besonders die weiblichen. Als die ersten Kaufhäuser in Europa gegründet wurden, flog sie eigens zu dem Zweck, eine Sekretärin für William auszusuchen, zu ihrer Tante Hedwig, die im Westerwald wohnte und mit einem amerikanischen Major verheiratet war. Tante Hedwig empfahl ihr dann ihre Freundin Söhnlein. So wurde diese Williams Europasekretärin. Sie war stets korrekt, doch treu

ergeben nur Williams Drachen. Sie erstattete nach jedem Europaaufenthalt Williams seiner Frau einen längeren schriftlichen Bericht, welche Speisen er gegessen, welche Leute er getroffen, wo er wann übernachtet hatte und alles, was sonst noch mitteilenswert war. An einem der seltenen Tage, an denen es William gelang, ihr zu entwischen – durchs Klofenster im ›International‹ – hatte er Jörg kennengelernt, nachdem er den Abend mit einer mexikanischen Tänzerin verbracht hatte.
Nun, seine Frau wartete in Brüssel auf ihn, und er konnte unmöglich ohne Frau Söhnlein dort erscheinen. Es würde höchstens einen Tag dauern, dann wäre er seine Frau wieder los, er könnte zurückfliegen und die Söhnlein getrost dem Jörg Staute überlassen. Er hatte sie nämlich davon überzeugen können, daß er niemandem so sehr vertraue wie ihr, und daß er eine Person seines absoluten Vertrauens in Jörgs Nähe brauchte. Sie hatte eingewilligt. Komisch, wie oft hatte er versucht, sie zu bestechen? Er hatte ihr Gehalt verdoppelt, ihr Pralinen und Autos geschenkt, doch sie war nicht bestechlich gewesen. Sie hatte alles seiner Frau berichtet. Die Szenen, die ihm danach gemacht wurden, hätten einen Carpenter-Gruselfilm bereichern können. Es dauerte eine Weile, bis William begriff, daß man sie nur überreden konnte, indem man ihr eine andere, bessere Aufgabe gab. Am besten einen erfolgreichen jungen Mann, den sie am Gängelbändchen führen konnte. Einer der üblichen Rüpel aus den Chefetagen des Dagobert-Konzerns war undenkbar. So eine Null von Abteilungsleiter konnte sie zwar am Halsband spazierenführen, aber dafür fehlte denen der Erfolg. Es mußte schon ein wichtiger Typ sein. Jörg Staute war genau die Figur, die er brauchte. Er hatte sofort Muttergefühle in ihr geweckt.
William war sehr stolz auf sich, und er bedauerte nicht, in

letzter Zeit einige populär-psychologische Bücher gelesen zu haben.
Wissen zahlte sich eben aus. Er sah herrlichen Zeiten entgegen. Nächtlichen Sauftouren mit Geschäftsfreunden in Europa, göttlichen Huren, kleinen Tänzerinnen und ... ach, er konnte kaum dran denken, und die Handinnenflächen wurden ihm schon feucht.
In der Eingangshalle des Sheraton in Brüssel zerplatzten seine Träume jäh. Zwischen dem Marmor und den Teppichen saß der Drachen, eine lange Zigarettenspitze zwischen den Fingern, und wartete auf William und Frau Söhnlein. William wollte seine Frau gerade herzlich umarmen, da sagte Frau Söhnlein kalt: »Er hat schon wieder versucht, mich loszuwerden. Ich soll bei seinem neuen Werbechef arbeiten. Außerdem ist er mir an einem Abend entwischt und erst am anderen Morgen – in angetrunkenem und verkatertem Zustand – in der Personalabteilung erschienen. Sein Anzug war zerknittert.«
Mit unbeweglichem Gesicht starrte der Drachen ihn an. Sie schnippte die Zigarettenkippe aus der Spitze, blies den restlichen Qualm raus, schob die Spitze zusammen und steckte sie seelenruhig in ihr Handtäschchen, dann stand sie auf. William war entschlossen, dem Schlag auszuweichen, doch diesmal linkte sie ihn besonders schlau. Ihre Augen wurden klein, ihr Blick stechend. Sie holte mit der rechten Hand weit nach hinten aus. William wollte sich bücken, da bohrte sich der Pfennigabsatz ihres rechten Stöckelschuhs in seinen Fuß.
William zuckte zusammen. Der Schmerz trieb ihm sofort Tränen in die Augen.
»Du Sau!« zischte sie ihn an, nahm Söhnlein beim Arm und verschwand mit ihr im Aufzug.
William ließ sich in einen Sessel fallen. »Das war feige«, keuchte er. »Einfach feige!«

Jörg siegt!

Der Graf war nicht anwesend, also führte Goldie sofort eine neue Sitzordnung ein. Er nannte sie: »Round-table-Gespräch«.

Alle saßen um einen großen, runden Tisch herum. In der Mitte des Tisches – für alle stets sichtbar – das Problem: die ›Quietschtitte‹. Insgesamt warteten acht Herren und eine Dame auf den Neuen.

Die Dame war angeblich eine uneheliche Tochter von William Schmidt-Rudolf, die deswegen den Aufstieg so rasch geschafft hatte. Das stimmte aber nicht. Sie hatte dieses Gerücht nur in die Welt gesetzt, um vor den Nachstellungen der jeweiligen Vorgesetzten sicher zu sein. Doch kaum machte sich das Gerücht breit, funktionierte ihre Karriere reibungslos. Man riß nicht mal die üblichen Zoten in ihrer Gegenwart. Sie hatte Gebrauchsgrafik studiert, und ihr auffälligstes Kennzeichen waren die feuerroten Haare. Sie hieß Elisabeth. Früher hatte sie diesen Namen verschwiegen und sich statt dessen Brigitte genannt, das war unverfänglicher, denn sie konnte es nicht mehr aushalten, wenn man hinter ihr hersang: »Wenn die Elisabeth nicht so schöne Beine hätt'!«

Jetzt, als vermeintliche Tochter von William Schmidt-Rudolf, nannte sie sich wieder stolz Elisabeth. Niemand wagte das bekannte Lied. Vielleicht würde die Sache eines Tages rauskommen. Na und? Sie hatte keine Urkundenfälschung begangen. Sie hatte mal bei einer Feier einen Witz gemacht über William und ihre Mutter. Wenn das von allen so ausgelegt wurde ... was konnte sie dazu? Außerdem war es kaum denkbar, daß ein Angestellter sich vor William Schmidt-Rudolf hinstellte und sagte: »Ich hätte da eine Frage bezüglich Ihrer unehelichen Tochter Elisabeth ...«

Sie fühlte sich sicher, und sie verdiente gutes Geld. Sie hatte eine Eigentumswohnung in der Stadt und ein Reitpferd bei einem Bauern untergebracht.
Vier der anwesenden Männer trugen so ein Günter-Grass-Schnauzbärtchen, mit dem sich inzwischen ja schon die Polizeibeamten ein progressives Aussehen verleihen. Unter jungen, aufstrebenden Führungskräften war es fast ein Muß, so ein Bärtchen zu tragen, weil es Zeugnis dafür war, daß man eine ganze Generation weiter war im Denken, den alten Muff abgelegt hatte und zu einer neuen, fairen Sachlichkeit gefunden hatte. Einer der Herren trug einen Vollbart, was man ihm verzieh, weil er als versponnener Künstler galt und bereits einen gut sichtbaren Ansatz zu einer Glatze zeigte. Der Körperbau der Bärtchenträger war eher feingliedrig, im Gegensatz zum Körperbau der gut zwanzig Jahre älteren, glattrasierten Männer, die wesentlich gesünder aussahen als ihre jüngeren Kollegen und kleine Bierbäuche vor sich hertrugen. Goldie erwartete nach der Sitzung den Detektiv Dieter Dähmel. Er war in einem erträglichen Maße nervös. Man konnte es sogar Lampenfieber nennen. Schiefgehen konnte kaum etwas. Er würde diesem Neuling die volle Verantwortung für die ›Quietschtitten‹ in die Schuhe schieben. Die Dokumente hatte er schon vorbereiten lassen. Dann würde er vor William Schmidt-Rudolf all das Material aus den USA ausbreiten und behaupten, Staute habe von der Unverkäuflichkeit der Dinger gewußt. Das war sein unweigerlich letzter Tag im Konzern.
Vielleicht würde William ihn großzügig abfinden, wahrscheinlich aber würde er ihn hochkantig rausfeuern und ihm eine Schadenersatzklage an den Hals hängen. William war nicht zimperlich, wenn er sich reingelegt fühlte.

Professor Dr. Kovemich erkundigte sich mit sanfter Stimme, warum denn der Graf die Sitzung nicht leitete.
»Erstens«, erklärte Goldie, »weil hier heute nicht alle fünfundzwanzig Weisen zusammensitzen, und zweitens, weil der Graf sich erholen muß. Er macht Urlaub. Er bittet sie, seinem Stellvertreter während dieser Zeit vollstes Vertrauen zu schenken.«
Jörg Staute kam rein, sah sich unsicher im Raum um, nickte den Anwesenden freundlich zu, setzte sich und wartete, was passieren würde.
Die rote Elisabeth fand es abscheulich, an dieser Vermarktung des weiblichen Körpers als Lustobjekt mitzuwirken. Sie hoffte innig, daß die Sache ein Reinfall werden würde. Sie gönnte den Verantwortlichen alles Schlechte und hätte am liebsten sämtliche erotischen Ersatzteillager aus den Kaufhäusern geschmissen und dort andere Dinge eingeführt. Aber sie konnte beruhigt sein, man würde es nicht wagen, ihr die werbliche Betreuung dieses Dings zu übertragen. Sie beschloß, sich aus der Diskussion herauszuhalten und die Sache einfach zu ignorieren.
Der Marktstratege für die ›heißen Sachen‹ in den Kaufhäusern des Konzerns Dagobert erläuterte seine Pläne.
Jörg hörte gespannt zu. Er konnte es kaum fassen. Die Worte rauschten durch ihn durch. Er hörte als Begleitmusik sein eigenes Blut rauschen, sein Herz trommeln. Sein Hals wurde trocken bei so viel Unfug, und er sammelte Speichel im Mund, um schlucken zu können.
»... so könnte dieses hautechte Stück als perfekte Ergänzung zum Vaginaersatz in einer Geschenkpackung angeboten werden.«
Jörg schluckte. Es dröhnte von innen gegen sein Trommelfell wie eine Detonation.
Er war sicherlich nicht der Mensch, der sich gerne stritt,

aber jetzt ging es nicht anders. Er mußte sich durchsetzen.

»Mit Ihren schweinischen Gedanken ruinieren Sie möglicherweise den Ruf des Konzerns, vielleicht gelingt es Ihnen auch noch, einige potentielle Käufer abzuschrekken, aber so erobert man keinen Markt und so verkauft man keine Waren!«

Ruhe. Betretenes Schweigen. Man war vom Grafen keine langen Reden dieser Art gewöhnt. Gegen den Grafen hätte auch niemand einen Versuch einer Auflehnung gewagt, bei Jörg war das anders.

Professor Dr. Kovemich, der sich seiner Freundschaft zum Grafen bewußt war – schließlich hatte er ihm den Ehrendoktor besorgt –, fürchtete sich nicht vor dem Neuen. Er erhob sich, stützte sich auf der Tischplatte auf und sprach: »Wir haben einen hervorragenden Plakatentwurf.« Wie von Geisterhand wurde es dunkel und ein Dia erschien an der Wand. »Vielleicht sehen Sie sich das erstmal an, bevor Sie voreilig Ihr Urteil fällen.«

Das Dia zeigte einen Autofahrer, eine Hand am Lenkrad, mit der anderen die Quietschtitte streichelnd. Zwischen seinen Beinen den batteriebetriebenen Vaginaersatz. Aus dem Autoradio mit Kassettenrecorder kam eine Sprechblase. In der Sprechblase eine winzige, nackte Frau. Dazu den Satz: »Ja ... Liebling ... oh!«

»So bewerben wir gleichzeitig noch unsere Sprechkassetten. Stellen Sie sich nur vor, all die Hunderttausende – ach, was sage ich, Millionen geplagter Autofahrer, die jetzt nicht mehr gelangweilt in einer Schlange stehen müssen. Wir bringen so viel kostbare Zeit unseres Lebens in Autos zu! Wir führen das hin zu einer neuen Qualität. Denken Sie nur, das gleichmäßige Tuckern des Motors, die Stimme aus dem Recorder, die sanfte Haut unserer ...«

»Und das wollen Sie dann in unsere Schaufenster hängen?« brüllte Jörg. »Wissen Sie, daß mehr als siebzig Prozent aller Kaufhauskunden Frauen sind? Wissen Sie, daß wir die verlieren, weil sie – und schon gar nicht mit ihren Kindern – in solchen Kaufhäusern nicht mehr einkaufen werden? Und außerdem – wir sind kein Kaufhaus für Junggesellen. Welcher Mann traut sich, so etwas mit nach Hause zu bringen, wenn seine Frau beim täglichen Einkauf sieht, wozu das gut ist? Nein, meine Herren, so geht es nicht! Machen Sie endlich das Licht wieder an!«
Noch während ihre Augen sich an die neue Helligkeit gewöhnten, sah Elisabeth sich den Typ, der ihr da so aus der Seele gesprochen hatte, genau an. Sie wußte nicht, wer er war, nicht woher er kam, aber er hatte Mut zur Meinung, und er geigte sie den anderen ganz schön!
Goldie hatte sich schon wieder gefaßt: »Was würden Sie vorschlagen?« fragte er, süffisant lächelnd. Er wußte wohl, daß es kaum einen besseren Vorschlag geben konnte. Man konnte Sexartikel nur mit sexistischer Werbung verkaufen.
Jörg sah sich in der Klemme, aber er entwickelte einfach ins Blaue hinein. Die besten Ideen kamen ihm immer, während er redete.
»Na ja, wenn man eine Brust sieht, dann kann man doch auch ganz andere Verbindungen ziehen. Ich denke zum Beispiel, als wir noch Babys waren, Säuglinge, da hatte eine weibliche Brust für uns bestimmt eine andere Bedeutung. Das war Nahrung, Leben, Nichtalleinsein. Und dies Ding quietscht doch noch so herrlich ...«
»Wollen Sie das Ding etwa als Spielzeug verkaufen?« fragte ein entgeisterter Professor der Wirtschaftswissenschaften.
»Natürlich«, antwortete Jörg Staute.
Einige der Herren glaubten an einen Witz. Sie kicherten

schon, hielten Jörg für einen Spaßvogel. Nur Elisabeth war von der Idee wie elektrisiert. Unbeeindruckt von den Reaktionen seiner Zuhörer redete Jörg weiter.

»Wie viele junge Paare, die keine nette Omi als Babysitter haben, können nicht mal mehr gemeinsam ins Kino gehen? Bieten wir aber zu diesem Ersatz der Mutterbrust auch noch ein Tonband mit Wiegenliedern, dann ...«

Elisabeth konnte sich nicht mehr halten. Sie funkte dazwischen: »Die Wiegenlieder sollten nur instrumental gespielt sein, damit die Eltern mit ihrer eigenen Stimme den Gesang dazu machen können. Nichts wirkt auf Kinder beruhigender als die Stimmen der Eltern.«

»... dann kann das Kind die Arme selig um diese Brust legen und einschlafen!« beendete Jörg Staute seinen Satz.

Kein Zweifel mehr, es handelte sich um einen Witz.

Nur Goldie begriff schlagartig etwas anderes, er hatte es mit einem hochkarätigen Mann zu tun. Einem Mann, der in Minuten aus dem Stehgreif entwickelte, worauf hochbezahlte Planungsgruppen in den USA in jahrelanger Arbeit nicht gekommen waren. Für Goldie gab es keinen Zweifel, dieser Teufelskerl würde die ›Quietschtitten‹ binnen weniger Tage verkauft haben.

Jörg Staute fuhr fort: »Wir brauchen ein ganz einfaches Bild, sanfte, weiche Farben. Ein im Schlaf lächelndes Baby, das beide Hände um dieses Ding gelegt hält. Dazu etwas wie: ›Wenn Mutti mal ausgeht ...‹ oder ›Nie mehr einsam sein ...‹. Das Ganze in unsere Schaufenster und ein oder zwei Anreißanzeigen in einer dieser Elternzeitschriften. Das müßte schon ausreichen. Natürlich müssen die Verkäuferinnen kurzfristig auf die richtige Argumentationsstrategie eingeschworen werden. Wir haben da sicherlich unsere geschulten ...«

»Selbstverständlich«, winkte Goldie ab. Er sah ein, daß

er verloren hatte. Für diesen Typen mußte er sich schon etwas ganz Besonderes einfallen lassen. Er hatte eine Schlacht verloren, aber er bereitete sich auf einen langen Krieg vor.
»So einen Plakatentwurf«, sagte Elisabeth, »den würde ich schon gerne selbst machen.« Jörg nickte.
Und das war auch schon alles. Jörg hatte sich als ein phantasiebegabter junger Chef bewiesen, der zu schnellen Entschlüssen fähig war und für eine solche Konferenz nicht mehr Zeit brauchte als eine Zigarettenlänge.
»Liegt sonst noch was an?« fragte Jörg.
»Nein, das war's wohl«, sagte Goldie so aggressionslos wie möglich. Als aktiver Basketballspieler wußte Jörg, welches Gefühl das war, wenn man ein Spielfeld als Sieger verließ. Diese fröhliche Ermattung. Er kam sich großartig vor, und er war müde. Er würde jetzt zu seiner Annie gehen, ihr noch von seiner Werbeidee erzählen und dann in ihren Armen einschlafen.

Goldie sucht Trost

Goldie war direkt von der Konferenz in dieses französische Restaurant gefahren und trank schon seinen dritten Pernod mit Eiswasser. Er zündete eine Zigarette an der anderen an. Ganz gegen seine sonstige Gewohnheit entnahm er die Zigaretten keinem goldenen Etui mit seinen Initialen, sondern einer am Automaten gezogenen, zerknitterten Packung. Er hatte Dieter Dähmel noch nie gesehen. Der Auftrag war über Gert Schnell telefonisch gelaufen. Doch als der Columboverschnitt zur Tür reinkam, wußte Goldie gleich: das muß er sein. Fast gleichzeitig schoß die Frage durch sein Hirn: Wie tief bist du gesunken, Junge? Nervös rauchend hockst du hier,

säufst dir mit diesem Zeug einen an und triffst dich mit schmuddligen Vorstadtschnüfflern.
Dieter Dähmel setzte sich umständlich zu ihm, überlegte dann einen Augenblick, was er als Columbo trinken müsse, es fiel ihm nicht ein, und er bestellte sich ebenfalls Pernod, um seinem noblen Arbeitgeber zu gefallen.
»Also erstmal besten Dank, Mister. Und ich bin immer für Sie zu sprechen, meine Nummer haben Sie ja, Mister.«
»Nennen Sie mich nicht Mister. Und erzählen Sie endlich, was Sie wissen.«
Dann sprudelte Dieter Dähmel los. Er beschrieb die Wohnungseinrichtung, die Basketballerfolge Jörgs ließ er nicht unerwähnt, schilderte ausführlich Annies nette Umgangsformen und ihren Körperbau und wollte gerade auf Jörgs solides Familienleben eingehen, als er von Goldie scharf unterbrochen wurde.
»Mann, ich will wissen, für wen er arbeitet.«
Dieter Dähmel lächelte: »Auch das habe ich rausbekommen. Solche Dinge gehören zu meinen leichtesten Übungen. Er arbeitet in der Buchhaltung des Dagobert-Kaufhauskonzerns. Kennen Sie bestimmt, gibt es doch in jeder Stadt, auch hier bei uns auf der Hochstraße.« Goldie vergaß seine sonst so feinen Umgangsformen in der Öffentlichkeit und brüllte los: »Sie Flasche! Das wußte ich schon lange! Ich wollte von Ihnen erfahren, für wen er wirklich arbeitet!«
»Na, das sagte ich doch schon. Er hat sogar neulich eine Gehaltserhöhung bekommen, wie seine Frau mir erzählte. Einen riesen Strauß Rosen hat er ihr geschenkt. Scheint ein feiner Kerl zu sein, obwohl ich glaube, der steht ganz schön unter dem Pantoffel, wenn Sie mich fragen ...«
»Mann, sind Sie dämlich!« fauchte Goldie. »Das ist ein ganz gerissener Bursche, der hat Sie reingelegt.«

»Soll ich etwa weiterhin... ich meine, ich könnte ihn noch so lange beschatten, wie es Ihnen lieb ist.«
»Hauen Sie ab, bevor ich mich vergesse.«
»Und mein Geld?«
»Sie bekommen Ihr Geld, wenn ich auch fragen müßte, wofür? Nun hauen Sie endlich ab!«
Dieter Dähmel erhob sich: »Hören Sie, wenn Sie glauben, daß Sie mich linken können, dann sind Sie auf dem Holzweg. Ich habe mir heute den Tag für Sie um die Ohren geschlagen. Dieses hysterische Weib ist auf mich losgegangen. Ich mußte eine Spülmaschine anschließen und all solchen Blödsinn. Ganz abgesehen von dem Sprit, den ich verfahren habe! Wenn Sie jetzt nicht zahlen, ich warne Sie. Wir Detektive haben uns zu einer Vereinigung zusammengeschlossen. Wir bilden eine Art Gewerkschaft!«
»Hauen Sie ab – oder wollen Sie das nächste Frühstück von einer Krankenschwester ans Bett gebracht bekommen?«
Dieter Dähmel verließ das Lokal. Er wurde zum zweiten Mal an diesem Tag mit wütenden Drohungen weggejagt. Vielleicht machte er etwas falsch. Er nahm sich vor, die nächste Columbosendung am kommenden Freitag auf keinen Fall zu verpassen.
Goldie hatte eine liebe Ehefrau und zwei reizende Kinder. Er liebte seine Familie und hätte alles für sie getan, aber jetzt wollte er nicht in sein luxuriöses Eigenheim zurück. Er wollte weder Videofilme sehen noch alte Platten hören und dabei Whisky trinken oder mit seinen Kindern ein Puzzlespiel beenden. Er wollte sich besaufen, sich an einem warmen Körper ausheulen, bedauert werden, gestreichelt werden und am anderen Tag mit einem fürchterlichen Kater wach werden. Für solche Zwecke hatte er ein Appartement gemietet, in dem die

Germanistikstudentin Ursula wohnte. Er besuchte sie höchstens einmal im Monat. Er zahlte ihr die Wohnung und ein Stipendium, und dafür konnte er sich bei ihr ausheulen. Sie war nicht seine Einmal-im-Monat-Hure, sondern eine Art Psychiaterersatz. Früher ging er wöchentlich zu einem Therapeuten, aber das ging zu tief und war zu lästig. Mit Ursula klappte alles viel besser. Er mußte zu Hause stets den starken Erfolgsmenschen spielen. Da brauchte er eben eine Person, bei der er mal schwach sein durfte und sich gehen lassen konnte. Ursula war also so eine Art seelischer Ausgleich für ihn. Er hatte sie durch eine Zeitungsanzeige kennengelernt. Hübsches Mädchen, gerade erst in die Stadt gekommen, sucht Herrn (auch älterer angenehm) der ihr das Studium finanziert. Er fand diese Anzeige so originell, daß er sich entschloß, dies hübsche Mädchen zum Essen einzuladen. Sie wurden schnell handelseinig.
Goldie ging zur Theke, fragte nach dem Telefon, rief zuerst Ursula an, die ihm versicherte, daß er ganz bestimmt nicht stören würde und sie sich riesig auf ihn freue, dann rief er seine Frau an, klagte über die ständigen Termine und behauptete, leider sofort nach München zu müssen, weil man dort mal wieder Mist gemacht hätte, und er müsse nun für die anderen die Kartoffeln aus dem Feuer holen. Seine Frau bedauerte ihn angemessen, und er ließ durch sie die Kinder grüßen.

Jörg vergißt beinahe sein Basketballspiel

Etwas erschöpft, aber bester Laune erschien Jörg bei Annie. Aus dem ruhigen Abend wurde aber nichts. Sie hatte sein Trikot schon rausgelegt. »Du kommst so spät! Du hast doch heute ein Spiel.«
»Heute?«
Annie sah ihn besorgt an. Vielleicht hatte er Kummer in seinem neuen Beruf und sprach nicht darüber, vielleicht war er auch krank. Noch nie hatte er ein Basketballspiel vergessen. Wie oft hatte er ihr erzählt, daß seine Mannschaft ohne ihn erledigt wäre?
Er hatte nur einmal das Training verpaßt, sie konnte sich noch gut daran erinnern. Er mußte seine Mutter zum Krankenhaus fahren, danach ging es nicht mehr. Jetzt hatte er sogar ein Spiel vergessen.
»Ist dir schlecht, mein Schatz?«
Er schüttelte den Kopf.
»Nein, gar nicht. Es geht mir glänzend. Ich muß es vergessen haben. Tausend andere Dinge schienen so wichtig …«
»Liebling, das Kaufhaus frißt dich noch auf. Willst du denn heute lieber nicht spielen?«
»Aber natürlich spiele ich, und ich werde großartig sein.«
»Dann los. Wir haben nur noch eine halbe Stunde Zeit.«
Sie gab ihm die nötigen Sachen, er küßte sie, weil sie so umsichtig gehandelt hatte, und er verließ die Wohnung wieder, bevor er sie wirklich betreten hatte.

Goldies therapeutischer Jungbrunnen

Auf dem Weg zu Ursula hielt Goldie vor einem Supermarkt und kaufte dort noch ein. Zwar hätte er genausogut alles im Kaufhaus mit dem Bleistift bekommen, aber den benutzte er nur für größere Sachen. Er nahm zwei Flaschen Rotwein mit, und weil er nichts von Weinen verstand, kaufte er einfach die teuersten, denn er konnte sich nicht von der Vorstellung lösen, daß ein hoher Preis auch etwas mit einer hohen Qualität zu tun habe. Dabei war es doch im Kaufhaus seine tägliche Politik, durch eine bestechende Verpackung und einen exklusiven Preis über die Mängel einer Ware hinwegzutäuschen. Kaum verließ er seine Arbeit, fiel er auf denselben Blödsinn rein. Er glaubte auch immer noch, daß Cognac in schwarzen Flaschen mit Goldaufschrift besser sei als Weinbrand in ordinären, durchsichtigen Glasflaschen. Pralinen nahm er noch mit und Knabberzeug. Dann hielt er noch einmal. Diesmal vor einer Apotheke. Es war schon geschlossen, doch im Schaufenster brannte ein Licht: NOTDIENST. Er klingelte, eine Frau erschien, die aussah wie ein Stockfisch, und er verlangte: »Aspirin.« Er dachte immer daran. Er betrank sich ungern ohne Vorsatz und Planung. Und zu der Planung gehörte auch, eine Packung Aspirin für den anderen Morgen griffbereit zu halten.

Blumen nahm er nicht mit. Es wurde langsam spät.

Ursula hatte die Zeit genutzt und die vollen Aschenbecher geleert, die Gläser der letzten Nacht in die Spülmaschine geräumt, das Bett frisch bezogen, kurz gelüftet; die Bücher und Schallplatten, die überall verstreut lagen, hatte sie auf Schreibtisch und Sofa konzentriert. Sie zauberte sich noch rasch einen dunklen, fast schwarzen Schimmer um die Augen. Dann stellte sie Kerzen auf. Sie

wußte, wenn er kam, dann mußte die Wohnung etwas ganz Warmes, Schummriges haben. Nur sanfte Musik durfte gespielt werden, und ihre Stimme mußte leise und tröstend sein.
Anfangs hatte sie sich sogar ein bißchen verliebt in ihn. Er war immer sehr großzügig, schlug ihr nie einen Wunsch ab, war nie aufdringlich. Manchmal streichelte er zärtlich ihre Wangen oder küßte sie flüchtig auf den Mund. Mehr nahm er sich nicht raus. Er kam, um zu reden und sich auszuheulen und verstanden zu werden. Dabei wollte er sich langsam einen Rausch antrinken. Morgens liebte er frische Brötchen, zwei weichgekochte Eier im Glas, vitaminreichen Orangensaft und zwei Aspirin. Dann verabschiedete er sich wieder für einige Wochen. Manchmal schickte er ihr Postkarten von Urlaubs- oder Geschäftsreisen. Aus Rom rief er sie mal mitten in der Nacht an. Er lag einsam in seinem Hotelzimmer, und nach einer Konferenz war ihm zum Heulen zumute. Sie redeten fast zwei Stunden miteinander. Zum Dank schickte er ihr aus Rom einen Strauß Rosen.
Die Wohnung verlassen hatte er mit ihr nie. Keine schikken Restaurants, keine Bars, kein Theaterbesuch. Wenn er Hunger bekam, warf sie zwei Filetsteaks in die Pfanne, die er nur kurz angebraten – fast noch roh und vor Blut triefend – aß. In ihrer Tiefkühltruhe gab es extra für ihn ein Fach. Darin schlummerten ständig zwei Dutzend Filetsteaks. Er war ein Gewohnheitstier, und sie wagte nicht, etwas Neues einzuführen.
Nach seinen ersten Besuchen glaubte sie, er habe Hemmungen. Wie sollte sie es sich sonst erklären, daß er nicht mit ihr ins Bett wollte? Er bezahlte doch genug dafür. Sie hielt ihn für einen von den ganz Verklemmten. Vielleicht war er auch impotent und erwartete von ihr das große Wunder...

Als sie ihn dann in schwarzem Samt empfing mit Schlitz bis zum Po und tiefem Dekolleté, da blieb er höflich und nett wie immer, bat sie aber, sich umzuziehen, weil er deswegen nicht gekommen sei. Fast fühlte sie sich ein bißchen beleidigt. In der Uni stiegen ihr mehr Kommilitonen nach, als ihr lieb war. Sie wollten ihr alle nur zu gerne an die Wäsche. Umsonst – versteht sich. Doch so was machte sie nicht, denn sie war verlobt und trug sich mit Ehegedanken. Ihr Verlobter hieß Harold und hatte sich für vier Jahre zur Bundeswehr verpflichtet. Ein Jahr war schon um. Nach der Zeit wollten sie heiraten. Er diente in der Nähe von Ulm, und wenn sie Zeit hatte, besuchte sie ihn dort. Manchmal – aber immer nur am Wochenende – kam er auch zu ihr und wunderte sich über die Wohnungseinrichtung und die gute Wohnlage. Aber sie erzählte ihm von Nachhilfestunden, die sie gebe, was mächtig was einbrächte. Goldie und Harold konnten sich nie begegnen, denn das Wochenende verbrachte Goldie stets bei seiner Familie. Außerdem rief er vor jedem Besuch höflich an und fragte, ob er genehm sei. Sie fand, daß sie ihr Leben prächtig organisiert hatte. Vom Bafög konnten nicht mal die Körnerfresser leben. Reiche Eltern hatte sie nicht, und Goldie garantierte ihr ein sorgloses Studium.

Durch die langen Gespräche mit ihm, die eigentlich von ihrer Seite gesehen nur aus Zuhören bestanden, kam sie schon auf die Idee, umzusatteln und das langweilige Germanistikstudium an den Nagel zu hängen – die späteren Berufsaussichten waren ohnehin gering – und statt dessen Psychologie zu studieren. Sie las bereits ein einführendes Buch, das ihr außerdem im Umgang mit Goldie recht nützlich war: ›Die klientenzentrierte Gesprächspsychotherapie‹ von Carl R. Rogers.

Sie holte zwei dieser Blumenvasen aus dem Schrank, die

Goldie Cognacschwenker nannte, und baute sie zwischen den Kerzen auf. Irgendwie freute sie sich auf den Abend.
Goldie, der von ihr natürlich Gerhardt genannt wurde, war von einer typischen Pernod-Geruchswolke umgeben. Ursula mochte diese Mischung aus Alkohol und Anis gar nicht. Da sie ihn schlecht auffordern konnte, sich erstmal die Zähne zu putzen, goß sie ihm gleich einen großen Cognac ein und zog dabei den Korken so geschickt aus der Flasche, daß dabei dieses romantische Plop-Geräusch entstand. Dazu das Gluckern, wenn der Cognac durch den Flaschenhals ins Glas strömte!
Er ging zu dem Lammfellteppich und streckte sich darauf aus. Sie beugte sich runter, öffnete die Riemen seiner Schuhe und befreite dann seine Füße von dem Leder. Mit leichtem Daumendruck begann sie ihn unter den Füßen zu massieren. Er hatte noch die Socken dabei an. »Oh, nicht, das kitzelt so«, kicherte er, richtete sich halb auf und ließ den Cognac zwischen Zunge und Gaumen genußvoll rollen. Dann lag er auf dem Rücken, hielt die Augen geschlossen, spürte ihre Nähe nur auf mystische Weise, ohne daß er sie hörte, roch oder berührte. Sie hockte schweigend einen Meter von ihm entfernt, die Knie unter die Kinnlade geschoben, die Beine mit den Armen umschlungen.
Sie wartete. Manchmal lag er erst eine halbe Stunde mit geschlossenen Augen da, bevor er loslegte. Heute ging es schneller.
»Es war ein Scheißtag, das kann ich dir sagen. Ich weiß nicht mehr weiter. Kannst du dir das vorstellen? Ich *weiß nicht mehr weiter!* Gerhardt Goldammer ist am Ende mit seinem Latein. Hat alle Trümpfe ausgespielt. Wird jetzt kaltgestellt. Fertiggemacht von einem Neuling. Das ist nicht fair, mich so kaltzustellen. Man hat mir keine

Chance gegeben. Wenn der dicke Pauli aus dem Urlaub kommt und mitkriegt, daß er gefeuert wurde..., der nimmt sich glatt das Leben. Und für mich ist es nur eine Frage der Zeit. Dann feuert dieser Tarzan auch mich. Außerdem bin ich von allen Schmiergeldern abgeschnitten. Was werden meine Geschäftspartner sagen, wenn ich ihnen nicht die versprochenen Aufträge vermitteln kann?«

»Aber du hast mir doch gesagt, daß du eigentlich gar nicht mehr arbeiten müßtest, weil du längst genug verdient hast für einen ruhigen Lebensabend.«

Dieser erste zaghafte Versuch, ihn zu trösten, ging voll daneben.

»Ruhigen Lebensabend!« schluchzte er. »Ruhigen Lebensabend hast du gesagt. Gehöre ich für dich auch schon zum alten Eisen?«

»Nein, nein, natürlich nicht. Aber vielleicht wäre doch ein bißchen ausspannen mal gut für dich. Vor dem offenen Kamin sitzen und Bücher lesen. Angeln gehen statt ins Büro. Keine Termine, sondern Spaziergänge.«

Jetzt war er restlos fertig.

»Du denkst auch, ich sei zu nichts mehr nutze, nur weil dieser Muskelprotz kommt, allen Frauen den Kopf verdreht, alles besser weiß, alles besser kann, und so edel ist er und so gut! Man könnte kotzen! Und hinter der Fassade verbirgt sich ein ganz abgebrühter Hund. Eiskalt. Ein James Bond der Werbebranche. Der wird jetzt absahnen. Der steckt sich alles alleine ein. Warum sollte er auch teilen? Und ich bekomme noch eine Weile ein mickriges Gehalt als sein Kofferträger, bis er mich nicht mehr braucht. Vielleicht behält er mich aber auch, aus reiner Grausamkeit, um sich jeden Tag an meinem Schmerz zu weiden, um mich zu erniedrigen, um mich als Publikum für seine Heldentaten zu benutzen.«

Sie goß ihm noch einen Cognac ein.
»Mach doch erstmal Urlaub. Ein ganzes Jahr am besten! Nimm deine Frau und deine Kinder mit. Du kannst es dir doch leisten. Millionen Männer würden dich darum beneiden.«
»Glaubst du denn, sie wird mich dann noch lieben? Was werden meine Kinder von mir denken. Ihr Vater ein Schwächling. Ein Schlappschwanz, der sich verdrängen läßt.«
Natürlich wußte sie, daß Geld und Macht für Gerhardt zu Symbolen für sexuelle Potenz geworden waren. Deshalb fürchtete er sich vor Jörg Stautes Einfluß. Nach einer gelungenen finanziellen Transaktion fühlte er sich im Bett stärker als sonst, war die Befriedigung größer, das Leben reicher. Irgendwie rutschte er durch die Zahlen in eine neue Dimension von Empfindung. Eine Art Rausch, bei dem er plötzlich meinte, alles viel klarer zu sehen, intensiver zu empfinden und leichter tun zu können.
»Guck mich doch an«, jammerte Goldie, »was ist schon dran an mir? Seh' ich etwa gut aus? Hab' ich was von dem, was Frauen wild macht? Meine Zähne sind falsch. Mein Toupet ist zwar eine künstlerische Glanzleistung, aber es ist trotzdem ein Toupet. Wenn der Fahrstuhl defekt ist und ich die Treppen steigen muß, wird mir nach knapp vierzig Stufen schwindlig. Andere Männer machen in meinem Alter noch Hochleistungssport. Ich kann weder singen noch malen oder romantische Liebesbriefe schreiben. Wenn ich jetzt auch noch in meinem Job versage, wenn ich jetzt nur noch so viel verdiene, als wäre ich Beamter geworden, dann ist nichts mehr an mir dran. Dann bin ich nur noch ein durchschnittlicher Langweiler. Jeder dahergelaufene junge Verkäufer oder Student kann mir meine Frau wegnehmen.«
Inzwischen waren erste dicke, ehrliche Tränen über sein

Gesicht gelaufen. Ursula machte sich daran, sie abzutupfen.
Mein Gott, dachte sie, das darf doch nicht wahr sein. Atomare Sprengköpfe bedrohen unser Leben. Vielleicht gibt es Europa schon in zwanzig Minuten nicht mehr, wenn einer dieser glanzäugigen NATO-Heinis ein atomares Ziel entdeckt zu haben glaubt oder auch nur seiner Freundin imponieren will, weil er den Erstschlag ausgeführt hat! Während wir jederzeit hochfliegen können, denkt der über sein Toupet nach und findet sich langweilig und hat Angst vor bärtigen Studenten, die seine Frau anmachen könnten. Die Verdrängungsmechanismen in dieser Welt funktionieren wirklich prächtig.
Doch das sagte sie nicht. Sie sagte: »Das glaubst du doch selber nicht. Was meinst du, wie viele Mädchen auf dich fliegen! Wenn ich allein an meine Freundinnen in der Uni denke.«
»Meinst du wirklich?«
»Klar. Du siehst doch fesch aus, hast Lebenserfahrung, nicht wie die Pipijungen, die einem sonst begegnen und mit Papis Wagen angeben. Bei dir kann sich eine Frau geborgen fühlen. Du strahlst so eine Wärme aus, da möchte man sich gerne anlehnen. Glaub nur nicht, daß alle Frauen bloß auf Geld abfahren. Die Karrieretypen sind doch out.«
Er schluckte und sah ihr tief in die Augen.
»Du meinst also, man würde mich nicht nur wegen meines Geldes oder meines Einflusses lieben?«
»Nein! Was hast du überhaupt für ein Bild vom Menschen? Denkst du, alles sei käuflich? Glaubst du, es gibt keine anständigen Frauen mehr, die sich einfach so in einen Kerl wie dich verlieben? Denen es Spaß macht, mit ihm auszugehen und ihm zuzuhören?«

»Heißt das«, fragte er, »du würdest das für mich auch umsonst machen? Ich meine, ohne daß ich dir ein Stipendium bezahle?«
Jetzt wurde die Sache zu einem Eiertanz. Das Ergebnis ihres Gesprächs sollte ja nicht sein, daß er ihr in Zukunft nichts mehr bezahlte, dafür dann aber völlig gelöst und sorgenfrei nach Hause ging.
»Ich, ich empfinde das nicht als Bezahlung, sondern als Geschenk. Ja, als ein Geschenk, das du mir machst, weil ich dir auch ein Geschenk mache. Ich ...«
»Aber das ist doch Blödsinn. Ich habe mich auf deine Anzeige hin gemeldet. Du brauchtest einen Finanzier und ich eine ... na, du weißt schon. Und wenn ich ein armer Schlucker gewesen wäre, hättest du mir nie und nimmer nächtelang zugehört.«
»Das hätte ich wohl!« sagte sie forsch und überlegte krampfhaft, wie sie das Gespräch in eine andere Richtung lenken könnte.

Jörg siegt schon wieder

Annie saß auf ihrem Ehrenplatz neben dem Trainer. Obwohl sie während ihrer Ehe mit Jörg mindestens hundert Basketballspiele aus nächster Nähe gesehen hatte, obwohl ihr Jörg oft zweimal Artikel aus dem ›Basketball-Magazin‹ vorlas, obwohl bei ihnen manchmal abends Spieler zu Gast waren und mit Jörg fachsimpelten, verstand sie von diesem rätselhaften Sport herzlich wenig. Sie wußte nicht, was ein Fehlschritt war und wunderte sich immer wieder aufs neue, wenn der Schiedsrichter unmelodisch in seine Pfeife blies und eine Entscheidung fällte. Jörg war ein sogenannter Centerspieler. Manchmal wurde er in der Lokalzeitung Torjäger genannt.

Und manchmal kam Tante Frieda und brachte Zeitungsausschnitte mit, die sie sammelte und dann angewidert auf den Tisch legte, weil sie es albern fand, daß erwachsene Männer sich schwitzend in Turnhosen fotografieren ließen.
»Und das bei seiner Position«, sagte sie oft, »wo er doch auf dem Büro ist.«
Nun beobachtete Annie wieder, wie diese Horde hochgewachsener Männer hinter einem Ball herhechelte.
Sie hing ihren Gedanken nach. Sie fragte sich, was den jetzt aufgestiegenen Jörg noch an sie fesselte. Wenn Männer in Jörgs Alter kamen, wurden meist ihre Autos und ihre Frauen dicker. Wenigstens in der Hinsicht konnte Jörg sich nicht beklagen. Sie war gertenschlank. Sie sah, daß sein Körper langsam feucht wurde vom Schweiß. Wie eine ölige Schicht überzog die Feuchtigkeit seine Haut, ließ das aufregende Spiel seiner Muskeln im Scheinwerferlicht der Halle glänzen. Dieses Geräusch, wenn der Ball auf dem Hallenboden auftupfte und wieder hochfederte...
Sie saß gern so da, sah zu und ließ ihren Gedanken freien Lauf. Hinterher, wenn alle zusammen ins Balkanrestaurant gingen, dann würden sie hungrig sein, fröhlich und ausgelassen.
Sie könnte wieder ein bißchen mit den anderen Spielern flirten, was völlig harmlos war, aber ihr Spaß machte, weil sie alle so hochgewachsene Männer waren wie ihr Jörg. Und die Bewunderung, die sie für Jörg als Centerspieler empfanden, übertrug sich ein wenig auf seine Ehefrau.
Sie wollte einen gegrillten Maiskolben essen, einen großen Salatteller und vielleicht ein bißchen Geschnetzeltes vom Grill. Fleisch war für sie nicht so wichtig. Dafür aß Jörg um so mehr davon. Manchmal genierte sie sich

richtig, wenn die Leute vom Nachbartisch rübersahen und die Köpfe schüttelten, weil sie sahen, wie Jörg das Fleisch verschlang. Bei den Basketballern brauchte sie sich nicht zu genieren. Die aßen selber alle wie ausgehungerte Raubtiere.
Der Trainer neben Annie sprang auf. Er brüllte: »Sauber! Sauber!« Jörg hatte den Ball in den Korb gelegt. Fast ohne eine äußerlich sichtbare Anstrengung. Die fast hundert Zuschauer klatschten und einige grölten sogar: »Staute vor!«
Ein Spieler der gegnerischen Mannschaft wurde ausgebuht und verspottet: »Ohne Beinchen läuft's sich schlecht!« brüllte ein Junge mit feuerroten Haaren und ebensolchem Gesicht.
Solche Entgleisungen mochte Annie nicht. Sie wußte, daß die meisten Basketballer der Meinung waren, daß Basketball ein Sport für intelligente Menschen war. Sie fühlten sich den Fußballfans meilenweit überlegen. Nur die Tennisspieler wurden von ihnen akzeptiert.

William Schmidt-Rudolf wird angekettet

»Ich lass' mich scheiden. Ja, ich lass' mich scheiden, ganz bestimmt. Dann wird die Alte ganz schön bluten. Scheiden lass' ich mich!« sagte William Schmidt-Rudolf zu sich selbst. Er saß in der Bar des Sheraton, sein Fuß schmerzte und eine dickleibige Pianistin spielte auf dem Klavier Lieder von Leonard Cohen. Sie sang mit rauchiger Stimme, und diese melancholischen Lieder über kaputte Beziehungskisten und hoffnungslose Liebe paßten so gut zu Williams Stimmung, daß er sich in seiner Traurigkeit wohnlich einzurichten begann. Er möblierte seine Verzweiflung mit hochprozentigen Schnäpsen,

hing dieser dicken Pianistin nach und beobachtete voller Weltschmerz das Pärchen in einer Ecke der Bar, das Küsse austauschte und selige Blicke wechselte.
»Warum hab' ich mich nicht schon längst scheiden lassen?« fragte William den Barkeeper, der auch keine Antwort wußte und nur verständnislos mit den Schultern zuckte.
»Ich will's dir sagen!« fuhr William fort. »Weil alles dem Drachen gehört. Darauf hat ihr Vater bei unserer Hochzeit geachtet. So einen Ehevertrag haben wir gemacht. Und in dem Vertrag bin ich der Doofe! Alles gehört ihr. Ich bin abhängig von ihrem Taschengeld! Und wenn ich mich endlich scheiden lasse, dann kann ich irgendwo eine Schaschlikbude aufmachen. Können Sie sich das vorstellen? Ich hinter so einem Würstchenstand?«
Der Barkeeper schüttelte energisch den Kopf. William lehnte sich weit über die Theke, drohte abzurutschen, warf dabei ein Glas mit Salzstangen um und grölte: »Ich bin der Sklave eines Drachen! Aber noch heute nacht werde ich zum Drachentöter werden.« Er beendete seinen Ausruf mit einem gesunden Aufstoßen.
»Setzen Sie sich wieder, beruhigen Sie sich!« sagte der Barkeeper, der genau wußte, daß er diesen Mann nicht an die Luft setzen konnte. Aber ein Aufsehen in der Bar durfte es trotzdem nicht geben.
Er war froh, Anastasia Rudolf in die Bar schreiten zu sehen. Sie sah so entschlossen aus wie immer. Sie stellte sich neben William und zischte ihn an: »Mach keine Szene! Komm sofort nach oben!«
»Hallo, du Gewitterhexe!« grölte William.
»Du bist und bleibst ein Prolet!« fauchte sie.
William sah alles etwas verschwommen, trotzdem registrierte er diesen Riesen neben sich, der ihn plötzlich unter den Achselhöhlen packte und vom Barhocker zog.

Der Griff war nicht schmerzhaft, aber energisch genug, daß William keinen Widerstand leistete.
So wurde er bis zum Fahrstuhl gebracht. Im Fahrstuhl drückte der Riese William gegen die Wand. Über seine Schulter hinweg konnte William sehen, wie seine Frau das Stockwerk wählte. Dann lehnte sie sich in der anderen Ecke des Fahrstuhls gegen die Wand, verschränkte trotzig beide Arme vor der Brust und krakeelte: »Da staunst du, was?«
»Was soll das? Wer ist das? Bin ich entführt?«
»Das ist Bruno.«
William sah in das ausdruckslose Gesicht. Er wollte sich jetzt endlich befreien. Es reichte ihm. Er würde morgen den Körper voller blauer Flecken haben. Er zog sein Knie ruckartig hoch. Der Riese öffnete den breiten Mund zu einem stummen Schrei. Seine Augäpfel quollen hervor. Langsam, fast bedächtig sank er auf die Knie. Mit beiden Händen hielt er sich die schmerzende Stelle zwischen den Beinen fest. William räusperte sich, brachte seine Kleidung in Ordnung, warf erst einen triumphierenden Blick auf Anastasia, dann sah er den Riesen an und grinste: »Guten Tag, Bruno.«
Bruno wollte sich auf William stürzen, aber der Fahrstuhl hielt an, und Anastasia pfiff ihren Bruno mit einem kurzen »Brunoooo!« zurück.
William wurde in ein Zimmer geführt, in dem zu seinem großen Schreck Frau Söhnlein bereits bequem in einem Sessel saß.
»Was ist hier eigentlich los?« brüllte William, aber dieser Ton zog hier nicht.
»Geh dir erstmal die Zähne putzen und zieh dich um, du riechst etwas streng«, sagte Anastasia emotionslos.
Erst wollte er protestieren, aber dann gehorchte er – halb aus Gewohnheit, halb aus Resignation.

Im Badezimmer stand er vor dem Spiegel und sah, wie seine Lippen Worte formten: »Warum bringst du sie nicht um? Eines Tages bring' ich sie um!«
Als er dann frisch gewaschen und mit weißen Zähnen wieder im Zimmer erschien, da störte ihn als erstes Brunos gleichmütig dümmliches Gesicht. Anastasia hielt ein Glas Orangensaft in der Hand. Auch die lange Zigarettenspitze wippte schon wieder in ihrer Hand.
Frau Söhnlein hielt die Hände im Schoß gefaltet und sah auf ihre Fußspitzen.
William zeigte auf Bruno, der sich schon von dem Schock erholt hatte, und sprach so streng wie möglich: »Was ist das für ein Hampelmann? Was will der hier?«
»Das ist Bruno«, sagte Anastasia, holte tief Luft und fügte hinzu: »Dein Leibwächter.«
»Mein was?«
»Dein Leibwächter. Hörst du schlecht?«
»Aber der ist auf mich losgegangen!«
»Nein, nicht er auf dich – du auf ihn!«
»Ach, meine Frau hält natürlich zu ihm.«
»Ich habe ihn engagiert.«
»Du hast was?«
»Ich habe ihn engagiert.«
»Aber wozu. Ich brauche keinen Leibwächter. Mir tut keiner was.«
»Ja, das denkst du. Aber ich möchte, daß er dich in Zukunft überallhin begleitet.«
Ein trauriges Lachen konnte William sich jetzt nicht verkneifen. »Der. Der soll mich ...«
Bruno rutschte nervös in seinem Sessel herum. Hilflos sah er Anastasia an.
»Man kann bei deinem Lebenswandel von Frau Söhnlein nicht verlangen, daß sie dich überallhin begleitet, wenn du in Europa bist.«

Frau Söhnlein nickte fromm.
»Sehr richtig«, sagte William, aber dann ging ihm auf, was hier gespielt wurde.
»Du treibst dich nachts in Gegenden rum, in denen Frauen sich alleine nicht sehen lassen können. Aber Bruno wird es nichts ausmachen, auch in Bars und Strichstraßen nicht von deiner Seite zu weichen.«
»Aber Liebling, das ist doch albern!«
»Du bist albern. In deinen Jahren.«
»Aber...«
»Schweig. Ich habe entschieden. Bruno wird in Europa nicht von deiner Seite weichen. Mir reichen deine Abenteuer. Wenn ich meinem Vater erzählen würde, was du...«
William vergrub sein Gesicht in den Handflächen und spürte Wut in sich brennen wie heißes Eisen.
Als er glaubte, daß er sich gefaßt hatte, versuchte er ironisch zu werden, das gelang ihm nur selten, denn er war ein ziemlich gradliniger Typ.
»Und wie soll der seine Berichte über mich an dich abschicken? Du glaubst doch nicht, daß der schreiben kann. Dem guckt die Doofheit doch aus den Augen.«
»William!«
»Ja, Liebling!«
»Du bist betrunken.«
»Ach, glaubst du etwa, das könnte ein erwachsener Mann in nüchternem Zustand verkraften? Du spionierst mir nicht ganz normal nach, wie andere Ehefrauen es tun. Du beauftragst kein Detektivbüro oder kontrollierst heimlich meine Anzugtaschen, nein, du machst das nicht so unauffällig. Du schickst mir eine Sekretärin, die eigentlich hätte Nonne werden sollen und die mir nicht von der Pelle weicht. Wenn es mir mal gelingt, ihr zu entwischen, dann denkst du gleich wunders was, aber man

muß auch mal allein sein können! Verstehst du das? Allein! Und jetzt willst du mir auch noch dieses dümmliche Muskelpaket hinterherschicken, damit ich nicht mal mehr abends in Ruhe mein Bier trinken kann. Das lasse ich mir nicht bieten.«

»So, du läßt dir das nicht bieten.« Sie lachte kurz auf. »Du kannst mich auf allen deinen Reisen mitnehmen, aber das willst du nicht, das machst du mir unmöglich, indem du dreckige Witze erzählst, wenn ich dabei bin, mich vor Geschäftspartnern unmöglich machst und jungen Kerlen Geld gibst, damit sie den ganzen Abend mit mir tanzen und du dich ungestört vollaufen lassen kannst.«

»Na, denkst du, die hätten das umsonst getan?«

»Du gemeiner...«

Ihr fehlten die Worte.

»Jedenfalls wird Bruno dich auf Schritt und Tritt begleiten, oder...«

»Oder was?«

»Die Kaufhauskette macht fast zehn Millionen Minus pro Jahr! Zehn Millionen Dollar, weil du sie ruinierst. Was sagst du dazu?«

William richtete die Augen gegen die Decke, rechnete kurz und antwortete dann: »Wir müßten in spätestens fünfundzwanzig Jahren aufhören, wenn wir nicht wollen, daß unser Landhaus in Mexiko unter den Hammer kommt.«

William wird befreit

Als William Schmidt-Rudolf zurückflog, saßen zwei Menschen im Flugzeug neben ihm. Ein in eisiges Schweigen gehüllter Catcher und eine ältere Dame mit Notizblock, die ständig Termine runterrasselte. Direkt nach der Landung versuchte William ihnen zu entkommen. Er ging als erster in den Kontrollraum, ließ sich nach Waffen abtasten und spurtete dann los. Hinter ihm wurde Bruno durchsucht. William hatte eine knappe Minute Vorsprung. Er schaffte es bis draußen. Vor dem Flughafen rannte er zu einem Taxi. Da hörte er schon den hechelnden Atem hinter sich. Bruno holte ihn ein.
Ein zweites Mal versuchte er es in einem überfüllten Fahrstuhl. Er sprang wieder raus, als die Tür sich schloß. Der Fahrstuhl sauste mit Frau Söhnlein und Bruno nach oben, während William erneut versuchte, auf der Straße ein Taxi zu bekommen. Wieder machte Bruno mit einem sportlichen Dauerlauf einen Strich durch Williams Rechnung. »Ich sitze in der Falle, die Spinne hat mich im Netz gefangen!« sinnierte er halblaut.
Er wollte gar nichts Unmoralisches treiben. Nur zum Beispiel ein stilles Stündchen bei seinen Karl-May-Büchern verbringen, ohne daß ihm einer dabei zusah.

Es war Samstag, niemand konnte erwarten, Jörg im Planungsbüro zu finden. Doch nach dem gewonnenen Basketballspiel bearbeitete er eine – wie er fand – großartige Werbeidee, die er als erstes William Schmidt-Rudolf selbst vorstellen wollte.
Wie immer, wenn er angestrengt nachdachte, ging Jörg auch jetzt spazieren. Er verließ sein pompöses Büro und ging im Flur auf und ab.
Als William ihn sah, rannte er los. Direkt hinter ihm her

der Catcher. »Hilfe, Jörg! Ein Wahnsinniger verfolgt mich!« schrie William, und Jörg Staute war sofort zur Stelle. Er rannte auf den Riesen los, versperrte ihm den Weg und versuchte, ihn zu fassen.
An Körpergröße und Gewicht waren die beiden sich ebenbürtig. Es versprach ein spannender Kampf zu werden. Bruno versuchte einige Handkantenschläge, denen Jörg aber so geschickt auswich, als handele es sich um eine Trainingsstunde. Dann prallte Bruno mit seinem ganzen Körpergewicht gegen Jörg, umschloß ihn mit beiden Armen und versuchte, ihm so die Luft aus den Lungen zu pressen und die Rippen zu brechen. Jörg nahm nun seinerseits den Kopf von Bruno in beide Hände und stieß ihn dann von sich, wie einen Basketball, mit dem er einen Korb machen wollte. So schraubte sich Brunos Kopf fast von der Wirbelsäule.
Bruno ging zu Boden. Jörg fühlte sich siegessicher und sah zu William hinüber, der in dem Planungsbüro verschwand. Diese Chance nutzte Bruno und trat gegen Jörgs Schienbein. Jörg knallte ebenfalls hin. Schon war Bruno über ihm und nahm ihn in den Schwitzkasten. Mit letzter Luft schrie Jörg: »Rufen Sie die Polizei an! Schnell!« William setzte sich auf den großen Schreibtisch und überlegte einen Moment: Die Polizei anrufen ... ja aber ... warum eigentlich nicht? Vielleicht war das die große Möglichkeit. Während draußen Frau Söhnlein versuchte, den Kampf zu schlichten, rief William die Polizei.
Als sie eintrudelte, hing Jörgs Hemd in Fetzen von seinen Schultern. Im Gegenzug hatte Jörg Brunos Hosenbeine in Putzlappen verwandelt. Kaum waren die beiden auseinandergebracht, da wollte Frau Söhnlein eine Erklärung geben, doch Williams laute Stimme übertönte sie: »Nehmen Sie den Mann dort fest. Er hat versucht, mich in

meinem Büro zu überfallen. Und diese Frau da ist seine Komplizin. Nur dem entschlossenen Handeln von Herrn Staute ist es zu verdanken, daß meine wertvolle Sammlung unangetastet blieb.«
»Aber Herr William Schmidt-Rudolf!« empörte sich Frau Söhnlein.
Bruno schnaubte mit hochrotem Kopf vor Zorn, bekam aber keinen Satz raus.
William zeigte seinen Ausweis, und Minuten später wurden die beiden abgeführt.
William rieb sich die Hände, lachte kindisch und klopfte Jörg auf die Schultern: »Mensch, das war eine großartige Idee! Einfach großartig.«
»W... Warum haben Sie Frau Söhnlein verhaften lassen? Sie hat doch gar nicht...«
William lachte jetzt lauthals.
»Weil diese Giftschlange schon lange hinter Gitter gehört. Mensch, Staute! Die bleiben mindestens vierundzwanzig Stunden in Haft. Einen ganzen Tag und eine ganze Nacht! Jetzt machen wir was los! Sie lassen mich doch nicht im Stich, oder? Zu zweit macht alles doppelt so viel Spaß. Heute lassen wir die Puppen tanzen.«
»Ja, aber...«
»Keine Widerrede!«

Dieter Dähmel in heikler Mission

Dieter Dähmels Detektivseele verlangte Revanche. Oft genug hatte er Filme gesehen, in denen Detektive einen Fall auf eigene Faust lösten, nur weil er sie zu interessieren begann. Hinterher standen sie dann als strahlende Helden da, unbestechlich, mutig, schlau – und es winkte ihnen auch immer eine fette Belohnung.

Es kam ihm mehr als verdächtig vor, daß aus dem Haus, in dem Jörgs neues Büro lag, zwei Leute von der Polizei abgeführt wurden. Wenig später verließ Jörg das Haus mit einem etwas älteren Mann, er hatte sich bei ihm untergehakt. Sie schienen beide bester Laune zu sein. Sie nahmen sich ein Taxi. Dieter Dähmel blieb ihnen auf den Fersen. In einem argentinischen ›Steakhouse‹ aßen sie blutige Steaks, tranken Matetee mit schmiedeeisernen Strohhalmen, schüttelten sich, weil er ihnen zu bitter schmeckte und saßen schon wieder – dicht gefolgt von Dieter Dähmel – im Taxi.
Um sich für die Freuden des Abends fit zu machen, besuchten sie dann eine Sauna. Keine von den überfüllten Schwitzkästen, in denen man – nach Geschlechtern getrennt – für ein paar Mark die Sünden der Zivilisation abbüßen konnte, sondern eine Privatsauna nur für Clubmitglieder. Die Ermittlungen wurden teuer für Dieter Dähmel. Er mußte zunächst Mitglied im Club werden, was 500 DM Aufnahmegebühr kostete. Dann bezahlte er noch 150 DM Eintritt. Er bekam dafür zunächst nicht mehr als zwei frische, gelbe Handtücher. Ein großes und ein kleines. Er trat durch eine Tür und sah vor sich ein Schwimmbecken, vielleicht acht mal acht Meter groß. Darin prusteten zwei Herren Wasser wie junge Seehunde. Am Rande des Beckens saßen zwei – selbstverständlich nackte – Damen und paßten auf die Handtücher auf. Einige Liegen mit den verschiedensten Möglichkeiten, sich durch Einwurf von fünf Mark Bräunung zu verschaffen. Eine kleine Theke mit sechs Barhockern davor. Dort saß nur ein recht dicker Mensch, keusch ein Handtuch umgeschlungen, die Augen nicht von der Bardame wendend, deren Brüste beim Cocktailmischen anmutig wippten.
Auf dem Weg zur eigentlichen Sauna und zu den Massa-

geräumen kam Dieter Dähmel an einer Galerie von Liegestühlen vorbei, in denen äußerst gutgewachsene junge Damen lagen. Alle in knappen zweiteiligen Badeanzügen. Sie lasen Illustrierte oder strickten. Kaum trat Dieter Dähmel in ihr Sichtfeld, senkten sich die Zeitschriften, wurde das Strickzeug zur Seite gelegt, und alle lächelten ihn verführerisch an. Schweiß bildete sich in seinen Achselhöhlen. Er blieb stehen. Was erwarteten die Damen von ihm? Er war neu. Er kannte die üblichen Verhaltensweisen hier noch nicht. William und Jörg waren nicht zu sehen. Als die Damen seine Unsicherheit bemerkten, erhob sich eine graziös und baute sich vor ihm auf. Mit einer einladenden Handbewegung wies sie auf ihre Freundinnen und sagte: »Bei uns braucht niemand allein zu sein. Nach der Sauna vielleicht eine Spezialmassage?«

Er wählte eine kleine Asiatin aus und ließ sich von ihr bis zur Sauna begleiten. Sie half ihm beim Umziehen und erklärte, die Massage koste 100 DM, wenn er mehr wolle, müsse er aber noch etwas für sie drauflegen.

Er hatte am Eingang mit zwei Euroschecks bezahlt. Er fragte die Asiatin, ob sie auch Schecks nähme. Sie fragte, ob er eine Scheckkarte dabei habe, er nickte, dann nickte sie auch.

In die Sauna mußte er dann allein, die zierliche Frau versprach, auf ihn zu warten, er solle erst mal in Ruhe schwitzen.

Der Raum war klein. Man konnte in drei Stufen schwitzen. William und Jörg hockten auf der mittleren Stufe. Sie hatten die Ellbogen auf die Knie gestützt und ließen die Köpfe lose baumeln.

Dieter Dähmel, bei dem die Hitze gleich eine Kreislaufschwäche auslöste, bewegte sich in ihre Richtung und lauschte gespannt dem Gespräch. »Der Laden hier ist zwar nicht erstklassig, aber dafür sind die Mädchen nicht so abgebrühte Huren. Hier ist es fast familiär. Wenn man mal schlecht drauf ist oder zuviel trinkt, sorgen sie sogar für ein Taxi. Hier gehe ich oft hin, das heißt, wenn ich mich freimachen kann. Würde ich dir auch empfehlen. Ist gut für Seele und Körper.«

Schon lief das Wasser in langen Bächen aus Dieter Dähmels Haut. Das Atmen fiel ihm schwer, die feuchte Hitze brannte die Schleimhäute der Nasenwände an. Er fragte sich, wie man bei dieser Schwüle noch Kraft genug hatte, so unbefangen zu plaudern. Auch überlegte er, ob die Sache mit dem Mädchen kein weggeworfenes Geld war, denn er fühlte sich von Sekunde zu Sekunde körperlich schlechter. Müdigkeit und eine gewisse Schwere in den Gliedern machten sich breit.

»Warum hast du gerade für die Mädchen bezahlt, wenn sie jetzt nicht mit in die Sauna gekommen sind?« fragte Jörg den erfahrenen William. William lachte. »Was glaubst du, wie die aussehen würden, wenn sie mit jedem Kunden in die Sauna gingen? Außerdem – was willst du hier mit ihnen anfangen – bei der Hitze?«

Die Holztür wurde geöffnet, eine vollschlanke Blondine erschien und goß Wasser auf die heißen Steine. Es zischte und dampfte, und sie verschwand sofort wieder, noch bevor William genüßlich stöhnen konnte: »Ahhh, das tut gut.«

Dieter Dähmel überlegte, ob er den Raum nicht besser verlassen sollte. Er war solche Torturen nicht gewöhnt. In seinem Kopf breiteten sich schon Nebelschwaden aus. Doch dann überlegte er: Wenn zwei Leute eine wirklich heiße und geheime Sache zu besprechen haben, was wäre besser als eine Sauna? Er entschloß sich, tapfer auszuhalten und weiter zu lauschen.

»Die Kleine mit den schwarzen Haaren und den dicken

Titten hat ungeheuer flinke und geschickte Hände. Kann ich dir nur empfehlen. Aber verausgab dich nicht allzusehr. Wir haben noch viel vor uns, der Tag ist noch jung.«
Aha, dachte Dieter Dähmel. Er soll sich nicht verausgaben. Sie haben noch viel vor. Die ganze Geschichte wird noch spannend. Vielleicht bin ich gar einem internationalen Agentenring auf der Spur.
»Bruno und die alte Schreckschraube haben wir herrlich abgeschüttelt. Der Drachen wird explodieren vor Wut. Solange die auf der Wache bleiben, können sie uns nicht beschatten. Ich fühle mich prächtig – so unbeobachtet und frei.«
So langsam kam er also der Sache näher. Ihre Sprache verriet sie. ›Beschatten‹ und ›abschütteln‹, das waren Worte aus der Agentensprache. Aber er verstand den Code nicht. Was sollte das heißen: ›Der Drachen wird explodieren vor Wut?‹ und welche Rolle spielte sein ursprünglicher Auftraggeber, und warum hatte er ihm den Auftrag abgenommen? Wußte er zuviel? War er zu nahe an die Wahrheit gekommen?
Die Tür öffnete sich, und ein kleiner, kahlköpfiger, dickbauchiger, aber gutgelaunter Mann trat ein, grüßte freundlich und bettete sein Fleisch auf die unterste Stufe.
Jörg und William verließen die Sauna. Dieter Dähmel blieb aus Tarnungsgründen noch 30 Sekunden länger. Bis er völlig ermattet den Folterraum verließ.
Jörg und William wurden bereits im Nebenraum von ihren Damen mit eiskaltem Wasser, das aus dicken Schläuchen schoß, abgespritzt. Sie schüttelten sich dabei, lachten und prusteten. Jörg kicherte: »Nein, o Gott, hahahaha, nein.«
Noch während Dieter Dähmel sich das Spielchen er-

schrocken ansah, richtete seine Asiatin auch einen Schlauch auf ihn. Er lief ein paar Schritte, doch er konnte ihr nicht entkommen. Daß sie wie die beiden anderen Damen nur noch das Unterteil ihres Bikinis trug, interessierte Dieter gar nicht. Er fand es auch nicht erotisch. Er fürchtete sich nur vor dem kalten, harten Wasserstrahl.

Jörg und William hatten die Tortur überstanden und wurden in den Innenhof geführt, der höchstens sechs mal sechs Meter groß war und von einer hohen Mauer umgeben. In der Mitte des Hofes standen drei Liegen. Nun wurden William und Jörg von ihren Damen dazu animiert, im Kreis um die Liegen zu laufen und die Arme zu schwenken.

Dabei machte Dieter Dähmel gerne mit. Gerade als er kalte Füße bekam, forderten die Damen die Männer auf, jetzt erst einen Drink zu nehmen, um dem Körper das verlorene Wasser zurückzugeben.

Der Aufforderung kamen die Männer gerne nach. Die Frauen tranken Piccolos, die Männer Bier. Die Striche auf den Deckeln verrieten, daß die Getränke nicht mit im Eintrittspreis eingeschlossen waren. Dieter Dähmel machte sich Gedanken über den Piccolo für seine Asiatin, vielleicht würde sie noch einen trinken wollen, und unter 20 DM war so ein Fläschchen sicher nicht zu haben. Er würde auch noch seinen letzten Euroscheck opfern müssen.

Jörg trank keusch, fast ein wenig schüchtern sein Bier. William kniff seiner Dame in die Hüften und in den Hintern, und Dieter Dähmel überlegte, wie er das seiner Frau erklären sollte.

William verzog sich mit seiner Dame in eine Einzelkabine. Dann ließ sich auch Jörg in einen Massageraum bringen.

Dieter Dähmel konnte jetzt ohnehin nichts mehr belau-

schen. Er trank sein Bier aus und betrachtete die Asiatin. Ihre zierliche, kleine Gestalt ließ ihn ein wenig erschrekken. Warum hatte er sie gewählt? Dieses Mädchen, das sicherlich zwanzig Jahre jünger war als er und deren kleine spitze Brüste ihn an seine Schwester erinnerten, damals, vor gut fünfundzwanzig Jahren, als sie noch beide zu Hause bei den Eltern wohnten. Dieses Mädchen war zwei Köpfe kleiner als er. Außerdem stand er gar nicht auf solche Eskapaden. Er wollte gehen, wieder draußen in einer Ecke stehen, rauchen und warten, daß die verdächtige Person das Haus verläßt, wie es sich für einen ordentlichen Detektiv gehört.
Aber sie drückte sich an ihn, kraulte seine Nackenhaare und flüsterte ihm Dinge ins Ohr, die er von seiner Frau noch nie gehört hatte. Dann nahm sie ihn mit in einen kleinen Massageraum. In der Mitte stand tatsächlich eine Massagepritsche und kein französisches Bett. Sie schloß die Tür hinter sich und zog dann auch noch das Unterteil des ohnehin knappen Bikinis aus.
Zugegeben, daß ihre Hände seinen Rücken durchwalkten, fand er angenehm, doch plötzlich knirschte seine Wirbelsäule. Er versuchte, den Hals zu drehen. Die kleine Asiatin stand inzwischen mit beiden Füßen auf seinem Rücken und probierte eine fernöstliche Massagekunst aus.
»Das reicht«, zischte Dieter Dähmel.
Er wollte sich einfach erheben, die zierliche Frau abschütteln und gehen, aber das ging jetzt nicht mehr. Ein Wirbel klemmte, und ein stechender Schmerz durchfuhr Dieter Dähmel von der Kopfhaut bis zu den Zehen, wenn er versuchte aufzustehen.
Die Asiatin versicherte, das würde gleich viel besser, er sei nur im Moment noch etwas zu verkrampft.
Er konnte sich immer noch nicht bewegen, als er draußen

vor der Tür zwei laute, ausgelassene Stimmen hörte, die sich gegenseitig versicherten, es sei großartig gewesen und man müsse so etwas öfter tun. Eine einsame Träne rollte aus Dieter Dähmels sonst so hartgesottenem Gesicht.
Sie haben mir mein Geld abgenommen, mir den Auftrag entzogen, das Kreuz ruiniert, und jetzt verliere ich auch noch die Person, die ich beschatte, das ist zuviel.
»Tut gut?« fragte hoch über ihm die freundliche Frau, die dort ihre Turnübungen vollzog.

Goldie hat eine Idee, die ihn retten könnte

Goldie war frisch geduscht, gewaschen und rasiert und saß am Frühstückstisch. Er trug bereits wieder einen Binder und einen Anzug aus braunem Kord. Er trug sonntags immer Kordanzüge, weil die salopp und jugendlich aussahen, trotzdem aber noch die gewisse Seriosität vermittelten, die er ausstrahlen wollte.
Ursula hatte sich weder gekämmt noch die Zähne geputzt oder gar geduscht. Ihr Kopf brummte, und sie machte einen schlampigen Eindruck. Sie trug seine Schlafanzugjacke, die ihr natürlich viel zu groß war, und außerdem den Schlüpfer von gestern. Goldie mochte es nicht, wenn sie so mit wirren Haaren, unausgeschlafen, den Kopf in die rechte Hand gestützt, am Frühstückstisch hockte, mit offenem Mund gähnte und beim Kaffeetrinken schlürfte, und doch gehörte es zu ihrem Spiel, denn von hier aus würde Goldie zu seiner Familie fahren, und sie machte ihm jetzt den Abgang so leicht wie möglich. Außerdem wurde seine immer adrette Frau jetzt – wo die zerknitterte Ursula vor ihm saß – geradezu zu einem Idealbild von Ehefrau.

Bevor er ging, trank er noch zwei Brausetabletten. Aspirin. Schon auf dem Weg nach unten fühlte er sich wieder blendend. Er war wieder ganz der Erfolgstyp. Seelisch völlig wiederhergestellt und dem harten Leben eines Managers auf mindestens einen Monat gewachsen. Ursula hatte ihm ›die nötige power‹, wie er das nannte, zurückgegeben.
Er wußte auch, wie er mit Jörg Staute fertig werden würde. Jörgs geniale Idee, mit wenig Werbekosten die Quietschtitten als Babyspielzeug zu verkaufen, mußte durchkreuzt werden. Und jetzt, da sein Kopf wieder frei war für die Anforderungen, die der Markt an ihn stellte, schien das alles machbar. Probleme, die ein Mann wie er einfach aus dem Weg räumte.
Er erinnerte sich an diesen Doktor Seeligmann. Oder war der sogar Professor Doktor? Egal. Er nannte sich Bio-Psychologe, und was immer das war, es war ein für die Werbebranche sehr nützlicher Job. Wie war das denn damals? Goldie gehörte noch gar nicht zum Dagobert-Konzern. Er saß in der Werbeabteilung einer Firma, die Babynahrung herstellte. Von der ersten Woche an versorgten sie die Kleinkinder. Die wenigen Zeitschriften, die es für junge Eltern gab, hatten sie voll im Griff, waren entweder daran beteiligt oder hatten sie durch gewaltige Werbeaufträge in der Hand. Dann ging der Umsatz an Babynahrung zurück. Erst nur langsam, kaum merklich, dann rapide. Eine neue Mode kam auf: das Stillen. Wie hatten sie damals auf die Emanzenmiezen geschimpft, die in ihren Scheiß-Frauen-Gruppen zuerst gar keine Kinder kriegen wollten, was schlecht für den Umsatz von Babynahrung war, und die jetzt die neue Mütterlichkeit entdeckten und selbst stillen wollten, was den Konzern zu ruinieren drohte!
Man knallte damals Millionen in die Werbung, doch

damit konnte man die Mütter nicht von ihrem Stilltrip abbringen. Da hatte Goldie eine Idee: Er arbeitete eine Kampagne gegen das Stillen aus. Dazu bediente er sich verschiedener Journalisten und des Bio-Psychologen Dr. Seeligmann.
Seeligmann schrieb gegen harte D-Mark eine sechsteilige Artikelserie für die Herausgeber sämtlicher Elternzeitschriften. Die Zeitschriften druckten natürlich die Serie, um es sich mit dem Konzern nicht zu verderben. Seeligmann warnte alle Mütter, ihre Kinder zu stillen, weil durch die Umwelteinflüsse, die Gifte, die wir alle ständig einatmen, den Streß des Alltags und die künstliche Nahrung die Muttermilch vergiftet sei. Er wies bei fünfundachtzig Prozent aller gestillten Babys schwerwiegende bio-psychische Schäden nach.
Die anderen Nachteile des Stillens, wie zum Beispiel das Erschlaffen der Brust, ließ Goldie von Modezeitschriften aufgreifen.
Die Kampagne wurde ein voller Erfolg. Tausende von Müttern nahmen ihre Kinder von der Brust und kauften nun Fertigpulver, das nur noch mit abgekochtem Wasser verdünnt werden mußte.
Diese Geschichte brachte Goldie in eine neue Gehaltsklasse und trug ihm außerdem ein Angebot des Dagobert-Konzerns ein. Dr. Seeligmann wurde durch diese Geschichte zum Fachschriftsteller für alle Dinge, die auch nur entfernt mit Babys, Müttern und Geburten zu tun hatten. Er moderierte seitdem unter anderem eine beliebte Vormittagssendung im Fernsehen, in der er einmal wöchentlich seine neuesten Erkenntnisse über Kindererziehung zum besten gab.
Diesen beliebten und bekannten Mann würde Goldie gewinnen. Er sollte einen Feldzug gegen Quietschtitten für Kleinkinder anfangen. Eine Begründung würde ihm

schon einfallen, wozu war er Bio-Psychologe. Das Wetter war gut und Goldies Laune bestens. Er beschloß, heute mit Frau und Kindern in den Zoo zu gehen.

Annie erinnert sich an eine alte Freundin

Weil ihr nichts Besseres einfiel, blätterte Annie im Telefonbuch und suchte die Namen von alten Klassenkameraden. Sie wollte unbedingt jemanden treffen, mit dem sie nicht über Jörg zu reden brauchte. Also keine Basketballer und auch keine Onkels oder Tanten. So eine alte Klassenkameradin, mit der man von alten Zeiten reden konnte. Wir damals ... hach, weißt du noch ...
Sie blätterte schon die dritte Zigarette lang und noch immer tauchte kein bekannter Name auf. Wahrscheinlich waren die meisten inzwischen umgezogen oder hatten geheiratet und andere Namen angenommen.
Dann – sie wollte schon aufgeben – hatte sie Glück. Ilse Kempowski wohnte noch immer in der Parkstraße wie damals. Trug noch ihren alten Namen und war sogar zu Hause.
Erst konnte sie sich gar nicht erinnern, aber dann immer besser, und sie war auch schon immer der Meinung, man sollte sich unbedingt mal wiedersehen, und ob sie denn wisse, was die Gertrud jetzt ... Aber leider hatte sie gerade heute etwas vor ..., ob sie denn nicht vielleicht mitmachen wollte? Eine Frauengruppe. Friedensinitiative. Stand auf der Bahnhofstraße.
Und warum eigentlich nicht? Man sollte sich sowieso viel mehr engagieren!

Am Morgen nach einer Orgie

Nach einer durchzechten und durchhurten Nacht wurde Jörg auf dem Wasserbett einer Luxuswohnung wach, die man offensichtlich zum Abstellplatz für leere Bierflaschen und volle Aschenbecher gemacht hatte. Neben ihm lagen William und zwei Frauen. Der einen war die Perücke halb vom Kopf gerutscht, bei der anderen saß sie noch prima. Sie sahen sich erschreckend ähnlich. Langsam dämmerte es bei Jörg wieder. William hatte von ›den lustigen Zwillingen‹ gesprochen, die man unbedingt noch besuchen müsse.

»Sie arbeiten nur zu zweit. Eine alleine kannst du nie haben. Ich hab' mich schon so manche Nacht von ihnen verwöhnen lassen. Nicht billig, aber erstklassig.«

Aus dem ›Verwöhnen lassen‹ war eine Bierorgie geworden. Jörg konnte sich nicht daran erinnern, jemals solche Kopfschmerzen gehabt zu haben.

William lag auf dem Rücken und schnarchte mit offenem Mund. Jörg brauchte alle Kräfte, um sich von dem unter ihm wippenden Wasserbett hochzutasten. Das Bett reagierte auf jede Bewegung. Das mochte in bestimmten Situationen sicherlich ganz nützlich sein, aber jetzt hinderte es ihn daran, ohne die anderen zu wecken, ins Badezimmer zu kommen. Er mußte jetzt sofort etwas trinken. Der Geschmack in seinem Mund wurde immer unerträglicher. Kaum stand er auf den Beinen und hob den Kopf, da wurde ihm auch schon schwindlig. Jetzt rächte sich jedes Bier an ihm. Zu allem Überfluß fand er nicht mal das Badezimmer. In der weitläufigen Wohnung schien es solche Dinge nicht zu geben. Dafür gab es überall Sitzecken, Vorhänge, Zimmerpflanzen, Teppiche, erotische Grafiken an den Wänden. Ach ja, und die Bierflaschen natürlich. Das Badezimmer – als er es endlich fand – sah aus wie eine gekachelte Bar. Nachdem sein Magen sich geleert hatte, putzte er sich mit einer Zahnbürste die Zähne, die er zufällig auf dem Boden unter dem Waschbecken fand.

Nachdem er sich auch noch die Haare gewaschen und dabei kräftig die Kopfhaut massiert hatte, ging es ihm schon wieder besser. Er trocknete sich gerade die Haare, da ging die Tür zum Badezimmer auf, und eine Frau mit zerknittertem Gesicht und zerwühlter Perücke starrte ihn an.

»Guck mich nicht an, Liebling! Ich weiß, daß ich fürchterlich aussehe, aber gib mir eine halbe Stunde Zeit, und du wirst staunen.«

»Welche von den beiden bist du?«

»Die Anna. Dein Kumpel, der William, ist übrigens ganz schön mitgenommen. Hoffentlich kriegst du den heute noch mal frisch.«

»Können wir noch bleiben, oder müssen wir jetzt ...«

»Haha, Schätzchen. Ihr könnt bleiben, solange ihr wollt. William ist ein Stammkunde, und zwar ein guter. So, und jetzt laß mich mal alleine, damit ich mich restaurieren kann. Du kannst uns schon 'n Kaffee kochen. In der Küche findest du alles.«

Jörg verließ das Badezimmer und fand die Küche. Sie war etwa so eingerichtet wie die Kommandozentrale in einem Raumschiff. In der Mitte des Raumes befand sich ein großer Würfel mit Ofen, Rauchabzugshaube, Spüle, Gefrierschrank und all den anderen Dingen. An allen vier Wänden war eine Arbeitsplatte angebracht. Darüber Hängeschränke. Von hier aus konnten wahrscheinlich mühelos fünf Köche ein Hotel mit Speisen versorgen. Und die Zwillinge machten auf Jörg nicht den Eindruck, als sei Kochen ihr Hobby.

Er fand die Kaffeemaschine. Auch Filtertüten und Kaffee, aber dann stand er wieder vor dem gleichen Problem wie schon in Melanies Wohnung. Er beherrschte solche Maschinen nicht. Er wußte nicht wo, nicht wie und nicht wieviel Wasser man einschütten mußte. Während er mit der Technik kämpfte, beschäftigte sich sein Kopf mit anderen Dingen.

Alles hatte sich geändert. Er war plötzlich zwischen zwei Frauen geraten. Annie und Melanie. Er konnte seine Vorstellungen von Werbung verwirklichen, und die ständige Rechnerei: Können wir uns das auch wirklich erlauben? hörte endlich auf. Von einem Tag auf den anderen war er ein wohlhabender Mann geworden. Er konnte seiner Frau alle Geschenke mitbringen, die ihm einfielen . . . Aber warum war er jetzt in diesem Privatpuff aufgewacht, bei diesen Zwillingen, und konnte sich nicht mal erinnern, mit welcher er – oder ob er überhaupt?

Er hörte Williams Stöhnen: »O Gott, mein Kopf. Ich muß einen Unfall gehabt haben!«

Dann erschien der andere Zwilling in der Küche. Ging zielstrebig auf den Kühlschrank zu, kniete sich davor, strich sich die Haare aus der Stirn, ließ einen Finger in die offene Quarkpackung glitschen, leckte ihn dann ab, verzog angewidert das Gesicht und sagte vorwurfsvoll: »Schlecht.«

Sie knallte die Kühlschranktür zu, schlappte zu einem der Hängeschränke, fischte sich ein Glas Rollmöpse raus, schraubte es auf und begann stumm stehend zu essen. Dabei kehrte sie Jörg den Rücken zu.

Er betrachtete sie mit fast wissenschaftlichem Interesse.

Sie trug einen roten Pantoffel und am anderen Fuß nichts. Sie rieb, vermutlich weil der Küchenboden so kalt war, ständig die Fußsohle gegen das andere Bein. Dabei

wackelte ihr ganzer Körper verdächtig hin und her. Sie schien recht kräftig zu sein, denn sie stand lange so auf einem Bein. Ihre beiden Pobacken lachten ihn blank an. Dazwischen hielt eine schwarze Kordel das zigarettenschachtelgroße, dreieckige, schwarze Tuch fest, das eigentlich die Schamhaare bedecken sollte, jedoch ständig verrutschte.
Vom Gesichtspunkt eines Werbefachmanns war sie eine perfekte Katastrophe. Ein Liebestöter, ein Emotionenkiller.
Aber irgend etwas veranlaßte Männer trotzdem, zu solchen Frauen zu gehen, obwohl man am Abend, wenn sie aufpoliert und Charme versprühend auf sich aufmerksam machten, bereits wußte, wie der Morgen aussehen würde.
Er wollte nicht mehr mit ihr in einem Raum sein, nicht von ihr angeredet, -gehaucht, -gesehen, -gefaßt werden.
Da begann die Kaffeemaschine, heißes Wasser in den Filter zu spucken.
William wankte in die Küche. »Gib mir was gegen Kopfschmerzen.«
»Willst 'n Rollmops?« Sie fragte das, ohne vom Essen aufzusehen und vor allen Dingen, ohne mit dem Kauen aufzuhören.
William antwortete nicht. Er hielt seinen Kopf ins Spülbecken und drehte den Kaltwasserhahn auf.
Jörg fand Toast und ein Röstgerät, mit dem er sogar umgehen konnte. Die Arbeitsplatte der Küche konnte man ausschwenken, so daß ein Tisch entstand. Jörg gruppierte unbequeme kleine Plastikhocker drumherum.
William stand jetzt klatschnaß in der Küche und behauptete: »Jetzt noch einen Kaffee, und ich bin wieder der alte.«

Er knallte seine Hand auf den nackten Hintern der in ihre Rollmöpse vertieften Dame und lachte: »Na, Doris, wie war er denn, mein junger Freund?« Sie schraubte bloß stumm das Rollmopsglas zu.
Jörg stand wie starr. Hieß das etwa, er hatte gestern mit der...? Er wollte schlucken, doch sein Mund blieb trokken.
Doris verschwand kurz im Nebenraum und kam dann in Jeans wieder. Die Jeans waren so eng, daß sie sich nur sehr langsam und sehr vorsichtig hinsetzen konnte. Sie atmete flach, und Jörg sah, daß die Jeans hart in ihre Speckröllchen am Bauch schnitten.
Jörg goß Kaffee ein.
Anna erschien mit neuer Perücke: blond mit silbernen Strähnen und in voller Kriegsbemalung. Sie klapperte schon wieder auf Stöckelabsätzen durch den Raum und hatte ein tief ausgeschnittenes Kleid an. Nichts erinnerte mehr an den Anblick, den sie im Badezimmer bot. Anna schwang sich auf Williams Schoß, streichelte ihm über die Haare und nannte ihn ›mein süßer kleiner Mistkäfer‹, was William sehr amüsierte. Dann sprangen die ersten Toastbrote aus dem Röster, und William zeigte einen gesunden Appetit.
»Wir sollten einen Spaziergang machen«, schlug er vor.
»Nein danke«, sagte Doris. »Ich leg' mich wieder hin.«
»Laßt uns mal noch 'ne Runde ausruhen«, sagte Anna, »aber wenn ihr heute abend nichts vorhabt, dann...«
»Zwei so hübsche Kerle wie wir haben fast immer ein Rendezvous!« scherzte William.

William und Jörg machten einen kleinen Spaziergang und hielten dabei nach einem Cafe Ausschau, in dem sie ein gepflegtes Frühstück nachholen konnten. Sie fanden eins, und nachdem sie eine Weile stumm, ja fast verbissen gegessen und getrunken hatten, sagte William: »Ich will dir was verraten. Es geht bergab.« Mit der Hand beschrieb er dabei einen Sturzflug durch die Luft. Er ließ die Handfläche auf die Tischplatte knallen.

»Unsere Kaufhäuser machen einen Riesenverlust. Meine Frau würde sie am liebsten schließen oder verkaufen.«

So einen Gedanken hatte Jörg bisher nicht gehabt. Er wurde aus einem Traum geweckt. Hieß das auch, er könnte seinen neuen Superjob bald verlieren?

»Es gibt zu harte Konkurrenz. Die anderen sind billiger, schneller und wohl auch ideenreicher. Meine Kaufhauskette ist nur noch ein Selbstbedienungsladen für seine Manager. Nicht mehr rentabel. Im Gegenteil, wir machen zehn Millionen Minus im Jahr.«

Jörg staunte.

»Warum wird der Laden dann aufrechterhalten?«

William sah ihn irritiert an.

»Weil man nicht so einfach aufgeben darf. Weil ich dem Drachen den Triumph nicht gönne. Weil die Kaufhauskette meine Freiheit ist. Was wäre ich denn ohne den Konzern? Ein miesgelaunter alter Mann, der als Nichtstuer langsam seine Wehwehchen entdeckt und von seiner reichen Frau an der Leine geführt wird. Nee, das ist nichts für mich. Ich will voll im Leben stehen. Gebraucht werden, Termine haben, Entscheidungen fällen ... na, du weißt schon.«

»Das Kaufhaus soll also gerettet werden?«

»Natürlich.«
Jörg starrte in seine Kaffeetasse.
»Der Konzern muß gerettet werden, koste es was es wolle, sonst gehe ich in die ewige Abhängigkeit von diesem Weib. Noch läßt sie mich gewähren, weil sie sich daran weidet, wie ich mich mit meinem Management blamiere und das Geld ihres Vaters durch den Schornstein jage.«
»Es gibt dafür natürlich eine Lösung«, sagte Jörg erst noch zaghaft, aber dann bestimmter: »Mit der richtigen Werbung erreichen wir, daß es Mode wird, nicht in irgendeinem Kaufhaus zu kaufen, sondern bei Dagobert. Ach, was sage ich Mode, eine Auszeichnung muß es werden. Ein teurer Luxus.«
William bestellte neuen Kaffee und fragte: »Meinst du das im Ernst?«
»Nehmen wir mal an, wir würden alle Preise verdoppeln...«
»Dann käme keiner mehr bei uns einkaufen!«
»Falsch, dann könnten nur noch sehr wenige Leute es sich leisten, bei uns einzukaufen.«
»Stimmt.«
»Diese wenigen aber werden es tun, weil man sie groß ansehen wird, wenn sie mit einer Plastiktüte rumlaufen, auf der DAGOBERT steht.«
»Klar, ein paar Spinner gibt es immer, aber davon kann man nicht leben.«
»Wenn man es richtig anfängt, wird es ein Statussymbol, bei uns zu kaufen. Das Einkaufen ist dann keine hektische Geschichte kurz vor Feierabend mehr, sondern eine Sache, auf die man sich freut, für die man sich extra fein anzieht, um zu sehen und gesehen zu werden. Vergleichbar mit einem Theaterbesuch.«
»Und wie soll das gehen?«

»Mit der richtigen Werbung geht alles. Immer.«
»Immer?«
»Ja.«
William dachte nicht mehr lange nach. Er war ein Mann von schnellen Entschlüssen: »Wieviel brauchst du dafür? Ich meine, damit ich die Preise verdoppeln kann und die Leute trotzdem kommen.«
Jörg sah den Glanz in Williams Augen.
Er zuckte mit den Schultern. »Ich weiß nicht. Man müßte eine völlig neue Art von Werbung einführen, um aus dem Kaufhaus eine Art Prominentenkaufhaus zu machen.«
»Mach das, Junge. Laß all den anderen Scheiß sausen. Sorg du nur dafür, daß ich alles doppelt so teuer verkaufen kann. Kümmer dich nicht länger um Brötchen und all den Unsinn.«
Schon begann Jörg zu schwärmen: »Wir müssen erreichen, daß die Menschen glauben, bei Dagobert würden die Weltstars einkaufen. Dann haben wir schon gewonnen. Wir müssen also versuchen, bekannte Schauspieler, Sportler und Politiker dazu zu bringen, bei uns einzukaufen. Man muß sich das mal vorstellen, da kommen Jugendliche in unsere Schallplattenabteilung, und dort steht Udo Lindenberg. Und der gibt da keine Autogramme, macht da keine PR-Show, nein, der hört sich da Platten an und kauft dort ein! Das spricht sich doch sofort rum. Am anderen Tag haben wir einen Ski-Weltmeister in der Skiabteilung, und der läßt sich da zwei Stunden lang beraten und kauft auch ein Paar Ski.«
William verstand: »Und in der Damenabteilung kauft die BB – nein, die ist nicht mehr in – die Claudia Cardinale vielleicht oder eine von diesen dummen Prinzessinnen.«
»Genau. Wir stellen einen Plan zusammen und kaufen die Leute für vierzehn Tage oder drei Wochen. Dann

machen sie eine regelrechte Tournee durch unsere Häuser.«
»Klingt alles ganz gut, aber kommen deswegen Leute und geben doppelt soviel Geld aus wie vorher?«
»Natürlich. Wer will nicht da kaufen, wo die Stars kaufen?«
»Das leuchtet mir ein, aber die Sache hat doch einen Haken, bis das durch Flüsterpropaganda rum ist, vergehen Jahre! Und wenn man Anzeigen in den Zeitungen aufgibt, dann merken die Leute, daß die Sache ein bezahlter Werbegag ist, und es soll doch gerade so sein, daß keiner merkt, daß wir Werbung machen.«
»Genau. Und das ist gar nicht so schwer.«
»Ach?«
»Ja. Zum Beispiel wäre es sicherlich möglich, einen Mann wie Horst Krüger dazu zu bewegen, bei uns die Rolltreppe runterzufallen.«
»Und was soll das?«
»Dann werden die Lokalzeitungen am anderen Tag schreiben, daß Horst Krüger bei einem Einkauf im Kaufhaus Dagobert sich ein Bein gebrochen hat. Niemand kann darauf kommen, daß das Werbung ist.«
Jetzt wurde William sehr nachdenklich. Er kaute auf der Oberlippe herum, kratzte sich die Stirn und maulte dann:
»Wir können das Preisniveau nicht von einem Tag auf den anderen verdoppeln. Wir müssen es langsam, aber beständig anziehen. In der Zeit stellst du dein Staraufgebot zusammen. Entweder klappt es, oder wir gehen voll den Bach runter.«
»Und dann?«
»Dann würde ich dir empfehlen, dich als Fremdenlegionär zu verpflichten, damit ich dich nicht in die Finger kriege.«
Jörg wußte, daß er der Aufgabe gewachsen war. Es war

seine Idee. Es war die Revolution auf dem veralteten Werbemarkt. Er würde in die Geschichte eingehen.
»Setzen wir alles auf eine Karte. Ich gebe dir für den Spaß fünf Millionen. Der Etat wird ja wohl für Spitzenstars reichen. Keine halben Sachen.«
Jörg schluckte. Er bekam zur Durchsetzung seiner Ideen einen Etat von fünf Millionen.
Jetzt wagte er auch die Frage, die ihm schon lange auf der Zunge brannte: »Ich – ich weiß bis jetzt gar nicht, was ich selber verdienen werde. Ich meine, ich hatte bisher...«
William wischte mit einer schwungvollen Handbewegung die Frage weg.
»Als Projektleiter stehen dir zehn Prozent vom Etat zu. Einverstanden?«
Jörg nickte fassungslos. Leise, fast verschämt fragte er dann: »In Dollar oder D-Mark?«
»Dollar natürlich!« versicherte William.
Jörg war einer Ohnmacht nahe.
Die Kellnerin servierte frischen Kaffee.
»Ich glaube«, sagte Jörg, »jetzt könnte ich einen Cognac gebrauchen.«

Die rote Elisabeth wird kreativ

Die rote Elisabeth war bei diesem herrlichen Wetter zuerst aufs Land gefahren, wollte ihr Pferd ausreiten und hinterher in einem kühlen See baden. Doch trotz der Sonne, trotz des Fahrtwindes, der ihr durch die Haare wühlte, trotz der Freizeitmusik im Radio, trotz der Menschen in Shorts und luftigen Röcken und trotz des italienischen Eisverkäufers wendete sie auf einem Parkplatz und fuhr zurück. Sie setzte sich zu Hause in ihrem Ar-

beitszimmer an das Reißbrett und begann, sich Babygesichter und ›Quietschtitten‹ vorzustellen. Dieses Plakat würde sie eigenhändig entwerfen und am Montag fertig mit ins Büro bringen.
Sie holte sich ein Glas Orangensaft aus dem Kühlschrank, warf noch Eiswürfel dazu, legte sich Schere, Buntstifte und Klebstoff bereit und fühlte sich dann, als sei sie ein großer Bildhauer, der vor einem Steinblock steht und schon die Vision hat von dem, was nun entstehen soll.
Sie stellte gleich zwei Entwürfe fertig, schlug sich dann zwei Spiegeleier in die Pfanne und setzte sich ermattet vor den Fernseher.

Annie engagiert sich

Den Stand der Initiative konnte Annie gar nicht verfehlen. In einiger Höhe schwebte ein riesiger blauer Luftballon mit einer weißen Friedenstaube darauf. Der Stand war ein mit Plakaten beklebter Tapeziertisch. Darauf lagen Bücher über die atomare Bedrohung und über den Frieden. Die Frauen verteilten Flugblätter, auf denen unter anderem ein Spruch von US-Außenminister Haig zu lesen war: ›Es gibt wichtigere Dinge, als in Frieden zu leben.‹
Sie sammelten Unterschriften unter den Krefelder Appell und warben stolz damit, daß schon mehr als eine Million Menschen diesen Appell an die Bundesregierung unterschrieben hatten.
Ilse Kempowski hatte sich nur wenig verändert. Strähnige, immer etwas fettige Haare, in der Mitte gescheitelt, Jeans und Turnschuhe. Ein weißes T-Shirt, darauf der Spruch: ›Frieden schaffen ohne Waffen‹.

Sie umarmten sich ganz selbstverständlich. Ilse küßte Annie auf die Wangen, als wären sie schon immer die besten Freundinnen gewesen. Wenige Minuten später verteilte auch Annie Flugblätter und fragte die Passanten, ob sie schon den Krefelder Appell unterschrieben hätten. Dabei vergaß sie ganz, daß sie ihn selber noch nicht unterschrieben hatte, ja, daß sie nicht mal wußte, was das genau war. Sie schämte sich ein bißchen, so schlecht informiert zu sein, traute sich nicht, es zuzugeben und las – heimlich – das Flugblatt, das sie gerade verteilte.
Die Bundesregierung wurde aufgefordert, die Zustimmung zur Stationierung von Pershing-II-Raketen und Marschflugkörpern in Mitteleuropa zurückzuziehen.
Annie gestand sich ein, daß sie nicht wußte, was Marschflugkörper und Pershing-II-Raketen sein sollten. Aber sie war Antimilitaristin genug, um dagegen zu sein. Sie nahm sich vor, von dem Büchertisch etwas für sich selbst zu kaufen.
Sie wollte nicht so uninformiert bleiben. Früher, erinnerte sie sich, da war sie mächtig in der Schülermitverwaltung engagiert, wollte immer, daß die Arbeit von Schülervertretern über das Kassieren von Milchgeldern hinausgehen sollte. Für einen Raucherschulhof hatte sie gekämpft und für ein schulaufgabenfreies Wochenende. Alles nur sehr kleine Ziele, hatte nie was mit großer Politik zu tun, aber schließlich war sie älter geworden. Sie mußte jetzt höhere Ansprüche an sich stellen. Jörg sollte nur nicht glauben, daß sie sein Döfchen war. Immer da in Haus und Bett, ein bißchen blöd, aber adrett.
Sie wurde von einem schimpfenden Mann aus ihren Gedanken gerissen. »Geht doch nach drüben, wenn es euch hier nicht paßt! Ihr werdet doch alle von Moskau bezahlt! Wenn die Russen uns überfallen, dann nutzen

euch eure Sprüche nichts mehr. Dann seid ihr auch weg vom Fenster! Mit dem Russen kann man nur verhandeln, wenn man die Waffe in der Hand hält!«
Annie erschrak. Sie zuckte zurück. Sie war solche Reaktionen und Angriffe nicht gewöhnt. Sie konnte nicht abschätzen, ob der Mann gleich handgreiflich werden würde oder nicht. Eigentlich konnte sie sich kaum vorstellen, warum jemand sich aufregte, wenn Flugblätter für die Abrüstung verteilt wurden.
Ilse Kempowski ging auf den Mann zu. Sie schien ruhig und besonnen zu sein. Sie redete auch ohne Zittern in der Stimme, aber laut und deutlich auch für die anderen Passanten: »Wer hat denn den Zweiten Weltkrieg angefangen?«
Der Mann breitete seine Arme aus, streckte sie dann zum Himmel und brüllte: »Hört! Hört! Ich sag' doch, daß ihr von Moskau bezahlt werdet!«
Annies Herz schlug schneller, sie bekam feuerrote Wangen und die Hand, in der sie die restlichen Flugblätter hielt, zitterte leicht. Sie wäre diesem Mann nicht gewachsen gewesen. Ihr fehlte der Mut zur öffentlichen Auseinandersetzung, ihr fehlten die Argumente und die notwendige Selbstsicherheit. Um so mehr bewunderte sie Ilse, die jetzt die Chance wahrnahm. Eine Traube von Menschen umringte die Diskutierenden. Ilse ging nicht auf den Mann ein, sondern rief: »Die Bundesrepublik hat die größte Atomwaffendichte der Welt! Wir leben auf einem atomaren Pulverfaß! Jetzt sollen neue amerikanische Raketen mit atomaren Sprengköpfen hier stationiert werden! Bürger! Verhindert mit eurer Unterschrift einen Riesen-Holocaust!«

Sonntagsglück bei Goldammers

Nach dem Spaziergang im Zoo führte Goldie seine Familie noch in ein italienisches Eiscafé, wo sie alle Spaghetti-Eis aßen. Sein jüngster Sohn konnte gar nicht genug von der Erdbeersoße bekommen, die wirklich aussah wie Ketchup. Er löffelte noch die Reste von Pas Teller, aber ein weiteres Eis bekam er nicht, weil die Mutter um seinen Magen bangte. Goldie versprach noch, nächsten Sonntag mit den Kindern ins Kino zu gehen, weil ein neuer Film mit Bud Spencer lief.

Bei so viel Familienglück vergaß Goldie aber nicht, aus dem Eiscafé Dr. Seeligmann anzurufen und zum Grillen einzuladen. Dr. Seeligmann sagte sofort zu, was Goldie mal wieder bestätigte, wie wichtig er war. Er konnte Leute am Sonntag haben, wenn er sie brauchte.

Er brachte es Frau und Kindern schonend bei.

»Was haltet ihr davon, wenn wir heute abend im Garten ein paar Würstchen grillen?«

»Au ja!«

»Mit Curryketchup?«

»Aber natürlich! Soviel ihr wollt!«

Selbst seine Frau durchschaute den Trick noch nicht. Sie lächelte.

»Dann habt ihr doch bestimmt nichts dagegen, wenn der Vater einen alten Bekannten dazu einlädt?«

Jetzt warf sie ihm wütende Blicke zu. Sie wollte ihn endlich mal für sich allein. »Wer beglückt uns denn?« fragte sie und betonte den ironischen Einschlag beim Wort ›beglückt‹. Die Kinder merkten es nicht.

»Dr. Seeligmann!« frohlockte Goldie. Es klang wie eine langersehnte Offenbarung.

»Der aus dem Fernsehen?«

»Ja, liebe Kinder, genau der!«

Ein Gespräch unter Frauen

»Also, ich fand dich toll, bewunderungswürdig. Wie du das gesagt hast, mit dem Riesen-Holocaust, und wie die alle zugesehen haben. Das möchte ich auch gerne so können, aber in mir spiegeln sich schon die ersten Anzeichen des Hausfrauendaseins.«
Ilse nippte am Weinglas. Sie hatte schon glasige Augen. Nach der Flugblattaktion waren die beiden Frauen zu einem Jugoslawen gegangen, hatten Schweinelendchen mit Paprikaschoten gegessen – flambiert natürlich – und dazu eine Flasche Weißwein getrunken.
»Das glaube ich nicht. Das hat mit Hausfrauendasein gar nichts zu tun. Was meinst du, wie viele Hausfrauen bei uns mitarbeiten. Und die meisten sind stolz darauf, Hausfrauen zu sein. Das ist doch ein verdammtes Klischeebild, daß Hausfrauen immer ein bißchen blöd sind und völlig unpolitisch. Lenin hat gesagt, auch eine Putzfrau müsse in der Lage sein, den Staat zu regieren. Laß dich bloß nicht einmachen!«
»Ich finde das toll, wie du das so alles sagst.«
»Komm doch zu uns. Mach mit. In der Friedensbewegung können wir jeden gebrauchen. Unabhängig von der politischen Meinung. Es muß nur ein wahrer Friedensfreund sein.«
»Find' ich toll.«
»Morgen ist bei mir ein Vorbereitungstreffen für das nächste Flugblatt. Da kannst du gerne schon kommen.«
»Sollen wir uns noch einen Wein bestellen?«
»Meinetwegen, aber was sagt dein Mann, wenn du so spät nach Hause kommst?«
»Ach der.«

Melanie spioniert herum

Melanie war sich inzwischen ihrer Sache gar nicht mehr so sicher. Sie konnte sich schon vorstellen, daß Jörg sie an der Nase rumführte. Vielleicht war er ein Luftikus? Hatte an jedem Finger eine. Vielleicht hatte er nie geplant, seine Annie zu verlassen, sondern suchte sich nur ab und zu ein Abenteuer draußen. Verschaukeln lassen wollte sie sich von ihm nicht. Sie schlich an diesem lauen Sonntagabend vor dem Wohnhaus auf und ab, in dem Jörgs und Annies gemeinsame Wohnung lag.

Mal bestieg sie den Aufzug, fuhr wahllos rauf und wieder runter, stellte sich dabei vor, an seiner Tür zu schellen und ihn zu fragen, was nun werden sollte. Aufgehalten wurde sie nur von der Angst, seine Frau könnte öffnen.
Dann drückte sie sich im Flur vor seiner Tür herum, biß sich die Unterlippe wund und rauchte mit selbstzerstörerischer Hektik.
Als sich die Tür zu seiner Wohnung langsam öffnete, wäre ihr Herz fast stehengeblieben. Sie drückte sich fest an die Wand, um nicht erkannt zu werden. Ein Kopf ragte aus der Türöffnung und sah sich gewissenhaft nach rechts und links um. Sie blieb unentdeckt. Dann huschte die Gestalt aus der Wohnung, schloß die Tür leise hinter sich und schlich auf Zehenspitzen zum Fahrstuhl. Sie erkannte nur einen hellen, zerknitterten Mantel. Die Schuhe, die der Mann in der Hand hielt, waren spitz und daher altmodisch. Die Gestalt verschwand im Fahrstuhl.
Dort ging nun automatisch das Licht an. Für den Bruchteil einer Sekunde konnte Melanie mehr erkennen. Und sofort bedauerte sie ihren Jörg.
Seine Frau betrog ihn mit einem berühmten Fernsehstar.

Jörg ärgert sich über seine Nachbarin

Jörg und William trennten sich vor dem Kaiserhof. Hier hatte William ein Zimmer, ein Mädchen und einen guten Service. Sie umarmten sich vor dem Hotel, und William versicherte, daß er jetzt alles auf eine Karte setzen wollte: Jörg Staute.

Dann wankte Jörg noch ein Stückchen die Straße hinunter zum nächsten Taxistand. Er war heute zum Millionär geworden, denn 500 000 Dollar waren trotz Dollarentwertung mindestens eine Million Mark. Mit den restlichen Millionen würde er eine Werbekampagne landen, wie die Welt sie noch nicht gesehen hatte. Er würde sein Konzept der ›realitätsnahen Werbung durch Aktion‹ durchsetzen, es würde nach ihm benannt werden: das Jörg-Staute-System. Bücher würden darüber geschrieben werden. Doktorarbeiten. Vielleicht würde man eine Straße nach ihm benennen und irgendwann mal einen Film über sein Leben drehen? Er selbst würde sich zurückziehen und mit Annie ein nettes Landhaus kaufen – oder vielleicht mit Melanie – ach nein, er liebte seine Frau. Er könnte mit dem Rest des Geldes in eine gesicherte Zukunft blicken. Er hätte Zeit, seine ganze Theorie, die dann ja schon in der Praxis bewährt wäre, nun auch schriftlich aufzuarbeiten und ein grundlegendes Buch über seine Werbekonzeption zu verfassen.

Kaum im Taxi, begann er nachzurechnen, wie lange er Annie nicht mehr gesehen hatte, und er überlegte sich eine Ausrede. Außerdem – Bruno und Frau Söhnlein würden sicherlich in den nächsten Stunden aus der Haft entlassen werden, falls sie nicht schon längst frei waren. Wie sollte er sich zu ihnen stellen. Konnte er Frau Söhnlein noch in die Augen blicken?

Der Taxifahrer verlangte neun Mark achtzig. Jörg hielt

ihm einen Zwanzigmarkschein hin und sagte: »Stimmt schon.«
Geld spielte jetzt ja eine ganz andere Rolle für ihn, das wollte er damit demonstrieren.
Im Fahrstuhl hielt er einen Moment inne. Er atmete tief durch und untersuchte seine Tasche nach Bonbons. Er hatte bestimmt eine gräßliche Fahne. Annie haßte Mundgeruch. Das würde sie gleich auf die Palme bringen. Er konnte ihre Ohrfeigen schon fast spüren. Die Wahrheit würde er ihr nicht sagen. Er würde aber nahe dranbleiben. Es kam halt immer nur darauf an, wie man eine Sache verkaufte. Darin war er schließlich Fachmann. Außerdem hatte er eine Praline für sie, die vieles vergessen ließ: sie waren Millionäre. Er stand vor der Tür, entschlossen, jetzt ihr saures Gesicht zu ignorieren und freudestrahlend, mit ausgebreiteten Armen in die Wohnung zu stürmen. Er würde zu lachen beginnen, sie auf den Arm nehmen und mit ihr durch die Wohnung tanzen. Sie würde von seiner Fröhlichkeit angesteckt werden, und er könnte ihr von dem neuen Auftrag erzählen, während sie – schon versöhnt – einen Kaffee für ihn kochte.
Da hörte er hinter sich den Fahrstuhl nach unten rauschen. Es war ein störendes Geräusch in dieser nächtlichen Stille. Es verwirrte ihn. Er atmete erneut tief durch und bereitete sich auf seinen Auftritt vor. Dann klingelte er.
Nichts geschah.
Sicher schläft sie schon, dachte er und drückte den Klingelknopf noch einmal. Vielleicht sollte er besser seinen Schlüssel benutzen? Aber er fand es albern, wenn betrunkene Ehemänner vor den heimischen Schlüssellöchern knieten und nicht in die Wohnung kamen. Sie sollte ihm öffnen!

Sie hatte doch sonst so einen leichten Schlaf. Warum wurde sie gerade jetzt nicht wach?
Er klingelte Sturm. Gleich würde die Nachbarin mit ihren aufgedrehten Haaren im Morgenrock keifend in der Tür stehen, und das freute ihn, denn er nannte sie eine Schneeziege und konnte sie nicht ausstehen. Sie war ein Typ wie Tante Frieda. Spitze Nase, knochige Figur, stechende Augen und ein loses Mundwerk.
Der Fahrstuhl kam wieder hoch, hielt an, die Tür öffnete sich. Er hörte es nicht. Erst als er zu klingeln aufhörte, der Nachbarin ins Gesicht grinste, die genauso dastand, wie er es sich vorgestellt hatte, hörte er hinter sich einen dumpfen Aufprall. Er drehte sich um und sah eine weibliche Person, die beim Verlassen des Fahrstuhls zusammengebrochen war: Annie. Jörg stürzte auf sie zu, kniete sich vor sie hin und schüttelte sie. »Annie! Liebling! Was ist los? Wo kommst du her?«
Sie hob eine Hand, ließ sie dann kraftlos wieder runterfallen und murmelte: »O Mann, bin ich besoffen!«
Es war gerade laut genug, daß die Nachbarin es mitkriegen konnte. »Mit welchem Pack man unter einem Dach wohnen muß, das ist ja schrecklich!« zeterte sie.
Das stimmt, dachte Jörg, aber zum Glück nicht mehr lange. Dann bemühte er sich, Annie so behutsam wie möglich aufzuheben. Vor der Wohnungstür wollte er sie kurz an der Wand abstellen, um den Schlüssel aus der Tasche zu kramen, aber sie sackte an der Wand zusammen und saß wieder breitbeinig, den Kopf nach hinten gegen die Rauhfasertapete gelehnt und mit geöffnetem Mund im Flur.
»Ekelhaft, daß eine Frau so trinken kann! Einfach ekelhaft!«
»Hau endlich ab, Schneeziege!« zischte Jörg, stieß dann die Tür auf und wuchtete Annie ins Zimmer.

Grillparty

Den Holzkohlegrill zündete Frau Goldammer an. Beim letzten Mal hatte Goldie sich dabei die Finger verbrannt, und er war sehr wehleidig, was er zwar nicht zugab, was seine Frau aber trotzdem wußte, denn sie kannte ihn lange genug.

Das Hausmädchen brachte Würstchen, gewürzte Koteletts, Senf und Ketchup nach draußen. Goldie hatte es sich in den bequemen Gartenmöbeln gemütlich gemacht, sah seinen Kindern bei einem Wurfspiel zu und nuckelte an einer Flasche Bier.

Dr. Seeligmann erschien, setzte sich zu Goldie, nahm auch ein kühles Bier und sagte: »Ist das nicht ein schönes Geräusch, wenn das heiße Fett in die Glut tropft? Es zischt so schön. Romantisch, wirklich romantisch.«

Goldie sprach leise mit verhaltener Stimme. Mit leichten Handbewegungen unterstrich er gewisse Worte und relativierte andere. Er lächelte immer wieder freundschaftlich und betonte mehrmals, daß die Angelegenheit für Dr. Seeligmann sicherlich kein Problem sei.

Dr. Seeligmann nickte. Bei einem Mann wie Goldie wäre es dumm gewesen, das große Gezeter anzufangen, wie schwierig der Job sei und daß sein guter Ruf als Wissenschaftler auf dem Spiel stand. Goldie würde daraus nur hören, daß er mehr Geld raushandeln wollte und vielleicht sauer werden. Denn Goldie war großzügig. Wer mehr von ihm verlangte, den ließ er meist fallen wie faules Obst.

»Können Sie nicht auch in Ihrer beliebten Fernsehserie . . .«

»Ich will sehen, was sich machen läßt«, versprach Dr. Seeligmann, dann grub er seine Zähne in die knusprige Bratwurst, die Goldies Jüngster ihm reichte.

Als sie sich verabschiedeten und Dr. Seeligmann sich für den gelungenen Abend bedankte, mußte er den Kindern Autogramme geben, während Goldie für ihn einen Scheck ausstellte.

Jörg goes to Hollywood

Sie saßen beide mit brummendem Schädel am Frühstückstisch. Annie wollte eigentlich nur in Ruhe ihr weichgekochtes Ei essen, aber Jörg erklärte ihr, daß er jetzt auf der Suche nach internationalen Stars sei und deswegen sicherlich noch heute – spätestens aber am Dienstag – in die USA fliegen müsse; dort vermutete er nämlich, die wirklichen Größen des Showgeschäfts treffen zu können.
Annie nahm das alles nicht zu ernst und beschäftigte sich mehr mit dem Frühstücksei als mit Jörgs Ausführungen.
Erst als er fragte: »Bis wann kannst du meinen Koffer gepackt haben?« schrie sie: »Pack deinen Scheißkoffer doch selber!«
Jörg saß regungslos da. Sie freute sich gar nicht, sie war sogar noch aggressiv.
Was hatte er falsch gemacht?
»Hast du einen schweren Kopf, Liebling? Du hast gestern etwas viel getrunken.«
»Ja, das hab' ich! Zum Glück!« brüllte sie.
»Was ist denn los mit dir?«
»Du denkst nur an deine saublöde Werbung für Kaufhäuser, Büstenhalter und all den Kram. Du willst den Menschen unnützes Zeug verkaufen. Wenn es dir gelingt, sie reinzulegen, dann fühlst du dich blendend. Was willst du damit beweisen? Daß alle Menschen dumm

sind? Verführbar? Lenkbar? Was hast du davon, den Leuten unnützen Scheiß anzudrehen? Du solltest dein Talent lieber für andere Dinge einsetzen!«

»Was für andere Dinge?«

»Was für andere Dinge?« äffte sie ihn nach. »Außer Waschpulver und Zigaretten gibt es wohl für dich nichts? Ideen, Mensch! Du mit deinem Talent, Menschen zu beeinflussen, wenn du zum Beispiel für die Friedensbewegung arbeiten würdest, was könnte das sein! Erklär denen, wie man ein Flugblatt gestaltet, damit es jeder liest! Du kannst so etwas doch! Warum zeigst du ihnen nicht, wie man eine Veranstaltung so ankündigt, daß hinterher der Saal aus den Nähten platzt! Hilf mit zu verhindern, daß hier ein riesiger Holocaust abgezogen wird.«

Ihre Sprache kam ihm schon sehr merkwürdig vor. Und der Ton erst!

Er fuhr hart dazwischen: »Und wovon sollen wir dann leben?«

Sie weinte fast: »Geh doch zu deinen Hollywoodstars, hau doch ab!«

»Das werde ich auch tun!« schrie er, sprang vom Tisch auf und verließ die Wohnung. Ohne Abschiedsgruß und ohne Koffer. Er würde sich halt ein paar notwendige Dinge kaufen. Eigentlich hatte er vorgehabt, sie zu fragen, ob sie nicht mit ihm fahren wollte. Er hatte sich das alles ganz anders gedacht. *Er sagt: Ich fahre nach Amerika. Daraufhin macht sie ein trauriges Gesicht und sagt: Schade, dann sehen wir uns ja so lange nicht. Dann konnte er ihr gütig über das Gesicht streicheln und sagen: Aber mein Liebling, fahr doch mit.*

Aber so ging es nicht.

Er wollte die Sache sofort angehen. Er stand vor seiner großen Chance. Er würde sie verwirklichen. Das bedeutete pausenlosen Arbeitseinsatz. Danach würde er sich mit Annie schon wieder vertragen. Jetzt entschied er sich, Melanie als Sekretärin mit in die USA zu nehmen. Ein bißchen aus Rachsucht gegen Annie, ein bißchen aus Zuneigung für Melanie.

Er machte es so, wie er sich vorstellte, wie William Schmidt-Rudolf es gemacht hätte. Er rief Melanie an und sagte ihr kurz und knapp: »Bitte bestell zwei Flugkarten nach New York. Eine für dich und eine für mich, und buch uns ein Zimmer.«

Sie brach nicht am anderen Ende der Leitung in Jubelschreie aus. Sie schluchzte auch nicht vor Rührung, nein, sie fragte nur trocken: »Für wie lange?«

»Weiß ich noch nicht«, sagte Jörg verwirrt.

»Ich muß aber noch packen, schließlich konnte ich nicht wissen . . .«

»Nicht nötig. Wir kaufen alles unterwegs. Ich nehme auch nichts mit. Wir machen als erstes einen Einkaufsbummel in New York.«

Jetzt reagierte sie begeistert: »Whow! Das ist ein Ding.«

»Ich bin in einer halben Stunde im Planungsbüro eins.«

»Okay.«

Melanie raste durch die Wohnung. Kämmte sich mit einer Hand, räumte mit der anderen den Kleiderschrank aus und stand nervös vor dem Kleiderberg. Die vergangene Nacht vor Jörgs Wohnung war vergessen. Seine Frau betrog ihn mit einem Schauspieler, und sie würde jetzt mit ihm nach Amerika fliegen. Sie wollte alles auf eine Karte setzen. Die Schuhe mit den höchsten Absätzen. Das Kleid eng wie eine zweite Haut. Den BH, der zwar unbequem war, aber den Busen so schön hochdrückte. Die Bluse mit dem tiefen Einblick.

Mundspray, Körperspray, Intimspray. In den letzten Minuten noch den Lippenstift. Und da – eine Katastrophe!

Der Lidstrich ungleich! Verläuft über dem linken Auge zu hoch. Das Schwarz endet dafür zu tief im Blau.
Was jetzt?
Alles noch einmal ab. Auf die Uhr sehen. Beeilung. Reisepaß vergessen. Wieder in die Wohnung zurück. Immer steht der Sessel im Weg!
Als sie sich endlich im Fahrstuhl zum Planungsbüro wiederfand, war sie naßgeschwitzt.
Sie hörte die Stimme von Frau Söhnlein. »Was bilden Sie sich ein, Sie Flegel! Ich werde dafür sorgen, daß Sie entlassen werden. Mein Arm ist lang! Ich mache Sie brotlos. Die ganze Nacht habe ich auf der Wache verbracht. Mein Kreuz fühlt sich ganz taub an. Ich werde Sie verklagen!«
»Aber«, verteidigte sich Jörg, »ich habe Sie nicht inhaftieren lassen. Es war William Schmidt-Rudolf!«
»Der kriegt auch noch, was er braucht! Ich habe seiner armen Frau, meiner alten Freundin, bereits telegrafiert.«
»Tun Sie das, aber ich habe doch nun wirklich nichts damit zu tun.«
»Sie haben tatenlos zugesehen, wie man mich abführte. Ein klärendes Wort von Ihnen hätte genügt, um mich zu befreien. Außerdem haben Sie Bruno verhauen, aber der wird sich bei Ihnen noch selbst dafür bedanken. Dann können Sie Ihre Knochen vorher numerieren.«
Empört mischte Melanie sich ein: »Wie reden Sie mit Herrn Staute!«
Frau Söhnlein musterte sie abschätzig. Dann verzog sie die Mundwinkel und fragte Jörg: »Was will denn diese Person hier?«
»Das ist meine Sekretärin.«
Frau Söhnlein drehte sich auf dem Absatz um: »Müssen Sie wissen, mit wem Sie sich abgeben!«

Und dann zischte sie, zu Melanie gewandt: »Flittchen! Pfui!«
»Die nächste Maschine mit freien Plätzen geht erst morgen. Ich habe schon gebucht. Für zwei Personen. Auf den Namen Staute.«
Fast wäre sie rot geworden.
Er war so zornig wegen Annie und wegen Frau Söhnlein, er hätte am liebsten etwas gegen die Wand geworfen, doch er entschied: »Gut, dann machen wir uns heute einen ruhigen Tag, ruhen uns aus für den Flug und die Geschäfte.«
Er nahm sie in den Arm. Er würde heute nacht wieder nicht zu Hause schlafen. Annie sollte ruhig glauben, daß er schon in den Staaten war, denn wie er sie kannte, würde sie es sich anders überlegen, sich bei ihm entschuldigen und ihn bitten, sie mitzunehmen. Und das ging jetzt nicht mehr. Er würde mit Melanie fahren.
Weil es so heiß war, kauften sie sich Badezeug und fuhren dann ins Freibad. Es war noch ziemlich leer. Die meisten Menschen arbeiteten um die Zeit. Jörg hatte sich – für Melanie völlig unverständlich – am Kiosk einen ganzen Stapel Modezeitschriften, Jugendillustrierte und Boulevardblätter gekauft. Jetzt lag er neben ihr auf der Decke und betrachtete nicht etwa ihre Reize in dem knappen Bikini, sondern blätterte sich durch eine Geschichte über das englische Königshaus.
Als sie ihn fragte: »Was soll das?« antwortete er: »Das alles interessiert mich nur vorübergehend. Es ist sozusagen unsere Aufgabe in den USA. Ich muß alles über Stars, Prominente und so wissen. Vor allen Dingen, wer gerade in ist. Ja, und dann ist noch ihr Image wichtig.«
Melanie verstand nicht, worum es ging, ihr wurde nur klar, daß die Fahrt mit Jörg in die USA mehr werden würde als so eine Art vorverlegter Flitterwochen. Er

plante, dort wirklich zu arbeiten, dabei hatte sie so sehr gehofft, er wollte nur von seiner Frau weg, um endlich mit ihr alleine zu sein.

»Reibst du mir mal den Rücken ein?« fragte sie.

Er tat es. Gefühllos, leidenschaftslos – ja, fast teilnahmslos und schielte dabei in die Glanzdruckzeitschriften.

In fast jeder Zeitung stand ein längerer Bericht über das Ehepaar Bourbon. Er, ein etwas lädierter Lebemann und Kinostar, der angeblich schon zum Frühstück den ersten Whisky trank, hatte mal wieder seine Frau Lissy verprügelt, weil sie ihn vor den gemeinsamen Filmaufnahmen in Hollywood in einen Käfig sperren ließ, um ihn nüchtern zu halten. Sie hatten sich bereits zweimal voneinander scheiden lassen und waren jetzt zum drittenmal verheiratet. Nun, orakelten einige Blätter, stünde eine neue Scheidung vor der Tür. Sie hatte angeblich schon einen anderen im Bett. Auch von ihm sah Jörg Fotos. Ein schmales, blasses Jüngelchen. Angeblich ein begabter Regisseur. Lissys vollschlanker weiblicher Körper mit den vielbewunderten Riesenbrüsten und den beliebten Speckröllchen, die sie so wohltuend von den anderen ausgehungerten Schauspielerinnen unterschieden, wollte nicht recht zu diesem schmalbrüstigen Männchen passen. Aber auch Richard Bourbon hatte seine alte Liebe zu den Teenagern wiederentdeckt. Eine vierzehnjährige Italienerin hatte er angeblich in seinem Hotelzimmer vernascht; und einer fünfzehnjährigen Amerikanerin mußte er 500 000 Dollar zahlen, weil sonst der Vater mit dem Staatsanwalt und der wiederum mit dem Gefängnis gedroht hätte. Lissy erklärte kaltschnäuzig: »Der Knast hätte ihm mal ganz gutgetan. Der säuft sich tot, wenn keiner einen Riegel davorschiebt, und diese Geschichten mit den jungen Mädchen sind doch ekelhaft.«

In einem anderen Blatt trug er sie auf den Armen – und sie war bestimmt nicht leicht. Darüber die große Überschrift: ›Bourbon und Lissy wieder versöhnt! Lesen Sie den Farbbericht über ihre Wiedersehensfeier.‹

»Sag mal«, fragte Jörg, »was hältst du von diesem Richard Bourbon?«

»Ach, du meinst den, der immer hinter den Teenies her ist! Der soll sich angeblich wieder scheiden lassen, und sein neuer Film läuft jetzt in den Kinos an. Ich hab' schon die Vorschau gesehen. Da spielt er einen alternden Liebhaber, der an der Liebe zu seiner Frau zerbricht, weil sie einen anderen hat. Er beginnt zu trinken und sie . . .«

»Klar«, murmelte Jörg, »deshalb ziehen die hier so eine Show ab . . . Wirst du dir den Film ansehen?«

»Aber sicher. Sollen wir nicht zusammen gehen?«

»Wir werden zusammen gehen, aber nicht ins Kino. Wir werden diesen Bourbon besuchen.«

Melanie war erst ungläubig, dann begeistert, und schließlich kuschelte sie sich glücklich an Jörg. Welch ein Leben hatte sie doch mit ihm vor sich!

Goldie schmiedet weiter Ränke

Goldie begutachtete die Entwürfe der roten Elisabeth. Kein Zweifel, auch sie hatte einen Narren an Jörg Staute gefressen. Wenn die sich jetzt noch erfolgreich an den Tarzan ranmachte, dann war er, Goldie, wirklich erledigt. Der Liebling vom Chef, verheiratet oder zumindest in Liebesbeziehung mit der unehelichen Tochter des Chefs, dagegen konnte er nicht mehr an. Vor allen Dingen dann nicht, wenn dieser Typ erfolgreich war.

Er sah Elisabeths Stolz auf ihre Entwürfe. Sie würden sofort rausgehen und schon in ein paar Tagen die Kauf-

hausschaufenster schmücken. Aber dann würde auch schon Dr. Seeligmanns erster längerer Diskussionsbeitrag zu dem Thema in der größten Elternzeitschrift stehen.
Am Nachmittag traf er sich mit Gert Schnell. Sie hatten viel zu besprechen. Vor allen Dingen mußte Jörg erstmal eine Sekretärin bekommen, der Goldie voll vertrauen konnte. Die Sache wurde dadurch erschwert, daß Jörg der Personalabteilung diesbezüglich Anweisungen geben konnte. Gert Schnell war also nicht in der Lage, ihm einfach eine zuzuweisen. Das mußte man schon geschickter anstellen. Jörg mußte den Eindruck haben, daß es seinem eigenen Willen entsprach, mit dieser Sekretärin zu arbeiten. Um so vertrauensvoller wäre er zu ihr, um so besser Goldies Informationen!

New York!

Auch im Hotelzimmer änderte sich die Situation nicht wesentlich. Jörg lag in Hemd und Hose auf dem Bett, blätterte in Zeitschriften und notierte sich ab und zu Namen und Geschehnisse.
Sie hatte schon in einer kleine Boutique eingekauft, während er vom Hotelzimmer aus mehrere Gespräche mit New Yorker Künstleragenturen führte.
Es war nicht leicht und sicherlich auch nicht billig, doch er kam über die Agenten durch bis zum Mehrheitseigner der Filmgesellschaft, bei der Richard Bourbon und seine Frau Lissy unter Vertrag standen. Jörg machte nur ein paar Andeutungen, der Herr verstand sofort. Jörg bekam einen Termin.
Melanie stand mit einem Koffer neuer Kleider vor Jörgs Hotelbett, sah ihn zwischen den Illustrierten liegen,

hörte sein unbeholfenes Englisch und erkannte an seinem Lächeln, daß er Erfolg hatte.
Wie fange ich es an? überlegte sie. Soll ich einfach einen Striptease hinlegen, oder findet er das vielleicht lächerlich? Ich habe lange nicht mehr geübt. Ich könnte mich natürlich auch einfach zu ihm aufs Bett legen und ihm erzählen, was er für ein toller Hecht ist. Mich an ihn drücken und den Rest ihm überlassen. Wenn wir nicht bald anfangen, kommen wir wieder nicht dazu. Er legte den Hörer auf.
Er lachte breit und voller Ausgelassenheit, drehte sich auf den Rücken, strahlte sie an, breitete die Arme aus und sagte: »Komm!«
Damit war das taktische Problem gelöst. Sie warf sich einfach in seine Arme. Die Sprungfedern im Halterahmen des Bettes knarrten.
Es machte ihm Spaß, wie sie auf ihm rumrutschte. Mit seinen großen Händen erreichte er jeden Teil ihres Körpers. Sie waren beide noch angezogen, aber schon recht wild, als es plötzlich klopfte. Melanie gab seine Lippen frei und sah zornig zur Tür. Jörg glaubte, daß sich der Zimmerkellner in der Tür geirrt hätte und brummte: »Wir haben nichts bestellt!«
Das Klopfen wurde lauter.
Jörg rollte Melanie von seiner Brust, stand auf und öffnete mürrisch die Tür. Sofort traf ihn eine Faust. Er taumelte rückwärts und krachte gegen die Frisiertoilette. Bruno sprang in den Raum und schloß die Tür hinter sich.
Melanie richtete sich im Bett auf und holte tief Luft. Bruno sah sie durchdringend an: »Wenn du schreist, Kleine, schneid' ich dir eine Glatze und zermatsch' dir das schöne Gesicht.«
Melanie bekam keinen Ton mehr raus. Jörg erholte sich

schon von dem Schlag. Nur seine Unterlippe war aufgesprungen und blutete. Jörg ging auf Bruno los, der den Angriff ruhig erwartete. Er tauchte unter Jörgs Armen weg und plazierte einen zweiten Schlag in Jörgs Gesicht. Diesmal platzte die rechte Augenbraue auf.
Jörg hielt sich beide Hände vors Gesicht und stöhnte. Bruno nutzte die Zeit zu einem weit ausgeholten Tiefschlag, der Jörg augenblicklich bewußtlos werden ließ. Er lag auf dem Läufer vor dem Bett und rührte sich nicht mehr. Bruno verabschiedete sich mit einem kurzen: »Tschüß, Puppe.«
Während Melanie noch überlegte, ob sie einen Arzt rufen sollte oder die Polizei, richtete Jörg sich ächzend auf. Er ließ sich rückwärts auf das Bett fallen und lallte: »Und ich hatte mich so auf die Nacht mit dir gefreut!«
Melanie besorgte ihm einen großen Whisky, den er runtergoß, um dann in einen tiefen Schlaf zu fallen.
Melanie schlief nach einer guten Stunde ebenfalls ein, allerdings hoffte sie, noch vor dem Frühstück mit Jörg nachholen zu können, was Bruno ihnen so gründlich versaut hatte.
Den Morgen brauchte Jörg aber leider, um sich die Blutkrusten vom Gesicht zu entfernen und sein Aussehen mit Puder in einen Normalzustand zu bringen. Er wollte nicht wie ein Schlägertyp vor dem Filmboß erscheinen.
Im Flugzeug bekam Melanie plötzlich Angst, es könnte vielleicht nie klappen. Wie lange dauerte es, bis er auf sie aufmerksam wurde! Und wenn es dann endlich soweit war, kam ihnen immer was dazwischen! Wahrscheinlich würde jetzt auch noch das Flugzeug abstürzen, oder in Amerika bekamen Unverheiratete keine gemeinsamen Hotelzimmer. Sie rechnete mit jedem nur erdenkbaren Hindernis. Vielleicht wollte Jörg auch gar nicht mehr, hatte Gewissensbisse Annie gegenüber?

Da beschloß sie, vorzubeugen. Während er gerade das ausgeteilte Mittagessen aus den Plastikfolien packte, erzählte sie ihm von dem Filmstar mit dem zerknitterten Mantel, mit dem seine Frau ein Verhältnis hatte. Sie sagte aber nicht: »Ich habe ihn aus deiner Wohnung schleichen sehen.« Nein, sie sagte: »Ich habe ihn kommen sehen. Sie hat die Tür aufgerissen und sich ihm in die Arme geworfen. Sie haben sich schon im Flur abgeknutscht.«

Erst konnte Jörg es kaum glauben, dann erinnerte er sich an seine betrunkene Frau im Hausflur. Sicherlich war sie danach mit dem Kerl noch in einem Restaurant gewesen. Dort hatte er sie dann abgefüllt und vor der Haustür abgeladen.

Melanies Geschichte brachte jedoch zunächst gar nicht den Effekt, den sie sich gewünscht hatte. Er suchte keinen Trost bei ihr. Er wurde auch nicht hemmungsloser – jedenfalls bemerkte sie im Flugzeug noch nichts davon. Er sah lediglich traurig aus, wollte am liebsten wieder zurück, mit Annie reden, die New-York-Tour ausfallen lassen und sich mit ihr verkriechen.

Als Melanie diese Reaktion bemerkte, stopfte sie voller Wut das Essen in sich hinein, das nicht nur in Plastik eingepackt war, sondern auch so schmeckte.

Er wollte Annie jetzt sagen, daß er sie nie betrogen hatte. Mit Melanie, das hatte ja nie geklappt – noch nicht! Und diese Nacht bei den Zwillingen ... irgendwie weigerte er sich zu glauben, daß da wirklich was gewesen war... Und während der Zeit amüsierte sie sich mit einem Schauspieler! Wer weiß, wie lange das schon so ging!

Die lästigen Einreiseformalitäten, ob er Mitglied einer kommunistischen Organisation sei und all den Quatsch, kriegte er nicht richtig mit. Seine Gedanken waren bei Annie.

Er aß mit Melanie ein saftiges Steak und fuhr dann gleich zu dem Mehrheitseigner der Filmgesellschaft.
Sein Büro war von einer schlichten Sachlichkeit. Alles in Weiß oder Schwarz. Große Fenster mit dem typischen Blick auf die Hochhäuser, den Mr. Fox jr. genoß, als sei es der Ausblick auf eine Alpenlandschaft. An den Wänden hinter Glas die Filmplakate zu den großen Kinoproduktionen, die er gemacht hatte und auf die er heute noch stolz war.
Der Raum war gut zehn mal zehn Meter groß. In einer Ecke war eine weiße Leinwand aufgebaut, auf die diverse Standscheinwerfer eingestellt waren, so als ob dort ab und zu Probeaufnahmen gemacht würden. Sie kamen sofort zum Geschäft. Mr. Fox jr. war ein Mann mit rosa Gesicht und rundlichem Körper, eine harmlose Erscheinung, wie Jörg ihn abschätzte, etwas dümmlich vielleicht sogar, aber mit dem richtigen Riecher für alles, was Erfolg versprach.
Er ließ sich die Geschichte noch einmal von Jörg erklären: Richard Bourbon sollte auf dem Dach eines der Kaufhäuser des Dagobert-Konzerns stehen und drohen, in die Tiefe zu springen. Er sollte dort mindestens 24 Stunden ausharren. Jörg würde für Presse und Fernsehen sorgen.
»Stellen Sie sich das vor, zwischen der Leuchtreklame für die Kaufhauskette, die in den sternenklaren Himmel zuckt, steht ihr Filmidol, weinend, ein Whiskyglas in der Hand. Dann gibt er von dort den Fernsehreportern, die auf Feuerwehrleitern stehen, Interviews. Er erzählt von seiner hoffnungslosen Liebe zu Lissy und daß er sich deshalb nun das Leben nehmen will. Er hatte sich gerade im Kaufhaus Dagobert seinen neuen Whisky gekauft, da überkam es ihn. Er will Lissy oder den Tod.«
»Großartig!« freute sich der Filmmanager. »Und Sie haben schon alles arrangiert?«

»Ja«, sagte Jörg.
»Gut. Das ganze muß in Europa passieren. Wo da, ist mir egal. Der Film läuft in ganz Europa gleichzeitig an. Und dieses tragische Ereignis wird sicher europaweit übertragen.«
»Natürlich – außerdem kriegen wir es in jede Tagesschau! Und auf die Titelseiten der Zeitungen. Und weil Bourbon ein Weltstar ist, kommt es auch nach Amerika.«
»Ja, dafür sorge ich!« lachte der dickliche Mann. Jörg überlegte, wieviel er dafür verlangen würde. Eine Million könnte er ihm dafür geben. Es war immerhin ein bombiger Auftakt der Werbeaktion. In der ganzen Welt würde man wissen, daß Richard Bourbon bei Dagobert einkaufen ging. In der ganzen Welt würde man mehrmals am Tag die Dagobert-Leuchtreklame in den Fernsehnachrichten sehen. Dazwischen den Weltstar Richard Bourbon.
Er mußte sich nur noch überlegen, wie die Sache ausgehen konnte. Er brauchte ein Ende. Bourbon konnte nicht einfach vom Dach steigen und sagen: »Es war ein Gag.«
Mr. Fox jr. bot ihm eine Zigarette an, Jörg nahm sie aus Höflichkeit, und dann sagte Mr. Fox: »Es ist eine wirklich schöne Sache und wird dem Film in Europa zum Durchbruch verhelfen, aber ich will Lissy mit dabei haben.«
Für einen Augenblick hatte Jörg das Gefühl, sein Gehirn würde eingeeist. Der Mann dort merkte gar nicht, was Jörg von ihm wollte. Wußte nicht, daß es um Werbung für ein Kaufhaus ging. Er dachte, Jörg hätte nur einen Werbeschlachtplan für Bourbons neuen Film entwickelt.
Bleib jetzt ruhig, ganz ruhig, sagte Jörg sich. Wenn der merkt, daß das Kaufhauswerbung ist, steigt er aus.
Ohne das geringste Zittern in der Stimme sprach Jörg: »Das ist kein Problem. Sie wird nach vierundzwanzig

Stunden mit einem riesigen Aufwand gebracht werden. Erst Flugzeug, dann Hubschrauber, schließlich Polizeieskorte. Und auf dem Dach des Kaufhauses findet dann vor den Augen der Weltöffentlichkeit die Versöhnung statt.«

»Genial!« schrie Mr. Fox jr. »Wann kann die Sache steigen?«

»Sobald Sie wollen.«

»So schnell es geht. Der Film läuft am Wochenende an. Also am besten vorher.«

»Das läßt sich machen.«

Mr. Fox jr. grinste glücklich. Jörg ebenfalls. Die ganze Zeit über hatte niemand auf Melanie geachtet.

»Sie werden verstehen, daß wir über diese Geschichte keinen Vertrag machen können. Wäre zu verfänglich – Sie wissen ...« flüsterte Mr. Fox jr.

Jörg nickte. Jetzt mußte über Geld geredet werden.

»Ich habe einen Scheck über 50 000 Dollar für Sie vorbereitet. Ich dachte: 50 000 vorher und 50 000, wenn alles zur allgemeinen Zufriedenheit verlaufen ist. Sind Sie einverstanden?«

Er hielt Jörg den Scheck hin. Jörg nahm ihn tonlos und konnte nicht sprechen, weil sein Hals so trocken war.

Mr. Fox jr. bat Jörg um seine Hoteladresse, weil er ein Zusammentreffen mit Richard Bourbon und Lissy organisieren wollte.

Draußen nahm er Melanie in den Arm.

»Was ist mit dir?« fragte sie. »Du siehst auf einmal so glücklich aus.«

»Ja, ich glaube, ich habe eine Glückssträhne. Was ich von dem da wollte, das habe ich bekommen. Ich war bereit, ihm dafür eine Million Dollar zu geben, aber statt dessen hat er mir 50 000 Dollar gegeben. Und ich werde bald noch einmal 50 000 Dollar bekommen.«

Die Zahlen manifestierten für Melanie nur, mit welchen Summen Jörg umging. Sie war schwer beeindruckt, freute sich aber zu sehr auf das Zusammentreffen mit Richard Bourbon, als daß sie die Zahlen wirklich hätte verarbeiten können.

Annie ist drauf und dran, sich zu verlieben

Als sie keine Tränen mehr hatte, schrie sie gegen die Wand: »Soll er doch alleine nach New York fahren! Soll er sich doch alleine die Koffer packen! Soll er doch seine Trikotwerbung für Pastoren durchführen, während die Welt in Schutt und Asche gelegt wird!« Sie traf sich statt dessen lieber mit Ilse Kempowski und den anderen von der Friedensinitiative, die eine ganze Friedenswoche vorbereiteten, in der sie auf die atomare Gefahr hinweisen wollten.

»Wir brauchen phantasievolle Aktionen, die den Menschen in unserer Stadt klarmachen, daß es fünf vor zwölf ist. Die bereiten einen Atomkrieg vor. Und das Schlachtfeld dafür wird Europa sein. Von hier aus werden die Raketen gestartet werden. Hier werden also auch die ersten Gegenschläge landen.«

»Wir sollten die Neutronenbombe mit in unser nächstes Flugblatt aufnehmen. Diese Perversion menschlichen Denkens, diese Ausgeburt eines kranken Hirns muß angeprangert werden. Wir dürfen nicht nur den Abzug der Atomraketen fordern. Wir müssen die Neutronenbombe einschließen in unseren Kampf für das menschliche Leben.«

»Flugblätter reichen aber nicht. Wir müssen uns etwas anderes einfallen lassen, um auf die Probleme aufmerksam zu machen.«

Ilse Kempowski berichtete von einer Umtauschaktion im Kindergarten, die sie zusammen mit einer befreundeten Kindergärtnerin durchgeführt hatte. Die Kinder wurden aufgefordert, ihr Kriegsspielzeug mitzubringen, und das wurde dann gegen selbstgebasteltes Friedensspielzeug umgetauscht. Beim anschließenden Elternabend habe es heiße Diskussionen gegeben.
Den für sie zuständigen Bundestagsabgeordneten hatte die Gruppe für eine Diskussion zu dem Thema ›Wem nutzt die Aufrüstung?‹ eingeladen. Der ließ durch seinen Assistenten, das heißt eigentlich durch die Sekretärin seines Assistenten, mitteilen, daß er leider verhindert sei.
Das löste in der Initiative ziemliche Wut aus. Dann machte ein junger Mann, der gerade sein erstes Staatsexamen hinter sich hatte, einen Vorschlag: »Die Militärflugzeuge fliegen über unserer Stadt so unverantwortlich tief, daß das meiner Meinung nach nicht nur ruhestörender Lärm ist, sondern Körperverletzung. Wir haben zum Beispiel ein Kleinkind, das mindestens fünfmal am Tag von dem unverschämten Fluglärm geweckt wird und dann Angst bekommt und zu schreien beginnt.«
»Und was kann man da machen?«
»Ich habe bei der zuständigen Staatsanwaltschaft Strafanzeige erstattet. Hier ist der Text. Ich hoffe, viele von euch erstatten auch gleich so eine Anzeige. Wenn die mit Strafanzeigen nur so zugehagelt werden, vielleicht merken sie dann wenigstens, wie sehr die Bevölkerung sie liebt.«
Jemand klatschte Beifall, und auf dem Büchertisch wurden neben Büchern auch noch selbstgemachte Aufkleber angeboten mit der Aufschrift:
›Laßt Euch nicht BRDigen!‹
Annie blieb bis zum Schluß, kaufte noch Bücher und ließ

sich dann von einem langhaarigen jungen Mann mit rostbrauner Kordhose und gleichfarbigem Rollkragenpullover in einer Ente nach Hause fahren.
Sie fragte ihn, warum er bei der Hitze denn so einen Pullover anziehen würde, und er antwortete ganz selbstverständlich: »Weil meine anderen Klamotten alle dreckig sind. In unserer WG hat die Waschmaschine ihren Geist aufgegeben.«
»Was ist eine WG?«
»Eine Wohngemeinschaft.«
»Ach ja, du wohnst in einer Wohngemeinschaft. Wie viele Leute seid ihr denn?«
»Ein harter Kern von fünf. Aber bei uns ist immer 'n Platz zum Pennen frei, darum sind wir meist sieben oder acht.«
Sie fand das wirklich interessant, so als käme er von einem anderen Stern. Sie bat ihn noch mit rauf zu sich, sie sei ohnehin alleine, und im Fernsehen liefe auch nichts, und sie wollte zu gerne mehr über Wohngemeinschaften wissen. Wie das mit dem Haushalt organisiert würde, das Geschirrspülen, das Putzen, das Kochen, das Geldverdienen. Und nachdem sie eine Flasche Rotwein zusammen getrunken hatten, wollte sie wissen, ob das denn wirklich so sei, wie sie gehört hatte, daß da nämlich jede mit jedem ...
Er lachte. Nein, das sei nicht so. Ausnahmen würden auch da nur die Regel bestätigen.
Nachdem sie ihn lange genug ausgefragt hatte, inspizierte er ihre Wohnung genauer. Vor dem Videofernseher blieb er stehen und sagte dann leise und ganz aggressionslos: »Glaubst du, daß du mit all dem Plunder hier glücklicher bist als wir in unseren Sperrmüllmöbeln?«
Sie sah ihn ratlos an.
»Du mußt uns mal besuchen kommen«, sagte er. »Am

besten wohnst du mal ein paar Tage bei uns. Dann wirst du sehen, daß man all den Kram nicht braucht.«

»Ja, habt ihr denn keinen Fernseher, keinen Kühlschrank?«

»Doch, haben wir, Atze hat neulich einen vom Sperrmüll mitgebracht. Ein Schwarz-Weiß-Fernseher. Völlig in Ordnung. Hat einer weggeschmissen. Weiß der Teufel warum. Vielleicht war der Kasten zu unmodern. Darauf gucken wir uns jetzt manchmal einen Film an. Einen alten Kühlschrank haben wir auch. So ein Riesending!«

Dann warf Annie zwei Schnitzel in die Pfanne und machte eine neue Flasche Wein auf. Sie hatte das Gefühl, sich schon lange nicht mehr so gut unterhalten zu haben. Wenn sie allein in der Küche stand, kam sie sich sehr alt vor, doch wenn sie ihm wieder gegenübersaß, fühlte sie sich wie vor zehn Jahren.

Er fragte sie jetzt aus, über ihren Mann, dessen Beruf, ob ihr das Leben Spaß mache und was ihr Mann denn so politisch treibe.

Er schlug sich noch gehörig den Bauch voll, man versprach, sich wiederzusehen, und umarmte sich beim Abschied.

»Du bist in Ordnung«, sagte er noch und ging dann zum Fahrstuhl. In ihren Ohren klang das wie ein besonders originelles Kompliment.

Jörg und Melanie lernen zwei Weltstars kennen ...

Jörg war jetzt in solcher Hochstimmung, daß er Annies Seitensprung verdrängte. »Heute abend werden wir mit Richard Bourbon und Lissy ausgehen. Ich habe an einem Tag mehr Geld verdient als sonst in ein paar Jahren. Ich bin echt glücklich!«
Sie suchten sofort das Hotelzimmer auf. Sie verschlossen die Tür sorgfältig und begannen augenblicklich, sich auszuziehen.
Jörg beobachtete Melanie, wie sie im Bad nach Riechsalz, nach Badelotion und den weichsten Handtüchern suchte. Er mußte sich zugestehen, daß ihr nackter Körper ihn ganz schön auf Touren brachte. Sie setzte sich in die Badewanne und winkte ihn zu sich. Er bemühte sich auch redlich, sich ebenfalls reinzuquetschen, aber es war vergeblich. Sie bekam bei dieser Übung zwei blaue Flekken. Beide an den Oberschenkeln.
Sie entschieden sich für eine getrennte Erfrischung. Während sie sich weiter in der Wanne räkelte, stellte er sich unter die Dusche. Sie konnten sich dabei gegenseitig zusehen, weil er den Duschvorhang geöffnet ließ. Sollte der Boden doch ruhig naß werden. Er würde dem Zimmermädchen ein gutes Trinkgeld dafür geben.
Melanie hob immer wieder ein Bein hoch aus der Wanne und strich langsam den Schaum von der Haut. Dabei sah sie ihn unentwegt an.
Während er seine Kopfhaut massierte und dabei genug Shampoo benutzte, um einen Braunbären zu waschen, mußte er auf einmal an Annie denken, und dieser Gedanke schob sich - sichtlich – zwischen Melanie und ihn.
Es war ihm peinlich. Er trocknete sich rasch ab und stieg in die Kleider. Angezogen warf er sich aufs Bett. Bis

Melanie auch fertig war, trank er noch einen Whisky. Melanie hielt sich nur ein Handtuch vor. Sie wollte es gerade wegwerfen und sich dann zu ihm aufs Bett fallen lassen, da sagte er betreten: »Es geht nicht.«

Fassungslos sah sie ihn an: »Was geht nicht?«

»Na – es. Ich kann nicht. Im Moment wenigstens nicht.«

Jetzt ließ sie das Handtuch tatsächlich fallen, aber vor Schreck und nicht aus Berechnung. Sie setzte sich auf die Bettkante, nahm seine Hand und sagte: »Aber Liebling. Gefall' ich dir nicht mehr?«

»Doch, doch, du gefällst mir.«

»Soll ich vielleicht lieber das Licht ausknipsen?«

»Nein, nein, daran liegt es nicht.«

Sie machte sich wirklich Sorgen um Jörg. So ein junger, gesunder Mann ...

Am liebsten wäre er weggelaufen. Er stammelte: »Es ... es ist nur, weil ich so nervös bin.«

Sie lachte: »Haha, er wird rot. Oh, wie süß, wie ein kleiner Junge wird er rot!«

Es gab immer wieder in Jörgs Leben Situationen, in denen ihm schlagartig klar wurde, was es bedeutete, wenn jemand von sich sagte, er wolle im Erdboden verschwinden. Er hatte jetzt das Gefühl, immer kleiner zu werden, mit beständiger Geschwindigkeit zu schrumpfen. Er wünschte sich, ein Tischbein zu werden oder ein Türgriff, auch die Seifenschale im Badezimmer fristete im Vergleich zu ihm ein nahezu fürstliches Leben. Zu gern wäre er ein Gegenstand geworden, den man benutzt, ohne darüber nachzudenken, dem man nicht wehtut, den man schont und sauberhält, weil er einem nutzt. Doch leider wurde er kein Gegenstand. Er blieb Jörg Staute. Er schrumpfte nur zwergenhaft zusammen. Schon konnte sie ihn auf ihrer Hand spazieren lassen. In ihrem Handtäschchen hätte er für sich ein geräumiges

Haus bauen können. Der Schrumpfungsprozeß hielt weiter an. Bald würde er nicht größer sein als ein Staubkorn. Schrecklicher Gedanke. Er könnte von dem Zimmermädchen aufgesaugt werden, falls ihn ein kleiner Luftzug auf den Teppich wehen sollte. Vielleicht würde Melanie ihn auch auf dem Tisch vergessen, und beim nächsten Tischtuchwechsel geriete er mit in die Mangel. Vielleicht würde man heißen Kaffee über ihn ausgießen oder...

»Jörg! Du bist so abwesend! Hörst du mich überhaupt?«

»Hm. Hä? Was – wieso?«

»Ich habe gefragt, ob du jetzt vielleicht eine Tasse Kaffee möchtest, oder ob dich das noch nervöser macht. Ich könnte jetzt jedenfalls eine vertragen.«

»Ja ja. Ich auch.«

Bis der Kaffee kam, trank Jörg noch einen Whisky, der holzig schmeckte und im Hals brannte. Melanie nutzte die Zeit, um in ein Kleid zu steigen, das sie für raffiniert genug hielt, um selbst bei einem Empfang durch zwei Filmstars zu wirken. Das Kleid unterstrich die Länge ihrer Beine und die zerbrechliche Enge ihrer Hüften.

Mr. Fox jr. holte Jörg und Melanie persönlich ab. Sogar den Cadillac steuerte er selbst. Er saß mit seinem Marzipangesicht hinter dem Steuer, lächelte vielversprechend und sprach nur wenig. Melanie ging Jörg ziemlich auf die Nerven, weil sie ständig ihr Kleid glattstrich und fragte: »Sitzt meine Frisur auch richtig? Beim Baden sind die Haare feucht geworden, und wenn ich feuchte Haare habe, sehe ich immer schrecklich aus.«

Jörg versicherte pflichtbewußt, sie sähe hinreißend aus.

Richard Bourbon und Lissy residierten im Moment hoch über den Dächern von New York. Als sie im Fahrstuhl hochfuhren, konnten Melanie und Jörg sich noch nicht vorstellen, daß es möglich war, auf dem Dach eines 42-

Stockwerke-Hochhauses eine Villa zu bauen, einen Garten anzulegen und dabei nicht auf einen Swimmingpool zu verzichten. Es war möglich, wenn man genug Geld hatte. Ein Hausmädchen öffnete ihnen, führte sie auf die Veranda und bat zu warten.
»So läßt sich's leben«, sagte Jörg.
Hier feiert also Richard Bourbon seine wilden Sexparties mit minderjährigen Mädchen, dachte Melanie, und hier finden die ausschweifenden Saufgelage statt.
Jörg schritt von der Terrasse auf den Rasen. Er bewunderte diesen Garten, roch an einigen Büschen, die angestrahlt wurden und kam aus dem Staunen nicht mehr heraus.
Sie wurden in ein großzügig angelegtes Wohnzimmer geführt. Mitten im Raum stand ein riesiges ausgestopftes Kamel. In einem Schaukelstuhl saß dort Richard Bourbon. Er rauchte Pfeife und hatte neben sich einen Teewagen mit Gebäck stehen. Außerdem eine chinesische Teekanne und eine fast durchsichtige Teetasse. Er trank den Tee mit Milch. Seine Füße steckten in Fellpantoffeln. Er war mit einem schwarzen Morgenrock bekleidet. Er stand nicht auf, um seine Gäste zu begrüßen. Er deutete nur mit einer Handbewegung an, daß man sich setzen möchte. Polstermöbel standen genug rum.
»Lissy kommt gleich«, sagte er in astreinem Deutsch. »Wenn Sie einen Tee wünschen, bringt Maud uns den gerne.«
Dann schwieg er, nuckelte an seiner Pfeife, knabberte Gebäck und schlürfte Tee.
Mr. Fox jr. schwätzte drauflos: »Sicherlich wundern Sie sich, daß Herr Bourbon so gut deutsch spricht. Nun, es ist seine Muttersprache. Er hat zwanzig Jahre in Deutschland gelebt und dort ein Jurastudium begonnen, bevor er zum Film kam und sich Bourbon nannte.«

Bourbon warf einen wütenden Blick auf Mr. Fox jr. Er mochte es gar nicht, wenn er diese Geschichte erzählte. Trotzdem fuhr Mr. Fox jr. fort: »In Wirklichkeit heißt er Michael Zimmermann. Aber mit diesem Namen kann man keine Hauptrollen spielen.«

Fox lachte laut, und Bourbon funkelte ihn jetzt unverhohlen an.

Zum Glück erschien Lissy. Ein weinrotes Abendkleid, eine mondän hochgesteckte Lockenfrisur und Hauspantoffeln. Sie breitete die Arme aus und strahlte, als würde sie alte Freunde wiedersehen.

»Sie sind also der Jörg Staute. Man hört gute Dinge von Ihnen. Ich bin so glücklich, daß Sie unseren neuen Film in Europa promoten wollen!«

Mit offenen Armen ging sie auf Jörg zu. Jörg stand auf. Sie drückte ihn an ihren gewaltigen Busen und frohlockte: »Welch ein Mann! Oh, diese Muskeln. Ich liebe athletische Männer!«

Dann küßte sie auch noch Melanie auf die Wangen. Mr. Fox jr. würdigte sie nicht mit einem Blick.

Die offensichtlich gespannte Stimmung zwischen Fox und Lissy und Bourbon lag im Raum wie ein fernes Unwetter, das man schon spüren kann, bevor es losgeht.

Maud näherte sich puppenhaft und schenkte allen Tee ein. Er roch streng, sah gelb, fast grünlich aus und war so bitter, daß Melanie ihn am liebsten wieder ausgespuckt hätte. Auch Jörg verzog das Gesicht.

Bourbon lächelte und erhob seine Teeschale. Er hielt sie zwischen Daumen und Zeigefinger nur am äußeren Rand fest. »So nimmt man die Schale in die Hand, und dann schlürft man ...« dozierte er und schlürfte zum besseren Verständnis gleich einmal so laut und genüßlich für seine Gäste, daß ihnen eine Gänsehaut den Rücken runter lief.

»A... aber der Tee ist so bitter!« sagte Melanie in der irren Hoffnung, nicht auch schlürfen zu müssen.
»Das ist Tee, wie man ihn in der Wüste trinkt. Gut gegen Hitze, Durst und Kreislaufschwäche. Habe ich in Kairouan kennengelernt. Eigentlich ist es ganz normaler Pfefferminztee, nur daß die Menge, die wir sonst auf eine Kanne...«
»Was ist Kairouan?« fragte Jörg und suchte eine Blumenvase oder etwas Ähnliches, wohinein er seinen gräßlichen Tee schütten konnte.
»Kairouan ist eine Wüstenstadt. Eine der heiligen Städte des Islam. Ich liebe die Wüste. Kamele, Nomaden, Sand, Kakteen und Tee.«
Melanie hatte endlich ein Gesprächsthema entdeckt und sprudelte gleich los. Sie erzählte von ihren Fensterbankkakteen und den Problemen beim Umtopfen.
Mr. Fox verabschiedete sich.
»Ich kann Ihnen Kakteen zeigen. Agaven, deren Blüten zwanzig Meter hoch sind.« Er winkte Maud herbei. »Maud, die Dias aus Tunesien, Marokko und Algerien.«
Wie von Geisterhand ging das Licht aus. Eine Leinwand rollte von der Decke herab, und bis das erste Dia an der Wand erschien, hörte man in der Dunkelheit Richards Schlürfen. Dann ein leises Plätschern, als ob etwas verschüttet wurde. Es kam aus Melanies Ecke.
Richard Bourbon erklärte unterdessen, daß zwar jedes Dromedar ein Kamel sei, aber noch längst nicht jedes Kamel ein Dromedar, weil ein Dromedar nur einen Höker habe. Trotzdem könne man dazu Kamel sagen, denn man sage ja auch Hund zu einem Pudel.
Melanie fand diese Ausführungen sehr interessant und rückte näher an Richard Bourbon heran, der nach Pfefferminz roch.
In der Dunkelheit rutschte auch Lissy näher zu Jörg.

Beim siebenten Dia raunte sie ihm schon ins Ohr: »Ehrlich gesagt, ich kann seine Diavorträge nicht mehr ausstehen.«
Sie legte dabei eine Hand auf Jörgs Oberschenkel und einen Arm um seine Schultern. Ihre Locken kitzelten in seinem Gesicht. Er wußte nicht, wie er sich verhalten sollte. Wenn Richard Bourbon das bemerken würde, vielleicht war dann die ganze Sache mit der Aktionswerbung gestorben ... und außerdem Melanie ... aber die hörte so intensiv zu, daß die nichts anderes wahrnahm als Richard Bourbons Stimme, die Bilder und den Duft von Pfefferminz. »Ein Whisky wäre Ihnen doch sicherlich lieber als der ekelhafte Nomadentee«, flüsterte Lissy.
Jörg nickte.
»Ich habe immer ein Fläschchen versteckt. Er darf es nur nicht sehen. Er wird hysterisch, wenn ich in seiner Gegenwart Whisky trinke oder danach rieche.«
Leise zog sie ihn aus dem Sofa hoch. Auf Zehenspitzen tasteten sie sich bis zur nächsten Tür durch. Richard Bourbon erklärte gerade die Zusammenhänge zwischen Teppichmustern und den Ornamenten in einer Moschee.
Das Zimmer war klein und im Stil maurischer Kaffeehäuser mit kleinen Nischen und Erkern eingerichtet. Auf einem winzigen Tisch glänzte eine Wasserpfeife. Gerollte Teppichballen lagen nutzlos herum. Lissy angelte dazwischen eine Flasche hervor. Sie drehte sie auf, nahm einen Schluck und reichte sie Jörg. Der langte auch kräftig zu und fragte dann: »Ich denke, er ist das ständig trinkende, frauenverschlingende Monster.«
»Letzteres stimmt. Die Mädchen machen es ihm aber auch leicht. Alkohol trinkt er schon seit Jahren nicht mehr. Seit er einen Artikel über die negativen Auswirkungen von Alkohol auf die Potenz gelesen hat.«

Jörg nahm noch einen Schluck. Lissy ebenfalls. Sie fragte ihn, ob sie mal seine Muskeln befühlen dürfte, er hatte Hemmungen, fürchtete, Richard oder Melanie könnten hereinkommen, aber Lissy hatte ihm die Jacke schon ausgezogen und kämpfte mit seinem Hemd.

»Von Richards Muskeln ist nichts mehr übriggeblieben. Komm, nun zeig schon, laß mich fühlen, laß mich reinbeißen.«

»Ja, aber...«

Schon glitten ihre Hände unter seinem Hemd auf und nieder.

»Aber ich... meine Freundin... ich meine Melanie...«

»Ach die! Sie ist genau der Typ Frau, den Richard in Minuten aufs Kreuz legt.«

Jetzt machte Jörg sich mit sanfter Gewalt frei, knöpfte sein Hemd wieder zu und stapfte ins andere Zimmer, aber dort lachte ihn nur ein riesiges ausgestopftes Kamel an. Richard Bourbons Pfeife lag noch qualmend auf dem Teewagen. Maud kam herein und räumte das Geschirr ab.

»Wo... wo...«

Die Erkenntnis, daß Melanie ihn schon vor der ersten Nacht mit einem Filmstar betrog, trieb ihm Tränen in die Augen. Diese gottverdammten Filmstars! Der eine hatte ihm Annie genommen und dieser alternde Playboy Melanie. Hinter ihm erschien Lissy und hauchte einen Kuß an sein Ohr. »Na, Liebling, noch Skrupel?«

Augenblicklich verwandelten sich Kränkung und Wut in sexuelle Energie. Er würde jetzt auch mit einem Weltstar schlafen! Er war der Rächer aller mit Filmstars betrogenen Ehemänner... Selbst seine großen Handflächen konnten Lissys Busen nicht ganz umschließen...

Er redete sich ein, daß ihn jetzt Millionen Männer in aller Welt beneiden würden.

Annie verliebt sich wirklich

Der junge Mann hatte seine Haare frisch gewaschen. In lockeren Flocken umrahmten sie jetzt sein Gesicht. Er trug ein hellblaues T-Shirt.
Sie war noch nie in ein alternatives Café zum Frühstück eingeladen worden. Hier saßen fast nur junge Leute. Annie suchte das Alternative. Die Preise waren es nicht. Vielleicht die Poster an den Wänden ... eine große Pinnwand sah sie sich genauer an. Dort konnte jeder anheften, was er wollte. Von ›Tausche alte Freundin gegen neues Fahrrad‹ bis zu ›Ich repariere kaputte Elektrogeräte für 'n Appel und 'n Ei!‹ fand sie dort die interessantesten Angebote und Suchmeldungen. Der Kaffee kam aus einer ganz normalen Espressomaschine, aber der Orangensaft war laut Thomas frisch gepreßt und nicht aus der Dose.
Sie bestellte sich sofort einen O-Saft.
Die Bedienung mit dem indischen Kleid und den goldenen Haaren sagte: »Zu teuer geworden. Kann kein Mensch mehr bezahlen. Mußt du schon was anderes nehmen. Cola oder Fanta.«
»Was ist denn daran alternativ?« fragte Thomas.
Das junge Mädchen zuckte mit den Schultern, lächelte und sagte: »Also, was jetzt?«
Annie entschied sich doch für Kaffee. Thomas bestellte sich ein Frühstück. Zwei Scheiben Brot, »selbstgebakken und garantiert ohne jeden Dünger und all so 'n Zeug«, wie das Mädchen versicherte. Dazu selbstgemachte Erdbeermarmelade aus dem eigenen Garten. Das Brot sah fest aus, vollkornig und dunkel. Thomas mußte seine Kiefer ganz schön anstrengen, um es zu zerkauen.
»Soll total gesund sein. Willst du mal probieren?«

Er ließ sie von seiner Schnitte abbeißen, dann kauten sie beide stumm vor sich hin, bemüht, das harte Zeug mit Speichel aufzuweichen. »Und das soll wirklich gesund sein?« fragte sie.

Thomas lachte: »Ja, man kann es kaum glauben. Aber wenn man es oft ißt, gewöhnt man sich daran. Soll außerdem noch gut für die Zähne sein.«

Sie flirtete gerne mit ihm, und er eröffnete ihr eine Welt, an der sie bisher völlig vorbeigelebt hatte. Sie wußte davon nur vom Hörensagen. Er nannte das ›Gegenkultur‹ oder ›die Typen aus der Szene‹. Sie verstand, daß es sich um einen bunten Haufen drehte, der seine eigenen Gesetze hatte. Diese Leute zogen in die Stadtteile, die fast ausschließlich von Ausländern bewohnt wurden. Alte, fast schon baufällige Mietshäuser mit Toiletten auf dem Flur und ohne Dusche. Die Mieten waren dort erschwinglich. Sie renovierten sich die Wohnungen, freundeten sich mit den ausländischen Kollegen an, feierten Straßenfeste, veranstalteten Flohmärkte und wohnten meist in Wohngemeinschaften, die manchmal nur aus zwei – oft genug aber auch bis zu zwanzig Leuten bestanden.

»Was machst du, womit verdienst du dein Geld?«

»Ich war Lehrling. Autoschlosser. Da mußte ich ganz schön ran. Die haben ein Schweinegeld an mir verdient, aber nach der Lehre war ich sofort arbeitslos. Alle vierzehn Tage zum Arbeitsamt, Schlange stehen, Formular ausfüllen, nett sein, nichts bekommen, wieder abziehen und beim nächsten Mal wieder pünktlich anfragen. Bei meinen Eltern wollte ich auf keinen Fall länger wohnen, da habe ich jeden Tag Putz gekriegt, weil ich arbeitslos war, als ob ich etwas dafür gekonnt hätte. Und die Nachbarn und Verwandten durften es nicht wissen. Wurde richtig geheimgehalten, die Sache. Ich bin dann in dies sogenannte Türkenviertel gezogen. Klein Istanbul. Zusammen mit drei Frauen und noch zwei Typen. Die Miete haben wir uns geteilt. Am Anfang war das schwer, aber jetzt haben wir eine gemeinsame Arbeit, und nun geht es besser. Und macht vor allen Dingen mehr Spaß, als beim Arbeitsamt sich verarschen zu lassen. Und einen Chef haben wir auch nicht.«

Annie merkte gar nicht, daß sie ständig von seinem Brot aß, kaute und schluckte, so fasziniert war sie von seiner Art zu reden und zu denken.

»Was macht ihr denn zusammen? Ein Geschäft?«

»So was Ähnliches. Wir haben uns eine Maschine gebaut, mit der man Buttons machen kann!«

»Was kann man damit machen?«

»Na, diese Ansteckknöpfe. Kennst du doch. Hat heute jedes Kind. Meist sind Popgruppen darauf.«

»Ja, ja«, sie nickte, aber sie wußte nicht, ob er sie auf den Arm nahm oder nicht.

»Und mit unserer Maschine da können wir selber solche Dinger machen. Kostet höchstens zwanzig Pfennig Material pro Stück. Und wir machen eigene Entwürfe. Wir versuchen, politische Anstecker zu produzieren. Dabei sind wir total aktuell. Zum Beispiel – als die großen Demonstrationen gegen den US-Außenminister liefen, da schrieben die Zeitungen, die Friedensbewegung würde aus von Moskau gelenkten Wirrköpfen bestehen. Wir haben dann Sticker gemacht: *Besser von Moskau gelenkt leben als von Reagan gelinkt sterben!* Mann, die kamen unheimlich gut an. Ich hab' mir fast die Finger wundgestanzt. Und die anderen sind damit zu all den Demos gefahren und haben die Dinger verkauft. Die sind richtig in Mode gekommen.«

»Und davon lebt ihr?« fragte sie ungläubig.

»Ja, wovon denn sonst? Außerdem macht es Spaß.«

»Das kann ich mir denken«, sagte sie und wurde immer neugieriger auf diese Wohngemeinschaft. Auf dieses Leben außerhalb der bürgerlichen Bahnen. Sie wollte sich jetzt informieren, neue Zeitungen abonnieren, aktiv in der Friedensbewegung arbeiten und sich mehr mit jungen Leuten beschäftigen. An Jörg dachte sie im Moment nicht.

Sie ließ es sich gern gefallen, daß Thomas ihre Hand in seine legte und sie zaghaft streichelte.

»Bist du glücklich – so wie du lebst?« fragte sie ihn.

Er zuckte nachdenklich mit den Schultern.

»Es könnte besser sein, aber dafür kämpfen wir ja gerade. Und das hält einen oben. Mit anderen zusammen zu arbeiten, solidarisch handeln, statt sich gegenseitig im Konkurrenzkampf fertigzumachen, das gibt einem schon eine ganze Menge. Und wie steht's mit dir? Du siehst ziemlich down aus.«

Sie erzählte von Jörg, von New York und von ihrem Streit. Danach ließ sie sich dazu überreden, mit ihm in den Zoo zu gehen.

Die Sonne ließ das grünlich schimmernde Wasser im Flußpferdbassin giftig glitzern, als schnaubend der mächtige Kopf auftauchte. Was Annie und Thomas aber nicht sahen, da sie sich fest umschlungen den ersten Kuß gaben.

Schon am anderen Tag flogen Jörg und Melanie zurück. Es mußte noch einiges organisiert werden. Der Vertrag war klar. Die Sache würde am Wochenende steigen, wenn die Leute vor den Fernsehgeräten Entspannung suchten.
Sie redeten wenig miteinander. Und vermieden es, sich anzusehen. Jörg fühlte sich jetzt von Lissy regelrecht geschändet, und Melanie schämte sich vor Jörg, weil sie dem Weltstar Bourbon keine zehn Minuten standgehalten hatte. Jörg dachte jetzt sicherlich, sie sei genauso ein loses Weib wie seine Frau. Außerdem war sie eifersüchtig auf Lissy und Annie und Jörgs Beruf, der ihn immer wieder mit solchen Lissies zusammenbringen würde. Vielleicht war jetzt alles aus ...
Den letzten Schock erlebten die beiden, als sie auf ihr Flugzeug warteten und plötzlich von einer Horde Fotografen umzingelt waren. Sie konnten sich gegen die Knipserei nicht wehren, und dann stellten Reporter ihre Fragen:
»Wie fühlt sich ein Mann, der gerade von einem Sexstar verführt worden ist? Oder haben Sie sie verführt? Werden sich die beiden jetzt doch scheiden lassen? Sind Sie extra deswegen nach New York gekommen? Stimmt es, daß Sie von Richard Bourbon bezahlt worden sind, weil er einen offiziellen Scheidungsgrund brauchte?«
Im Flugzeug wischte Melanie sich zwei Tränen weg.
Noch sauer und erregt fuhr Jörg sie an: »Jetzt heul bloß nicht.« Das hatte natürlich die gegenteilige Wirkung, und sie schluchzte erst recht los.
»Was ist schon passiert?« fragte Jörg trocken. »Eine Bande wildgewordener Journalisten hat versucht, an eine Story zu kommen. Na und? Es ist ihr Job.«

»Aber woher wußten sie ...«
»Bestimmt von diesem Fox. Der nutzt jede Möglichkeit aus, für seine Schützlinge die Werbetrommel zu rühren. Da nimmt der auf Gefühle keine Rücksicht. Du brauchst aber keine Angst zu haben. In der Villa kann uns keiner fotografiert haben. Es sei denn von einem Hubschrauber aus.«
Er lachte so fröhlich wie möglich.
»So, und jetzt hör auf zu brüllen. Soll ich dir was bestellen? Kaffee, Cognac oder was zur Beruhigung?«
»Eins von den Schweinen hat mich gefragt, ob er Aktfotos von mir machen könnte. Und wie teuer das wäre. Als ich ihn angeschrien habe, hat er gelächelt und gesagt: Okay, Schätzchen, wie ist die Nummer von deinem Agenten. Ich will die Fotos auf jeden Fall exklusiv.«
»Vergiß es. Der wollte dich nicht beleidigen. Das ist eben Amerika. Die Leute sind da freier als bei uns.«
»Ach, findest du? Ich hab' mich wie in einem Affenkäfig gefühlt.«
Die Maschine war schon auf zehntausend Meter Höhe, und die Wolken unter ihnen schienen alles gelassen hinzunehmen.

Jörg droht eine neue Gefahr

Goldie hatte inzwischen eine Sekretärin für Jörg ausgesucht, von der er sicher war, daß sie Jörg um den Finger wickeln könnte. Sie würde ihn zu Fehlentscheidungen veranlassen, sie würde alle Informationen an Goldie weitergeben, sie würde ihm Fallen stellen und seine Arbeit sabotieren, sie würde ihm schließlich den Verstand rauben und ihm das Genick brechen.
Sie hatte schon mehrfach für Goldie die schwierigsten

Jobs erledigt. Sie war teuer, aber es gab keine bessere. Sozusagen mit Erfolgsgarantie. Sie hatte einige Jahre als Psychotherapeutin eine eigene Praxis. Sie war recht erfolgreich, doch als ihr nachgewiesen werden konnte, daß sie minderjährige Klientinnen in ihrer Praxis verführt hatte, schloß man ihr den Laden sofort.
Seitdem galt sie in gewissen Kreisen als Geheimtip. Sie heilte angeblich auch die impotentesten Männer. Ihre Therapie hieß Sexurlaub. Sie fuhr mit den meist schon recht greisen Männern für vierzehn Tage nach Norwegen, Schweden oder Finnland. Auf jeden Fall in Länder, die nicht zu warm waren und wo nicht an jeder Straßenecke Alkohol angeboten wurde. Sie konzentrierte sich dann die ganze Urlaubszeit über nur auf den einen Patienten. Sie warf dabei nicht nur ihr ganzes psychoanalytisches Wissen in die Waagschale, sondern auch noch ihren Körper.
Da ihr Männer nichts bedeuteten, benutzte sie ihren Körper wie ein Werkzeug. Sie fühlte sich dabei als Chirurg, der eine komplizierte Operation zu erledigen hatte. Was sie empfand, bemerkten die Männer nicht, denn sie verstand es, ihre Stimme, ihre Blicke und ihre gesamte Körpersprache so auf den jeweiligen Patienten einzuspielen, daß er im Laufe des Urlaubs zu blühender Manneskraft zurückfand. Sie finanzierte damit nicht nur ihren aufwendigen Lebensstil, sondern schrieb auch an einer wissenschaftlichen Arbeit zu dem Thema: ›Es gibt keine impotenten Männer!‹
Der eigentliche Titel war schwieriger gewesen, wissenschaftlicher, dafür aber genauer, doch der Münchner Verleger, der die Rechte an dieser Arbeit schon gekauft hatte, wollte das Buch unter diesem Titel auf den Markt bringen, weil er glaubte, daß damit das Wunschdenken einer großen Zielgruppe angesprochen würde. Nämlich

das Heer aller impotenten Männer, die sich natürlich weigerten, an ihre eigene Impotenz zu glauben. Der Verleger rechnete mit mindestens 50 000 verkauften Exemplaren in den ersten Monaten. Vorabdrucke in den verschiedensten Illustrierten und dazu jede Menge Auslandslizenzen. Auf so ein Buch wartete die Branche seit zwanzig Jahren.

Diese Frau nun, deren Verführungskünsten niemand gewachsen war, weil sie es verstand, ihr Wissen um die menschliche Seele und die Reizempfindungen des männlichen Körpers so perfekt in die Praxis umzusetzen, wurde von Goldie auf Jörg Staute angesetzt. Ihr würde er nicht standhalten. Ihr würde er alles erzählen. Die schwächsten Punkte seiner Seele, die vergrabensten Wünsche und Ängste – alles würde sie aus ihm herauslocken und vor Goldie ausbreiten wie ein Buch.

Sie mußte nur erst in seine Nähe gebracht werden. Und das arrangierte sie perfekt. Sie wollte in Jörg den Beschützerinstinkt wecken. Er sollte Zeuge werden, wie sie völlig zu unrecht und sehr böse von Gert Schnell, dem Personalchef, angefahren wurde. Er sollte ihr kündigen. Sie würde zu weinen beginnen und hilflos sein, und Jörg würde ihr zur Seite stehen. Sie hatte dann hinterher noch ausgiebig Zeit, sich bei ihm dafür zu bedanken. Sie mochte solche Arrangements. Goldie versprach, daß alles glattgehen werde, und auch Gert Schnell war nicht so blöde, diese Sache zu versauen. Er mußte eine Angestellte runterputzen. Und so was konnte er.

Jörg wundert sich über seine Frau

Die Sache mit Melanie war für Jörg erledigt. Er wollte wieder zu seiner guten Annie zurück, die solche Eskapaden nicht mal im Traum machen würde. An den Schauspieler, mit dem sie angeblich ..., glaubte er nicht mehr. Das war sicherlich nur eine Erfindung von Melanie. Ihr eigenes Wunschdenken sozusagen. Und daß Annie mal betrunken im Flur lag, herrjeh, was bedeutete das schon? Er hatte ihr schließlich genug Kummer bereitet, aber das würde jetzt anders werden. Er wollte wieder ein treuer Ehemann sein, der seine Frau verwöhnt und sich von ihr verwöhnen läßt statt von irgendwelchen schlampigen Zwillingen oder unausgefüllten Weltstars.
Doch die gemeinsame Wohnung war leer. Zwar machte er sich kurz Gedanken, wo sie wohl ... aber dann dachte er an die schrullige Tante und ihre Eltern, und er war eigentlich ganz froh, daß sie nicht da war, denn er fühlte sich noch recht zerschlagen. Er nahm ein Bad und wollte danach schlafend auf Annie warten. Doch an diesem Abend kam Annie nicht nach Hause. Sie vermutete Jörg in New York. Sie wollte nicht alleine in der Wohnung sitzen und heulen. Außerdem hatte sie sich frisch verliebt. In der Wohngemeinschaft besaß Thomas ein eigenes Zimmer, und man konnte es sogar abschließen. Sein Bett war eine mit Leinentüchern bezogene Matratze. Darauf lagen sie jetzt und flüsterten sich Nettigkeiten ins Ohr. Neben ihnen auf dem Fußboden standen zwei halbvolle Rotweingläser, eine dickbauchige Flasche und eine Kerze, die das einzige Licht im Zimmer spendete. Er hatte keine Haare auf der Brust. Er war schmal, fast schmächtig, aber seine Hände und seine Worte schenkten ihr eine tiefe Zärtlichkeit und gaben ihr das Gefühl, am ganzen Körper zu brennen.

Sie rechnete nicht damit, Jörg in der Wohnung anzutreffen.
Er lag schnarchend im Bett. Sie setzte sich auf die Bettkante und sagte – laut genug, um ihn zu wecken – »Ich hoffe, deine New-York-Reise war ein Erfolg für dich.«
Er saß plötzlich senkrecht im Bett. Sie hatte ihm einen fürchterlichen Schrecken eingejagt, denn im Traum lag er neben Lissy und mühte sich ab, und dann so unerwartet Annies Stimme zu hören ...
»Du hast mich vielleicht erschreckt.«
Wortlos verließ Annie das Schlafzimmer und brühte sich in der Küche einen Kaffee.
Jörg brauchte noch eine Minute, bis er sich gefangen hatte, dann folgte er ihr.
»Annie, mein Schatz, ich habe es geschafft. Ich habe Richard Bourbon und Lissy für meine erste Werbeaktion! Und es hat nichts gekostet. Im Gegenteil, ich habe noch einen Riesenbatzen für uns dabei herausgeholt.«
Sie sah gar nicht begeistert aus.
»Und? Bist du stolz drauf?« fragte sie schnippisch.
»Aber Annie ...«
»Ja, ja, schon gut. Herzlichen Glückwunsch. Du bist wirklich ein Held. Das Kaufhaus wird es dir ewig danken.«
Jörg war wie erschlagen. Er versuchte es zaghaft noch einmal. »Wir können aus diesem Hochhaus hier raus. Wir können am Stadtrand selbst bauen. Ein Haus mit Kamin und einem hübschen Garten.«
Sie hantierte an der Kaffeekanne herum und beachtete ihn nicht weiter. Trotzdem glaubte er zu bemerken, daß sich in ihren Augen Tränen bildeten.
»Annie, was hast du denn auf einmal. Ich verstehe das nicht. Jetzt, da wir uns unsere Träume erfüllen können, da ...«

»Und wenn wir dann unser Häuschen haben und im Garten die Rosen blühen, und wenn du noch mehr verdienst und für dein Kaufhaus den Papst engagiert hast, dann drückt irgend so ein Geisteskranker irgendeinen Knopf, und alles verschwindet in einem Atompilz. Mann, bist du blöd, merkst du denn nicht, was passiert, während du mit deinen Hollywoodstars rumhampelst?«

»Aber ... ich ... ich denk' doch nur an unsere Zukunft!«

Sie lachte bitter: »Nein, du denkst ans Geldverdienen und an deine Werbekonzeptionen.«

Jörg setzte sich. Ihm war zum Heulen zumute.

»Während du deinen kindischen Beruf weiter ausgeübt hast, während du Karriere gemacht hast, da habe ich Leute getroffen, von denen ich wirklich was gelernt habe. Du weißt doch gar nicht, was los ist. Wir standen nie näher an einem Atomkrieg. Ich habe Angst. Verstehst du? Angst! Weil wir wie Kinder durchs Leben gelaufen sind und dabei nicht gemerkt haben, daß unser Land zum atomaren Schlachtfeld auserkoren wurde. Und weil Millionen Menschen so blind sind wie wir. Ich bin jetzt bei Leuten, die dagegen was tun. Vielleicht ist es ja sinnlos. Vielleicht lacht man uns auch nur aus, aber wir tun wenigstens was!«

»Mit welchen Leuten bist du zusammen? Die haben dich ja ganz fertiggemacht.«

»Fertiggemacht? Im Gegenteil! Ich spiele nicht länger das Döfchen. Ich lese jetzt Bücher! Jawohl, du brauchst gar nicht zu grinsen. Ich lerne was. Und nicht an der VHS. Ich mach' keinen Batikkursus. Ich lese politische Bücher. Du brauchst gar nicht so blöd zu grinsen. Ich weiß, daß ich spät anfange, aber noch ist bei mir nicht alles verloren.«

Sie wunderte sich, wie schnell sie plötzlich reden konnte. Sie war noch lange nicht wie Ilse Kempowski, aber stumm war sie auch nicht mehr.

So kannte Jörg sie gar nicht. Er vermutete einen anderen Mann dahinter. Vielleicht gab es diesen Filmstar wirklich? Vielleicht hatte der ihr die Flausen in den Kopf gesetzt.
»Ich frage dich noch einmal, mit welchen Leuten bist du zusammen?«
»Mit arbeitslosen Lehrlingen, Studenten, Deutschlehrerinnen, ledigen Müttern... wenn du dich jetzt sehen könntest, du guckst wie ein Frosch.«
Sie schüttete sich Kaffee in eine Tasse und schlürfte ihn heiß und schwarz. In der Wohngemeinschaft gab es nur Tee, Rotwein und Fruchtsäfte, aber sie brauchte ihren täglichen Kaffee.
»Annie, wir sind doch keine achtzehn mehr. Das ist doch nur was für junge Leute!«
Er bemerkte voller Schrecken, daß sie drauf und dran war, ihm den Kaffee ins Gesicht zu schütten.
»Das Genie Jörg Staute glaubt doch nicht im Ernst, die Atomraketen könnten zwischen Kindern, Jugendlichen und Greisen unterscheiden. Da gehen alle drauf, unabhängig von ihrem Alter, ihrer Rasse und ihrer politischen Einstellung. Auch du.«
»Aber was kann ich dazu? Du tust so, als hätte ich die Atomraketen gebaut. Mich hat aber keiner gefragt. Ich habe damit nichts zu tun. Ich bin unschuldig.«
»Das reicht aber nicht! Du tust auch nichts dagegen. Du denkst nur an deine Karriere. Ein Mann mit deinen Fähigkeiten, deiner Phantasie! Was könnte die Friedensbewegung an dir gewinnen!« Endlich sagte sie mal wieder was Nettes. Er fühlte sich schon fast versöhnt. Er wurde also gebraucht. Warum sagte sie das nicht gleich?
»Gib mir bitte auch eine Tasse«, sagte er sanft. »Man kann doch über alles reden. Ist doch nicht so, als wäre ich für Atomraketen. Im Gegenteil.«

Jörg bekommt eine neue Mitarbeiterin

Jörg hatte die Sache begonnen, er brauchte sich zwar um die Durchführung im Detail nicht zu kümmern, wollte aber alles überprüfen und jede nur mögliche Panne im voraus verhindern. Zu diesem Zweck traf er Goldie, Gert Schnell und einen Sicherheitsberater. In Jörgs Büro waren bereits drei Videogeräte aufgestellt, mit denen er das ganze Dach des Kaufhauses überblicken konnte. Hier würde er sitzen und die Aktion bewachen, bis sie vorüber war. Der Fahrstuhl zur obersten Etage würde blockiert werden. Man mußte verhindern, daß ein Reporter oder ein Feuerwehrmann direkt aufs Dach gelangte. Fotos und Filme sollten nur vom gegenüberliegenden Versicherungsgebäude aus gemacht werden, denn nur so kam die Leuchtreklame mit Sicherheit voll zur Geltung. Goldie mußte sich eingestehen, daß die Idee zwar ungewöhnlich war, aber genial.

Die Expertin für impotente Männer nannte sich für diesen Spezialauftrag: Heidi. Sie fand, das klang so seriös, kleinbürgerlich und ein bißchen hilflos, und genauso wollte sie heute sein. Sie machte gar nicht auf Sexbombe. Sie spielte heute das schüchterne Mädchen, das sich gerne an starke männliche Schultern anlehnen wollte. Sie zielte auf Jörgs Beschützerinstinkt. Sie war sich sicher, daß jeder Mann so etwas hatte. Vom wüsten Playboy bis zum Pantoffelhelden. Er würde in die Falle gehen. Mit Puder verschaffte sie sich einen blassen Teint.

Dann lief alles wie nach Drehbuch ab. Jörg referierte seine Idee, und die anderen saßen und hörten schweigend zu. Manchmal nickten sie, ab und zu wiegten sie bedenklich die Köpfe. Dann verlangte Goldie neuen Kaffee. Heidi beeilte sich mit kurzen Tippelschritten. Mit scheuem Blick sah sie Jörg an, der ihren Blick freundlich

erwiderte. Genau in dem Moment verschüttete Heidi den Kaffee auf Goldies Anzug.
Gert Schnell war untröstlich, entschuldigte sich überschwenglich und fuhr dann Heidi an: »Können Sie nicht aufpassen! Jetzt reicht es mir aber! Meine Geduld ist zu Ende!«
Goldie suchte nach Trockentüchern.
Gert Schnell schnauzte weiter.
Heidi blickte hilfesuchend, schüchtern um sich.
»Da brauchen Sie mich gar nicht mit Ihren Rehaugen anzugucken! Sie sind gefeuert, es reicht!«
Jetzt traten planmäßig Tränen in ihre Augen.
»Mäßigen Sie sich, Herr Schnell! Es ist doch nichts passiert!« donnerte Jörg.
Geschafft, er hatte angebissen.
»Ich kann diese Frau nicht mehr einsetzen. Mit ihrer Nervosität macht sie mich ganz rappelig. Keiner will sie als Sekretärin mehr haben. Wir sind doch kein Wohltätigkeitsverein!«
»Schweigen Sie. Die Frau wird weiterbeschäftigt. Sie bekommt einen festen Platz in meinem Planungsbüro eins. Ab sofort. Und reden Sie nicht in so unflätigem Ton mit Angestellten der Firma. Wir sind kein Sklavenmarkt.«
»Es warten tausend andere auf den Job! Da kann man sich schon ...«
»Ich sagte: schweigen Sie. Nur weil die Arbeitslosigkeit Druck auf die Menschen macht, können Sie sie nicht behandeln wie Leibeigene. Wer hier als Frau Karriere machen will, der muß sich nur begrapschen lassen, dann kann auch das blödeste Huhn aufsteigen. Ich werde das ändern. Ab jetzt zählt nur das, was einer bringt. Für die Firma bringt! Nicht im Bett! Merken Sie sich das.«
Zwar war alles so von Goldie, Gert Schnell und Heidi

geplant worden, zwar reagierte Jörg nur wie vorprogrammiert, aber trotzdem entbrannte in Gert Schnell eine unausrottbare Wut. Er ballte die Fäuste, daß sich die Fingernägel ins Fleisch der Hände gruben.
Irgendwann würde er sich für diese Demütigungen rächen. Gert Schnell hatte gelernt zu hassen. Goldie beobachtete das mit Interesse. Er hatte jetzt einen Verbündeten gegen Jörg, dem es nicht nur um Macht und Geld ging. Gert Schnell hatte seit einer Minute ein persönliches Motiv, am Ast von Jörg Staute zu sägen: einen intimen Haß auf diesen Parvenü.
Direkt nach der Besprechung fuhr Jörg Staute nach Hause. Er wollte Kraft speichern für das heiße Wochenende. Er mußte dann in Topform sein. Außerdem wollte er die Zeit nutzen, sich um Annie und die Friedensbewegung zu kümmern. Was ihr so wichtig war, konnte ihm nicht gleichgültig sein. Er wollte sie zurückgewinnen. Er hatte sie vernachlässigt. Aber er liebte sie, und er wollte sie nicht verlieren. Jetzt, da er Karriere machte, erst recht nicht. Sie hatte immer zu ihm gehalten, als er ein kleiner Angestellter mit großen Ideen war. Jetzt wollte er auch mit ihr gemeinsam die Früchte der Arbeit genießen. Annie wollte ihn mit zur nächsten Sitzung der Friedensinitiative nehmen. Er willigte ein.

Frischer Wind in der Friedensbewegung

Ilse Kempowski schlug vor, die Gefahr der Neutronenbombe mit in die Öffentlichkeitsarbeit der Initiative aufzunehmen.
»Wir müssen uns auch gegen die Stationierung dieser Bombe wenden, weil sie einen Krieg führbarer, also wahrscheinlicher macht. Wir brauchen phantasievolle

Aktionen, um diese Gefahr ins Bewußtsein der Bevölkerung zu rufen.«
Ein neuer Informationsstand vor dem Bahnhof wurde geplant, eine Mahnwache mit Fackeln vor einem Kriegerdenkmal im Stadtpark und eine Flugblattaktion vor mehreren Großbetrieben. Immer wieder blickte Annie zu Jörg. Er sah unzufrieden, aber nachdenklich aus. Sie wünschte sich so sehr, ihn für die Arbeit begeistern zu können. Dann hätten sie eine gemeinsame Aufgabe...
Jörg meldete sich zu Wort. Er kam auf die Rednerliste und war zehn Minuten später dran.
»Ich bin zwar heute zum ersten Mal hier, aber ich möchte trotzdem eine grundlegende Kritik anbringen. Hier wurde gerade von phantasievollen Aktionen gesprochen. Da stellt sich doch die Frage, wie können die aussehen? Flugblätter verteilen, gut und schön. Einen Stand vor dem Bahnhof machen, auch gut. Eine Mahnwache – meinetwegen, aber das rüttelt die Menschen nicht auf. Das trifft sie nicht im tiefsten Kern ihrer Seele. Das Flugblatt werden sie – wenn man Glück hat – lesen und dann wegwerfen. Am Stand informieren sie sich vielleicht kurz, dann haben sie keine Zeit mehr, weil sie den Einkauf beenden müssen. Bei der Mahnwache passiert vielleicht noch weniger. Wenn es aber um so wichtige Dinge wie die Erhaltung des menschlichen Lebens geht, dann muß man Aktionen machen, die alles zum Stillstand bringen und zum Nachdenken zwingen, Aktionen, die empören und betroffen machen... ich weiß zwar noch nichts Konkretes, aber man könnte vielleicht... den Ernstfall simulieren.«
»Wie? Den Ernstfall simulieren?«
Jetzt entwickelte Jörg wieder ins Blaue hinein. Es war im Grunde nicht mehr als eine Werbekonzeption. Werbung durch direkte Aktion. Begeistert sah Annie ihn an.

»So ein Flugblatt ist keine direkte Bedrohung. Das kann man vergessen, aber was ist, wenn so eine Neutronenbombe versehentlich losgeht? Zum Beispiel beim Transport durch einen Verkehrsunfall. Wir simulieren einen Verkehrsunfall, und dann kippen überall in den umliegenden Einkaufsstraßen Menschen um. Leute von uns, genau nach Plan. Sie bekommen keine Luft mehr und brechen zusammen. Sie winden sich schreiend am Boden. Am Samstag in einer Einkaufsstraße. Die Menschen werden Angst bekommen. Über Lautsprecher gibt dann jemand bekannt, daß eine Straße weiter ein Fahrzeug der US-Streitkräfte verunglückt sei und einen Neutronenschauer ausgelöst habe. Die Menschen werden damit konfrontiert, daß sie in den nächsten sechs bis acht Stunden sterben werden. Die Polizei wird gerufen und die Krankenwagen. Allen gegenüber wird die Geschichte so lange wie möglich aufrechterhalten. Erst wenn langsam klar wird, daß es eine Finte war, werden Flugblätter verteilt, auf denen man den Menschen erklärt, sie seien diesmal mit dem Leben davongekommen, aber es könnte jederzeit ernst werden. Gleichzeitig gibt die Friedensinitiative eine Pressekonferenz und verliest ein Papier über die Wirkung der Neutronenbombe.«
Schweigen. In einigen Augen leuchtete ein begeistertes Feuer. Andere wußten nicht, ob der Vorschlag ernstgemeint war.
»Aber... man kann doch nicht so einfach... ich meine der Schock bei den Menschen...«
»Entweder man schockiert die Menschen, oder sie werden nie wach. Gegen diese Bomben ist jedes friedliche Mittel recht.«
Spontaner Beifall. Auch Ilse Kempowski klatschte begeistert. Annie hätte ihren Jörg jetzt am liebsten hier vor allen Leuten abgeknutscht.

Jörg versprach ihr, erst am Samstag in sein Büro zurückzugehen. Bis dahin wollte er sich ihr ganz widmen. Sogar das Basketballtraining wollte er fallenlassen. Er mußte am Wochenende mit voller Kraft dasein.
Sie machten einen langen Spaziergang durch den Stadtwald, aßen zusammen Eis beim Italiener und Gyros beim Griechen. Sie faulenzten im Bett, sahen sich gemeinsam Filme auf ihrem neuen Videogerät an und entwarfen den Plan für ihr Haus am Stadtrand. Sie fanden, daß es ihnen prächtig ging. Und daß sie sich liebten und daß eigentlich in ihrem Leben nichts mehr wirklich schiefgehen konnte.
»Ich möchte gerne Kinder haben. Es ist zwar schon etwas spät, aber ich möchte es. Wir sind jetzt völlig abgesichert, es kann nichts mehr passieren, es geht bergauf. Wenn wir nur gesund bleiben ...«
Annie seufzte, doch dann setzte sie hinzu: »Wenn wir gesund bleiben, und wenn der Frieden sicher bleibt. Nur im Frieden können wir unsere Pläne verwirklichen.«
Dieser Stich blieb. Auch in Jörgs Gefühle hatte sich Angst eingeschlichen. Was nützten ihm seine Begabung und seine neuen Beziehungen, wenn die Bombe fiel? Er fühlte all das, was er sich geschaffen hatte, bedroht. Er würde der Friedensbewegung mit seinen Ideen beratend zur Seite stehen. Da mußten endlich mal Profis ran.

Jörg verstrickt sich

Frisch gewaschen und rasiert erschien Jörg im Planungsbüro eins. Dort hatte Heidi täglich vergeblich auf ihn gewartet. Sie verbrachte ihre Zeit damit, Karl-May-Bücher zu lesen.
Erst als Jörg sie wiedersah, erinnerte er sich daran, daß er sie für sich engagiert hatte. Er begrüßte sie freundlich, bat sie, dafür zu sorgen, daß eine Kiste mit Orangensaft, genügend Kaffee und Vitamintabletten bereitstehen würden, man hätte gut 24 Stunden Arbeit vor sich.
Dann überprüfte er die Videogeräte. Sie waren großartig eingestellt. Er konnte das Dach überblicken. Über die extra für dieses Wochenende installierte Telefonanlage konnte er acht Gespräche gleichzeitig führen. Außer den Videogeräten standen noch drei Fernsehgeräte an der Wand, auf denen er jedes Programm gleichzeitig überwachen konnte, um zu sehen, wann und wie die Sender einstiegen. Eine Funkanlage sollte ihm die Möglichkeit geben, direkt mit Richard Bourbon auf dem Dach zu reden. Bourbon selbst hatte einen Sender in die Jacke eingearbeitet und einen Empfänger im rechten Ohr.
Alles war bereit. Jörg saß in dem riesigen Ohrensessel, legte die Füße auf den Schreibtisch und genoß die Ruhe vor dem zu erwartenden Sturm. Seine große Stunde war nahe. Er beachtete Heidi gar nicht. Sie beschloß, jetzt etwas konkreter zu werden. Sie benutzte ihre unschuldigen Augen und begann, sich umständlich aber herzlich für den Einsatz zu bedanken, den Jörg für sie gezeigt hatte. Er fand, das sei alles nicht der Rede wert, und sie versprach, sich irgendwann dafür dankbar zu erweisen.
»Ohne Sie wäre ich völlig hilflos gewesen. Ich hätte Ihnen um den Hals fallen können, als Sie mir...«
»Schon gut.«

»Ich glaube, jetzt werde ich schon wieder rot. Wissen Sie, ich kann das nicht gut, einem Mann so etwas sagen, aber bei Ihnen – da ist das etwas anderes, da fühlt man sich als Frau gleich so geborgen, falls Sie wissen, was ich meine.«
Er sah sie an. Ihre Augenwimpern waren keusch niedergeschlagen, aber ihre Brust drückte sich ihm entgegen. Er staunte sie an, aber er reagierte nicht wirklich. Da griff sie zu einem Trick.
»Darf ich Sie was fragen?«
»Ja.«
»Aber Sie dürfen mich hinterher nicht auslachen.«
»Bestimmt nicht.«
»Ich trau' mich trotzdem nicht.«
»Aber, aber, wer wird denn so schüchtern sein?!«
»Sie lachen mich auch wirklich nicht aus?«
»Ganz sicher nicht.«
»Also gut. Darf ich mich mal auf Ihren Schoß setzen?«
»Was wollen Sie?«
»Sehen Sie, jetzt lachen Sie mich doch aus!«
»Nein, ich lache ja gar nicht, ich bin nur etwas verwirrt.«
Schon begann sie malerische Tränen zu weinen. Sie hätte als Theaterschauspielerin sicherlich eine große Karriere vor sich gehabt. Doch nun mußte sie Jörg verführen und von der Arbeit abhalten.
»Aber warum weinen Sie denn?« fragte Jörg schon fast verzweifelt.
»Keiner versteht mich. Keiner mag mich. Bei meinem Vati konnte ich auch nie auf dem Schoß sitzen. Er ging immer nur mit losen Weibern saufen. Für mich hat er nie Zeit gehabt.«
»Und Ihre Mutter?«
»Die ist...« jetzt erreichte ihre Show den Höhepunkt, sie sprach und weinte mit einem feinen hysterischen Heul-

ton, den Männer im Regelfall nur wenige Minuten ertragen konnten, bevor sie ihr Haus und Hof versprachen, wenn sie nur aufhören würde zu heulen. »Die ist gestorben, als ich noch so klein war. Ich mußte den Haushalt alleine machen. Kochen. Abwaschen. Wäsche waschen. Putzen. Und er amüsierte sich mit diesen Weibern. Hat mich nie auf den Schoß genommen, nie gestreichelt und mir Geschichten erzählt. Oh, ich war so neidisch auf die anderen Kinder in meiner Klasse, die das alles hatten, was ich vermißte.«
Schon beim ›Abwaschen‹ saß sie auf seinem Schoß und vergoß ihre künstlichen Tränen in sein blütenweißes Hemd. Er streichelte ihr mit einer Hand über die Haare, und mit der anderen tätschelte er ihre Knie. Jörg fand die Situation schrecklich peinlich – aber auch aufregend ...
Als er sie küßte, wußte sie:
Sie hatte gewonnen.

Richard Bourbon verrät ein Couscousrezept

Um Punkt 18 Uhr 30 wankte ein Mann aufs Dach. Jörg hatte ihn sofort auf dem Bildschirm. Er hielt lässig eine Whiskyflasche in einer Hand, in der anderen ein halbvolles Glas. Daß er aus der Whiskyflasche kalten Tee trank würde nie jemand erfahren.
Jörg bog seine Finger durch, bis sie knackten, atmete tief ein und ließ sich dann mit der Deutschen Presseagentur verbinden. Dort war man zwar einiges gewöhnt, hielt die Sache aber für einen Scherz, weil man nicht wußte, daß Richard Bourbon sich im Moment in Europa aufhielt. Trotzdem tickerte die Meldung über dpa durch sämtliche Fernschreiber in den Zeitungsredaktionen, Rundfunk- und Fernsehhäusern und Nachrichtenbörsen.

Spaßeshalber ließ Jörg den Redakteur des Kirchenblättchens, das ihn damals so verspottet hatte, privat anrufen. Er wollte ihm den schönen Samstagabend versauen. Polizei und Feuerwehr wurden gerufen und riegelten das Kaufhaus ab. Sprungtücher wurden ausgebreitet und Scheinwerfer auf Richard Bourbon gerichtet.

»In die Sprungtücher würde ich nicht springen. Die durchschlägt er glatt, oder sie schleudern ihn wieder hoch«, sagte Heidi.

»Falls er sie aus der Höhe überhaupt trifft. Die meisten sterben, weil sie daneben fallen. Aber keine Angst, er wird nicht springen.«

Jörg schaltete das Funkgerät ein. »Wie gehts?«

»Danke, ich habe vorher gut gespeist. Es wird ja eine lange Nacht.«

»Stimmt. Was gab es denn?«

»Couscous.«

»Was?«

»Couscous!«

»Nie gehört.«

»Ich habe das zuerst in Nordafrika kennengelernt. Ein phantastisches Essen. Schmackhaft und sehr nahrhaft. Es wird in fast jedem Dorf anders zubereitet. Ich habe heute Schweinefußcouscous gegessen. Am besten schmeckt es mit Hammel oder Fisch. Aber ich esse gerne mal Schweinefußcouscous, weil der Islam Schweinefleisch verbietet, und auf meinen Expeditionen halte ich mich streng an die Regeln des Landes.«

»Aber was ist nun Couscous?«

»Ein kleingraupeliges Weizenprodukt. Man läßt es in kaltem Wasser eine Weile quellen. Dann hängt man es in einem Tuch über aufsteigenden Wasserdampf. Dadurch wird es erwärmt. Habe ich oft am Lagerfeuer in der Wüste gemacht. Dauert etwa dreißig Minuten, und die Reste kann man jederzeit wieder aufwärmen. So ernähren sich die Nomaden. Wenn ich in Europa oder Amerika bin, dann halbiere ich dazu zwei Schweinefüße und lasse sie mit Suppengrün eine halbe Stunde lang kochen. Danach in Olivenöl braun braten und ... Die kommen mit Leiterwagen. Das ist mir aber unangenehm. Jetzt geht der Tanz los. Sie werden versuchen, mich zu überreden ...«

»Wenn Ihnen einer zu nahe kommt, drohen Sie zu springen. Lassen Sie erst die Jungens vom Fernsehn näher an sich heran.«

»Keine Angst. Ich bin Profi. Wo ist Lissy?«

»Schon am Flughafen in der Privatmaschine. Sie wird aber vor ihrem Abflug noch Interviews geben über die Chance, die sie sich ausrechnet, Ihr Leben zu retten.«

»Sauber.«

Heidi saß an der Telefonanlage und tippte die vorgegebenen Nummern der Reihe nach ein. Sie saß so, daß noch der Ansatz ihres Strumpfhalters zu sehen war.

Sie wußte durch ihre lange Erfahrung, daß Männer Strumpfhosen liebestötend fanden und meist auf Strumpfhalter und Strapse standen, ob sie es nun zugaben oder nicht. Sie hatte jedenfalls damit die besten Erfolge erzielt. Auch jetzt behielt sie recht. Jörg schielte beim Funken mehr zu ihr rüber als zu den Video- und Fernsehgeräten.

Sie hatte ihn – im Prinzip – schon herumbekommen, bevor Richard Bourbon auf dem Dach erschienen war. Jetzt kam es darauf an, die Beziehung zu vertiefen und zu stabilisieren. Sie war sich fast sicher, daß sie sich diesen Supermann in zwei Wochen hörig machen könnte. Dann würde Goldie tief in die Tasche greifen müssen.

Die Chefredaktionen der größten Illustrierten ›frühstückte‹ Jörg – wie er das nannte – alle mit derselben Erklärung ab.

»Der weltberühmte Hollywoodstar Richard Bourbon befand sich seit etwa 15 Uhr in unserem Kaufhaus. Er wurde von mehreren Kunden erkannt. Er kaufte sich einen neuen Anzug, neue Schuhe und Zigaretten samt Zigarettenetui. Dann aß er in unserem Speiserestaurant unser Tagesmenü. Hühnersuppe, Wiener Schnitzel mit Pommes frites und Salat und zum Nachtisch Erdbeereis mit frischen Erdbeeren. Kurz vor Ladenschluß kaufte er sich eine Flasche sehr teuren Whisky und nahm den Fahrstuhl nach oben. Er gelangte aufs Dach des Kaufhauses. Auf Befragung antwortete Richard Bourbon, er wolle sich das Leben nehmen, weil er ohne Lissy nicht leben könne. Seit dem Moment ist das Kaufhaus bemüht, eine Verbindung zu Lissy zu schalten, um sie auf Kosten des Dagobert-Konzerns einfliegen zu lassen.«
Diese Erklärung gab er auch den bereits anrückenden Kamerateams von ARD und ZDF telefonisch, erklärte sich aber bereit, an Ort und Stelle auch vor der Kamera die Geschichte zu wiederholen.
Er rieb sich die großen Hände vor Freude. Alles lief wie am Schnürchen. Heidi spürte, daß er voller Freude wieder zu ihr rüber sah. Sie tat, als würde sie nichts bemerken, kratzte sich mit den langen Fingernägeln am Oberschenkel, so daß der enge Rock wie unbeabsichtigt höher rutschte, und dachte: ›Du wirst Wachs in meinen Fingern, Bübchen. So wie du dasitzt mit deiner harten Stimme, mit deinem gewaltigen Körperbau und mit deinen tollen Ideen, da hältst du dich für den Größten und glaubst, du seist ein Repräsentant des starken Geschlechts. Einer, an dessen mächtigen Schultern sich gerne schwache Frauen ausruhen. Mein Gott, bist du naiv! In Wirklichkeit gehört nichts dazu, dich zu besiegen. Ein bißchen Lächeln, ein paar Klischees runtererzählen, die ihr gerne hören wollt, ein bißchen Popowac-

keln, ein bißchen Fleisch zeigen und es dabei geschickt verbergen. So tun, als ob man zu euch aufsehen würde, und schon verliert ihr den Verstand. Als Gott den Mann erschuf, müssen ihm die Engel vorher LSD in den Tee geschüttet haben. Warte, mein Bürschchen, du frißt mir bald aus der Hand und küßt mir die Füße, wenn ich es will.‹

Doch als sich über die Sprechanlage das Team vom ZDF meldete, war Jörg wieder ganz geschäftstüchtig. Sie fühlte sich übertölpelt. Als dann die Typen vom ZDF auch noch wissen wollten, ob sie vielleicht von Jörgs Fenster aus filmen könnten, wäre sie fast explodiert vor Wut.

Jörg schwatzte ihnen das Dach der gegenüberliegenden Versicherung auf, und sie verabschiedeten sich. Wahrscheinlich waren diese Männer Videogeräte und Fernseher so sehr gewöhnt, daß ihnen gar nicht auffiel, wie merkwürdig Jörgs Büro aussah.

»Beim nächsten Mal darfst du nicht vergessen, die Geräte auszuschalten«, sagte Jörg. »Sonst fällt schnell auf, daß wir hier nur eine Werbekiste fahren.«

»Kannst du mir mal den Rücken kratzen?« fragte sie und stellte sich rückwärts vor seinem Schreibtisch auf.

Jörg will noch höher hinaus

»Du bist ein Genie! Ach, was sage ich? Ein Gott bist du! Ein Gott der Public Relations! Wir waren in jedem Programm. In allen Nachrichten, auf allen Kanälen. Man konnte höchstens die Dusche andrehen, ohne uns zu sehen. Und dieser Bourbon war wahnsinnig! Wie dem zum Schluß von seiner Lissy auf der Feuerwehrleiter in schwindelnder Höhe ein Kuß auf die Stirn gehaucht wurde. Man, das war Kintopp! So was wollen die Leute

sehen. Sogar meine Frau, der Drachen, war gerührt. Wegen uns haben sie zweimal die Sportnachrichten unterbrochen. Das erste Programm hat fast eine Stunde überzogen und noch nach den Spätnachrichten einen Live-Bericht gebracht. Und die Zeitungen sind voll. Ich habe schon die ersten Nachtausgaben. Du bist ein Gott! Ein Gott bist du. Die Sache lief nicht nur durch ganz Europa. Nein, auch die ganze Kaufhauskette in den Staaten wird davon profitieren. Dort haben die Medien ja eine regelrechte Orgie aus der Sache gemacht. Ich hatte schon Angst, du trägst zu dick auf und dann kippt alles ins Gegenteil um. Aber es war einfach das Größte! Wie die rote Leuchtschrift zuckte, und einsam und verloren davor Richard Bourbon mit einem Whiskyglas, der traurige Blick, der typische Dagobert-Anzug in unserem aktuellen Styling – der Whisky – unsere Hausmarke. Das war schon eine perfekte Inszenierung. Wie wird es weitergehen? Die Sachen müssen jetzt Schlag auf Schlag kommen. Am Montag sind alle unsere Preise um zehn Prozent gestiegen. Von jetzt an gehen wir monatlich um zehn Prozent rauf. Ich bin sicher, daß bei deiner Werbekonzeption nichts schiefgehen kann.«
Jörg Staute ließ sich nach dieser einführenden Rede von William Schmidt-Rudolf die Hände schütteln und auf die Schultern klopfen. Heidi hatte die Sache nicht mehr ganz bis zum Schluß durchgehalten. Sie schlief im Karl-May-Zimmer im Lesesessel. Jörg aber empfing noch den alten William, Gert Schnell, Goldie und Professor Dr. Kovemich. Alle wollten sofort und spontan ihre Anerkennung aussprechen. Sie sprühten nur so vor Freundlichkeit und Bewunderung. Jörg war zwar schon ziemlich fertig und verdammt müde, aber er ließ sich dazu breitschlagen, von seinem neuen Plan zu berichten. Nicht all die vielen kleinen Aktionen von Schauspielern und Sportlern in

den Häusern des Konzerns. Nein, darüber redete er gar nicht. Nur von der einen wirklich großen Aktion, danach gäbe es niemanden mehr, der mit dem Namen Kaufhaus Dagobert nichts anfangen könnte. Dadurch würde das Kaufhaus so berühmt wie die Beatles, das englische Königsgeschlecht oder der Präsident der Vereinigten Staaten. Es würde zu einem Begriff werden für ein schauerliches Ereignis – mit gutem Ausgang – versteht sich.
»An einem ganz normalen Tag wird eine Prinzessin, die hinlänglich durch ihre Liebesgeschichte mit dem Skias Reinhuber bekannt ist, mit ihrem zukünftigen Ehemann einen Einkaufsbummel durch unser Haus machen. Plötzlich stürmen bewaffnete Leute ins Kaufhaus. Sie nehmen die Prinzessin und ihren Zukünftigen als Geiseln und verschanzen sich mit ihnen im Fahrstuhl. Sie drohen, beide zu erschießen, wenn ihnen nicht ein Fluchtauto, ein Flugzeug – vollgetankt – und zwei Millionen Mark ausgehändigt werden. Sie halten mit immer neuen Ultimaten die Polizei mindestens drei Tage lang hin, dann geben sie auf. Die Welt wird um die Geiseln bangen. Die Kamerateams werden sich gegenseitig auf die Füße treten, und wir bekommen die besten Sendezeiten für Berichte aus unserem Kaufhaus.«
»Drei Tage ständig das Fernsehen. In jeder Nachrichtensendung wenigstens einmal das Wort ›Kaufhaus Dagobert‹. Wenn die Reporter aus dem Haus berichten, stehen sie vor unseren Verkaufsregalen – im Hintergrund den Fahrstuhl mit der Prinzessin. Das ist der Bringer!«
William Schmidt-Rudolfs gute Laune wuchs. Jörg Staute würde den Konzern retten, und er könnte seiner Alten eins auswischen. Jede Million, die er ins Plus geriet, brachte ihr mindestens ein Magengeschwür.
Goldie sah jetzt erst recht seine Felle davonschwimmen. Heidi schlief im Nebenzimmer, und Jörg feierte Trium-

phe. Er mußte etwas finden ... etwas auszusetzen haben an der neuen Idee ... sie undurchführbar machen!
»Ich kann mir nicht vorstellen, daß die Polizei mitspielt.«
»Warum, die Feuerwehr hat doch auch mitgespielt.«
»Das war etwas ganz anderes. Es ist uns gelungen, die Feuerwehr ebenso zu linken wie die Presse und das Publikum. Die Feuerwehrleute mit ihren Sprungtüchern und Leiterwagen glaubten doch an die Echtheit des Falles, aber das geht bei der Entführung nicht. Kein Schauspieler wird sich hinterher verhaften und dann vor Gericht stellen lassen. Wenn die Sache glaubhaft durchgezogen werden soll, müssen die Entführer zum Schluß im Knast landen. Und wie soll das gehen?«
Goldies Worte klangen einleuchtend. Zuversichtlich blickte William auf Jörg. Er würde schon die passende Antwort auf Lager haben.
»Das Problem, meine Herren, ist nur dadurch zu lösen, daß wir die Polizei davon überzeugen, daß es klug ist, sich aus der Sache rauszuhalten. Die im Kaufhaus stationierten Polizeikräfte müssen von uns bezahlte Statisten sein. Die Polizei muß von Anfang an wissen, daß es sich um einen Werbespaß handelt.«
Goldie sah sofort die Chance, an dem Projekt beteiligt zu werden und sich profilieren zu können.
»Das würde ich gerne regeln. Ich kenne den Polizeipräsidenten sehr gut.«
»Es ist egal, in welcher Stadt die Sache steigt. Wir müssen es da machen, wo die Polizei mitspielt – ich meine, sich raushält.«
»Das Problem kann man mit einem Scheck lösen. Ich gehe gleich morgen an die Arbeit.«
»Die Sache mit den Polizisten, die bei uns stationiert werden, übernehme ich. Wozu bin ich Personalchef!« meldete Gert Schnell sich zu Wort.

»Sehr gut!« lobte William. »Das nenne ich Teamgeist. So kommen wir vorwärts. Wann steigt die Sache?«

»So bald wie möglich. Jetzt soll alles Schlag auf Schlag kommen.«

Jörg rieb sich die Augen: »Meine Herren, Sie werden sicherlich verstehen, wenn ich jetzt langsam nach Hause muß. Ich bin hundemüde. Montag bin ich nicht zu erreichen. Wir sehen uns erst am Dienstag wieder.«

William klopfte ihm schon wieder freundschaftlich auf die Schultern.

»Hau dich hin, Junge. Du hast gute Arbeit geleistet.«

Als die anderen schon im Aufzug standen, ging Goldie noch nervös im Zimmer umher. Dann weckte er Heidi. Sie strich ihren verrutschten Rock gerade, gähnte, warf die Haare nach hinten und fragte: »Wo ist mein Liebling geblieben?«

»Dein Liebling ist nach Hause gegangen zu seiner Frau, um seinen Sieg mit ihr zu feiern und um sich von dir auszuruhen!« fauchte Goldie.

»O Scheiße! Und ich dachte, ich hätte ihn schon an der Angel.«

»Da müssen wir härtere Geschütze auffahren. Viel härtere . . .«

Käsefondue

Während Elisabeths Plakat für die ›Quietschtitten‹ überall in den Kaufhäusern einen wahren Quietschtittenverkaufsboom auslöste, schlief Jörg einen fast ohnmächtigen Schlaf. Annie beschloß, ihm drei Eier im Glas zu machen. Sie rührte auch noch Rotwein und Cognac rein. Eine Mischung, die angeblich Männer wieder auf die Beine brachte.

Sie wollte lange und gut mit ihm gemeinsam frühstücken. Abends waren sie von Ilse Kempowski zum Käsefondue eingeladen. Es sollten noch einige von der Friedensbewegung kommen. Auch Leute aus der Wohngemeinschaft. Der Gedanke, mit Jörg zu einer kleinen Party zu gehen und dort Thomas wiederzutreffen, behagte ihr gar nicht. Trotzdem war es auf eine merkwürdige Art prickelnd spannend für sie. Dieses Abendessen sollte sicherlich mehr sein als eine zwanglose Party. Es lag unausgesprochen in der Luft. Man wollte Jörg auf den Zahn fühlen. Er war ganz neu in der Initiative, kam und brachte gleich eine Idee für eine so große Aktion. Noch immer war man sich nicht einig, ob man die Sache durchführen sollte, und ob man ihm überhaupt trauen konnte. Einige hielten ihn für einen bezahlten Polizeispitzel, der die Arbeit der Initiative chaotisieren sollte. Sie waren in dieser Hinsicht sehr vorsichtig. Schon einige örtliche Friedensinitiativen waren durch Provokateure zerstört worden. Thomas und die Leute aus seiner Wohngemeinschaft hatten die meisten Vorbehalte. Jörg war ihnen zu glatt, zu korrekt gekleidet, eine Spur zu selbstsicher und zu etabliert. Ein Karrieretyp. All die Dinge, die sie ablehnten, schienen sich in ihm zu vereinigen. Trotzdem wollte er bei ihnen mitmachen. Und genau das machte Thomas fertig: »Der will seine Art, zu kämpfen und Geld zu verdienen, auf uns übertragen, und das geht nicht! So etwas verträgt sich nicht.«
»Aber die Künstler, die unterstützten uns doch auch mit ihren Ausdrucksformen. Schreiben Gedichte für unsere Flugblätter, machen Grafiken, Musik. Jeder stellt sein Können in den Dienst der Bewegung.«
Ilse Kempowski verteidigte Jörg. Erstens, weil sie begeistert von seiner Idee war und zweitens, weil sie glaubte, das Annies Mann eine ehrliche Haut war.

»Wie soll denn einer, der tagsüber im beruflichen Konkurrenzkampf steht, abends zu solidarischem Handeln fähig sein?«
»So einen Quatsch habe ich doch noch nie gehört! Soll das heißen, Leute, die einem Broterwerb nachgehen, dürfen bei uns nicht mitmachen? Die meisten Menschen stehen doch in täglichem Konkurrenzkampf. Sie müssen solidarisches Handeln erst lernen.«
»Ich rede nicht von Arbeitern am Fließband und auch nicht von Handwerkern. Ich rede von diesen schrecklichen Managertypen, die magenkrank sind und alles im Alleingang machen wollen. Wie die Titelhelden in amerikanischen Filmen. Einsam, aber besser. Sie dulden keinen neben sich. Zusammenarbeit, Gleichheit und solidarisches Handeln widerspricht ihnen. Macht sie unmöglich. Überflüssig.«
»Das stimmt nicht. Wer sagt denn, daß der sich dabei wohlfühlt?«
Während sich die Redner erhitzten, ging es dem Käse nicht anders. Als Jörg und Annie endlich kamen, drückte man ihnen sofort frisches Weißbrot in die Hand, damit sie anfangen konnten. Wenn sie gemeinsam mit ihren Brotstückchen im heißen Käse rumstocherten, der dann Fäden zog, wurde das Essen fast zum Spiel, einige mißtrauische Gedanken lösten sich wie von selbst auf, und der herbe Rotwein tat den Rest. Annie vermied es, Thomas anzusehen, der saß aber ausgerechnet neben Jörg. Die Leute am Tisch wurden lauter, die Scherze saftiger und man redete zwanglos durcheinander. So konnte Annie auch nicht verstehen, was Jörg zu Thomas sagte, und dann Thomas wieder zu Jörg. Schließlich rückten die beiden ganz nahe zusammen, Annie wurde flau im Magen.
Jörg könnte den schmächtigen Thomas einfach erschla-

gen, befürchtete sie. Thomas hatte doch hoffentlich nicht in einer Bierlaune gebeichtet... Jetzt legten die beiden ihr Eßbesteck weg und gingen gemeinsam in den Flur. Annie sofort hinterher.

Sie standen an die Flurwand gelehnt und lachten sich die Halsadern dick.

»Was habt ihr denn?«

»Ach, nichts!« kicherte Jörg.

»Was ist passiert?« fragte Annie aufgeregt.

»Ich habe ihn gefragt, ob er die Sache mit Richard Bourbon gesehen hat. Du weißt schon. War in allen Nachrichten, und heute sind die Zeitungen voll davon!« erklärte Thomas.

Annie verstand immer noch nichts.

Da setzte Jörg mit Lachtränen in den Augen hinzu: »Und er hat mich gefragt... er hat mich tatsächlich gefragt, ob ich den ganzen Schwindel glauben würde?!«

»Ja, denn ich halte das alles für einen Werbetrick, damit der neue Film von den beiden, der gleichzeitig überall anläuft, gut einschlägt. Die Leute prügeln sich ja fast um die Karten. Drei Vorstellungen am Tag ausverkauft. Und alles nur ein Werbebluff!«

»Glaub' ich auch!« lachte Jörg. »Glaub' ich auch, obwohl das niemand wird jemals beweisen können.«

»Ja, Scheiße. Die sind mit ihrem Quatsch überall auf der ersten Seite! Und über die Friedensbewegung kannst du kein Wort lesen.«

Jörg spürte die Worte wie einen Tiefschlag. Seine Magengrube war direkt getroffen. Jörg taumelte fast. Vor Annies Augen lag er jedenfalls schon lange. Thomas, der nicht wußte, was er angerichtet hatte, ging zurück zu seinem Käsefondue.

Annie flüsterte ihrem Jörg zu: »Ich habe gesehen, wie weh es dir getan hat. Aber er weiß ja nicht, daß du...«

»Und das soll auch niemand erfahren. Niemals!«
Annie wußte nicht genau, ob er das sagte, weil diese Werbegeschichten eben immer geheim bleiben mußten, um nicht ihre Wirkung zu verlieren, oder ob er das sagte, weil er sich wirklich zum ersten Mal für seine Arbeit und seine Ideen schämte.
Sie nahm sich vor, sehr feinfühlig mit ihm umzugehen, denn sie wußte, daß unter der Tarzanstatur ein zartbesaiteter Mann steckte. Sie wollte nicht, daß ihm unnötig wehgetan wurde. Er würde sich jetzt für die Friedensinitiative engagieren, und womit er sein Brot verdiente, ging keinen was an. Sicher würde er auch bald etwas spenden, um sein Gewissen zu beruhigen. – Wie Annie inzwischen begriffen hatte, waren sie reiche Leute geworden.
»Kommt, Kinder, bevor alles weg ist! Oder habt ihr keinen Hunger?« rief Ilse Kempowski. »Außerdem wollen wir Jörgs Vorschlag in allen Einzelheiten noch mal durchdiskutieren!«

Sukijaki

William Schmidt-Rudolf hatte ein besonderes Geschenk für Jörg vorbereitet. Per Telegramm schickte er ins Planungsbüro eins eine Einladung. Er wollte mit Jörg japanisch essen. Eine japanische Köchin, die wie keine zweite Sukijaki zubereiten konnte, hatte er zu dem Zweck eigens in sein Bauernhaus eingeladen. Er wollte mit Jörg dort am offenen Kamin sitzen, Geschichten erzählen, gut und ausgiebig speisen und ihm hinterher von seinen vielen erotischen Abenteuern erzählen.
Um so ärgerlicher war es für ihn, als Jörg am frühen Mittwochabend zusammen mit Annie im Landhaus er-

schien. Aus dem Geschichtenerzählen, auf das er sich so gefreut hatte, wurde also nichts.
Trotzdem war das Sukijaki vorzüglich. Annie aß mit solchem Heißhunger, daß sie kaum mitbekam, als William sagte: »Also, mein lieber Jörg Staute, du bist ein fähiger Mann. Du gefällst mir. Ich begrüße dich als meinen Teilhaber.«
Jörg rührte gerade mit seinen Stäbchen das Fleisch durch die Brühe. Zwar fielen ihm nicht vor Schreck die Stäbchen aus der Hand, doch er verlor das Fleischstück in der Brühe und fand es auch herumstochernd nicht wieder.
»Wie Teilhaber?«
»Deine geniale Werbeidee mit den Quietsch...«, er blickte auf Annie, »na, du weißt schon... war ein Bombenerfolg. In den ersten beiden Verkaufstagen sind schon mehr als die Hälfte über die Theke gegangen. Ich habe natürlich sofort nachbestellen wollen, um die Dinger auch in den USA... Naja jedenfalls habe ich herausbekommen, daß man die Dinger ursprünglich in den USA hergestellt hat. Ich habe jetzt von der Konkursfirma das Patent gekauft. Außer uns kann die Dinger also keiner auf den Markt bringen. Im Moment wenigstens nicht. Die Produktionsmaschinen habe ich auch gekauft. Wir werden die Welt mit ›Quietschtitten‹ überfluten. Erst in unseren Kaufhäusern, dann überall. Ich will mich von meiner Alten unabhängig machen. Wenn du das Kaufhaus hochgewirtschaftet hast und wenn der Drachen sich deswegen schwarzgeärgert hat, dann werfe ich ihr den ganzen Plunder vor die Füße, sage ihr, sie könnte meinetwegen ihre Frau Söhnlein zum Generaldirektor machen, reiche die Scheidung ein und lebe von da an von der Quietschtittenproduktion.«
Fassungslos blickten Annie und Jörg ihn an. Annie, weil

sie das Wort ›Quietschtitten‹ nicht verstand und Jörg, weil er nicht begriff, warum einer alles tat, um ein Kaufhaus aus den roten Zahlen zu bringen, wenn er danach nichts mehr damit zu tun haben wollte.
Doch Jörg fragte nur: »Und was habe ich damit zu tun?«
»Aber mein Lieber! Ohne dich fange ich die Sache nicht an. Die ›Quietschtitten‹ waren eine tote Hose, dann kamst du. Das Kaufhaus ging bergab, dann kamst du. Ich will dich als Berater. Märkte sollst du unseren Quietschtitten erobern! Ich beteilige dich an der Firma mit zehn Prozent.«
Jörg konnte sich mal wieder nicht vorstellen, wieviel das in Geld war. Er überlegte, ob er fragen sollte, da forderte Annie nun endlich eine Erklärung.
»Was habt ihr vor? Mädchenhandel?«
William grinste, holte zu einer weiten Erklärung aus, warf dann aber doch wie unabsichtlich sein Schälchen mit Eigelb um. Er wischte das gelbe Glibberzeug ab, rief die Köchin und sagte: »Das erklärt Ihnen vielleicht doch besser Ihr Mann, Frau Staute.«

Ein Eheidyll wird gestört

Nach dem Essen tranken sie noch einen japanischen Kirschblütentee zusammen, dann verabschiedeten Annie und Jörg sich, weil Jörg angeblich am anderen Tag früh raus mußte.
Jörg hatte im Auto einige Probleme, Annie zu erklären, daß die Produktion von ›Quietschtitten‹ weder unmoralische Geschäftemacherei sei noch ein Verarschen von Leuten.
Jetzt war er schon an einer Firma beteiligt. So schnell konnte eine Karriere losgehen. Nur in seiner Ehe

stimmte es nicht mehr. Annie war mißtrauisch gegen alles geworden, was er sagte und tat. Überall vermutete sie eine Schweinerei. Seine Mitarbeit in der Friedensinitiative hatte aber schon gute Auswirkungen auf ihre Zweisamkeit gehabt. Überhaupt wollten sie jetzt wieder vielmehr gemeinsam machen. Darum hatte er sie auch zu diesem Essen mit William Schmidt-Rudolf mitgenommen.

Eigentlich wollten sie sich noch gemeinsam mit ihrem Videogerät einen alten Bogart-Film ansehen, doch Heidi hatte für diese Nacht einen erneuten Anschlag auf ihn vor. Sie mußte ihn aus dem gewohnten Trott bringen, sonst war nichts mehr drin.

Annie und Jörg hatten es sich auf dem Sofa gemütlich gemacht. Bogart zündete sich gerade in der ihm ureigenen Art eine Zigarette an, da klingelte das Telefon.

Jörg sah Annie an. Beide verzogen ablehnend das Gesicht. Tante Frieda konnte es um diese Zeit nicht mehr sein. Wer wollte jetzt noch stören? Jörg wuchtete sich aus dem Sofa hoch und ging zum Telefon.

»Hm.«

»Jörg, bist du es?«

Er erschrak. Wie sollte er sich verhalten? Sollte er sie Heidi nennen oder mit Frau ... anreden? Ja, wie hieß sie eigentlich mit Nachnamen?

Er warf einen verstohlenen Blick zu Annie. Sie sah schon wieder zum Videogerät. Jörg räusperte sich.

»Ja, bitte.«

»Liebling, kannst du sprechen?«

Was nahm die sich heraus? Er hätte am liebsten losgeschnauzt: Laß mich in Ruhe. Ich bin zu Hause! Bei meiner Frau! Wir sehen uns im Büro, und wage nicht, hier nochmal anzurufen! Doch er sagte: »Nein.«

»O Liebling, ich muß dich sehen. Sofort. Ich kann nicht

anders. Ich liege wach in meinem Bett, kann nicht schlafen und muß immer an dich denken. Ich liebe dich so sehr. Bitte komm.«

Jörg räusperte sich ein zweites Mal.

»Das geht jetzt nicht.«

»Aber Schatz, du kannst mich nicht so abspeisen. Ich ertrage es nicht. Du sitzt jetzt bei ihr. Vielleicht liegt ihr sogar zusammen im Bett. Ich dachte, es macht mir nichts aus, aber ich kann es nicht aushalten. Ich bin so einsam und du in den Armen einer anderen Frau. Es tut mir so weh. Ich weine nur.«

So geschäftsmäßig wie möglich sagte er: »Wir sehen uns morgen im Büro. Dann können wir alles besprechen.«

Annie wurde schon aufmerksam. Sie registrierte, daß er verlegen war. Außerdem fragte sie sich, was um alles in der Welt so wichtig war, daß man ihn deswegen mitten in der Nacht störte.

»Bitte, ich ertrage es nicht. Erzähl ihr irgend etwas. Komm jetzt zu mir. Ich brauche dich.«

»Nein, das geht jetzt nicht.«

»Oh, deine Stimme ist so anders als sonst. Darf ich dich nicht zu Hause anrufen? Brauchst du mich nur nebenbei? Bin ich dir so unwichtig? Liebst du mich denn gar nicht?«

Er holte tief Luft. Er spürte, wie sich in seinen Achselhöhlen Schweiß bildete. Zu Annie blickend sagte er: »Ich bin wirklich schon sehr müde. Können wir das nicht morgen besprechen?«

»Aber Liebling. Mir ist so kalt. Ich liege einsam in meinem großen Bett und träume von dir. Ich möchte jetzt mit dir zusammen sein. Bitte, du kannst doch kommen, wenn du nur willst.«

»Nein«, sagte er hart und legte auf.

Er setzte sich wieder zu Annie und nahm sich vor, ein

ernstes Wörtchen mit Heidi zu reden. So ging es wirklich nicht. Wenn das öfters passierte, würde Annie mißtrauisch werden.
Diese Scheiß-Seitensprünge, dachte er. Annie fragte: »Wer war es?«
Jörg antwortete so gleichgültig und ausweichend wie möglich: »Die Planungsgruppe hat mal wieder Scheiße gebaut. Sie sehen das nächste Projekt gefährdet, aber ich werde das morgen geradebügeln.«
Annie gab sich mit der Erklärung zufrieden und kuschelte sich an ihn.
Bogart trank seinen ersten Whisky.
»Möchtest du einen Cognac, mein Schatz?« fragte Annie.
Jörg nickte. »Ich könnte einen gebrauchen.«
»Ich hol' dir einen.«
Annie ging zum Wohnzimmerschrank. Jörg sah ihr nach und stellte fest, daß er sie liebte. Er würde fleißig in der Friedensbewegung mitarbeiten. Nicht mehr alleine auf Geschäftsreisen gehen und sich um sie bemühen, als sei sie eine neue Liebe.
Doch so leicht gab Heidi nicht auf. Das Telefon klingelte erneut. Jörg stürmte hin, fest entschlossen, sofort wieder aufzulegen, falls es Heidi sein sollte.
»Liebling, ich bringe mich um!« rief sie in Tränen aufgelöst mit brüchiger Stimme. »Du liebst mich nicht. Es ist wie immer. Ihr Männer seid alle gleich. Ihr nutzt uns nur aus, gebraucht uns und werft uns dann weg, wie eine aufgerauchte Zigarette. Ich bin keine Zigarette, verstehst du? Ich bin ein Mensch, ich habe Gefühle. Mit mir kann man nicht spielen.«
»Aber das ist doch dummes Zeug.«
»So, dummes Zeug nennst du das. Oh, wie brutal du sein kannst. Ich liege hier in meinen Tränen, und du nennst

das dummes Zeug. Dabei dachte ich, du seist anders. Aber du wolltest auch nur meinen Körper.«
Annie brachte ihm den Cognac zum Telefon. Jörg nahm ihr das Glas sofort ab, wechselte den Hörer zum anderen Ohr und preßte ihn fest daran, weil er befürchtete, Annie könnte einiges verstehen.
»Sei nicht so grausam. Du wirst es bereuen. Ich habe genügend Schlaftabletten. Die esse ich, wenn du nicht kommst. Aber dir ist das natürlich egal.«
Annie streichelte ihren Jörg und drückte sich liebesbedürftig an ihn.
»Nein, das ist mir nicht egal. Aber ich lag schon im Bett. Können wir denn nicht morgen ...«
»Du lagst nicht im Bett. Ich höre den Fernseher laufen.« Jetzt wurde ihre Stimme sehr bitter: »Geh doch zu ihr, halte Händchen beim Fernsehgucken und vergiß mich. Ich werde es dir leicht machen. Ich will kein Klotz an deinem Bein sein. Ich bringe mich heute Nacht um, dann bin ich dir nicht länger im Weg. Ich bringe mich um, bevor ich dir Unannehmlichkeiten bereite. Dafür liebe ich dich zu sehr.«
»Aber das ist doch Quatsch ...«
Annie drückte sich näher an Jörg. Sie wollte nicht, daß ihn jemand noch um diese Zeit ins Büro holte. Er tat ihr leid. Sie merkte erst jetzt, wie hart der Erfolg für ihn war.
»Mach es gut, Liebling, ich will dich nicht länger aufhalten. Geh nur zu deiner Frau. Ich mache jetzt Schluß. Ich schreibe dir noch einen Abschiedsbrief ... und dann ... du kannst ihn morgen abholen, falls dich überhaupt interessiert, was ich dir zu sagen habe.«
Jetzt schluchzte sie in den Apparat. Jörg preßte den Hörer noch dichter an sein Ohr. Annie durfte nichts hören.
»Ich wohne in der Maistraße Nummer 15. Machs gut und paß gut auf dich auf.«

Sie legte auf.
Jörg schwieg eine Weile und legte dann auch auf.
Annie sah sein nachdenkliches Gesicht und sagte: »Ich habe schon begriffen. Du mußt noch mal weg. Mach dir deswegen keine Gewissensbisse. Ich weiß, wie schwer es dir fällt. Wir haben ja ein paar schöne Tage gehabt. Sei aber nicht böse, wenn ich nicht mehr auf dich warte. Ich bin ziemlich müde. Ich hau mich gleich hin.«
Jörg stieg schnell in seine Kleider, und sagte sich dabei ständig: Maistraße Nummer 15! Er durfte die Adresse auf keinen Fall vergessen. Annie rief ihm ein Taxi, während er sein Jackett suchte.
Sie verabschiedeten sich flüchtig, und Jörg sagte: »Ich liebe dich wirklich. Du bist die beste Frau, die ich mir denken kann.«
Annie küßte ihn symbolisch, und schon war er draußen.
Armer Kerl, dachte sie.

Jörgs wunder Punkt bleibt unentdeckt

Im Taxi überlegte er, wie es ihm gelingen könnte, möglichst sanft mit ihr Schluß zu machen. Er mußte diese Verbindung, die ihm irgendwie aufgedrängt worden war, beenden.
Irgend etwas hatte er in diesem Mädchen ausgelöst. Jetzt war sie unsterblich verliebt in ihn. Das war wirklich nicht seine Absicht gewesen. Trotzdem schmeichelte der Gedanke ihm. Noch bevor er sich eine Strategie zurechtgelegt hatte, hielt der Taxifahrer und verlangte 24 Mark 80.
Das Häuschen, vor dem Jörg stand, war zwar klein, doch ihm war sofort klar, daß sie es nicht mit ihrem Sekretärinnengehalt von Dagobert bezahlen konnte. Der Bau war

relativ neu. Große Fensterscheiben. Die Außenwände verklinkert, Schiefer auf dem Dach. Vorne nur ein kleiner Vorgarten, aber offensichtlich nach hinten raus noch ein großes Wiesenstück. Eine Doppelgarage. Eine schwere Holztür. Schmiedeeiserne Gitter.
Jörg hatte ein Mietshaus erwartet. Er ging zur Tür. Komischerweise stand kein Namensschild unter dem Klingelknopf.
Durch das große Fenster konnte er sie kommen sehen. Ein weißes Kleid bis zu den Knöcheln, das in weiten Falten ihren Körper umspielte. Es gab ihr etwas Flatterndes. Gespensterhaftes. Als die Tür geöffnet wurde, sah Jörg in einen mit dickem Teppichboden ausgelegten kaum möblierten Raum. Wie eine Fee stand sie vor ihm. Barfuß und in diesem merkwürdigen Gewand. Wortlos schwebte sie ihm voran. Der Stoff war so dünn, daß jede Bewegung ihres Körpers darunter wie ein Schattenspiel zur Geltung kam. In der Mitte des Raumes drehte sie sich plötzlich um, sprang an ihm hoch und umarmte ihn so, daß sie an seinen Nacken geklammert in der Luft baumelte.
»Danke, daß du gekommen bist. Ich wußte es. Ich habe es so gehofft.«
Er wollte sich erst gar nicht einlullen lassen.
»Ich muß mit dir reden. So geht das nicht. Du kannst nicht nachts bei mir anrufen und mich ...«
Sie drückte einfach ihre Lippen auf seine und hinderte ihn so am Reden.
Er ließ sich schwer in einen Sessel fallen. Sie zog einen großen Schaukelstuhl heran, setzte sich im Schneidersitz rein, ließ die Arme lose baumeln und wippte tief vor und zurück. Bei jeder Vorwärtskippe öffnete sich der weite Ausschnitt und ließ ihre Brüste fast unbedeckt. Wenn sie zurückwippte, bedeckte der Stoff den Busen wieder.

Diesem Spiel sah Jörg eine Weile zu. Ihre Augen waren wie nach innen gekehrt. Vielleicht hatte sie die Tabletten schon genommen und war völlig im Tran?
»Ich möchte«, sagte sie jetzt stockend, »daß du mich in den Arm nimmst, mich streichelst, mich liebhast, mir nette Dinge sagst...« Ihre Stimme wurde brüchig, ihre Augen liefen über.
Jörg verspürte einen kaum zu unterdrückenden Drang, ihr die Tränen abzuwischen und sie zu trösten, doch er zwang sich, im Sessel sitzen zu bleiben. Er biß auf seiner Oberlippe herum. Sie putzte sich die Tränen mit den weiten Ärmeln ab.
Sie stieß es hervor wie einen Todesschrei: »Du liebst mich überhaupt nicht.«
Dann schluchzte sie laut, weinte in ihren Ärmel und begann vor Weinen und Seufzen am ganzen Körper zu zittern. Das hielt Jörg nun wirklich nicht aus. Er kniete sich neben ihren Schaukelstuhl und streichelte ihr übers Haar, dabei wiederholte er immer wieder ihren Namen: »Heidi, aber Heidi, Heidi, hör doch auf, Heidi, hörst du mich überhaupt? Heidi!«
Sie hatte ihn soweit, und sie fand, daß Goldie ruhig noch etwas drauflegen konnte. Jörg war zwar ein größeres Problem, als sie dachte, weil er Skrupel hatte, seine Frau zu betrügen. Aber gerade das war der ideale Ansatzpunkt. Sie hatte die Möglichkeit, ihm Schwierigkeiten zu machen – Probleme für ihn schaffen, die ihn so in Anspruch nehmen sollten, daß er beruflich versagen mußte. Nun, er würde diese Schwierigkeiten bekommen!
Knapp eine halbe Stunde später nuckelte er schon an ihrem Busen wie ein Baby, und sie fragte: »Vielleicht hast du ja besondere Wünsche? Ich meine, ich will nicht, daß du bei Annie etwas bekommst, was du bei mir vermissen mußt.«

Er ließ die Brustwarze, die sich hoch aufgerichtet hatte, aus seinem Mund gleiten und sagte: »Nein, ich vermisse bestimmt nichts bei dir.«
»Doch bestimmt!«
Sie beharrte darauf.
»Nein, du bist schon okay.«
Plötzlich wurde sie steif wie ein Brett.
»Was hast du?«
»Du verschweigst mir was!«
»Was denn?«
»Wenn du bei mir alles findest, was Annie auch hat, was macht sie dann so viel besser als ich?«
»Wieso besser?«
»Warum verläßt du sie nicht? Warum kommst du nicht für immer zu mir?«
Er ließ sie los und setzte sich aufrecht hin.
»Du fragst Dinger! Sie ist meine Frau!«
»Ich möchte auch deine Frau werden.«
»Kind, das kann man so nicht diskutieren. Du bist vielleicht manchmal naiv.«
Erst jetzt fiel ihm ein, daß er wenig von ihr wußte. Nicht ihr Alter, nichts über ihre Einkommensverhältnisse, nicht mal ihren vollen Namen. Er hatte ihn mal gehört, aber wieder vergessen.
»Wie alt bist du? Hast du vorher schon viele Männer gehabt? Wer bezahlt das alles hier?«
»Was ist denn mit dir los? Ist das ein Verhör oder was?«
»Du benimmst dich, als wärst du fünfzehn! Alles, was du sagst, ist: Habenwollen! Du berücksichtigst nur dich und deine Gefühle. An andere denkst du wohl gar nicht!«
Der Versuch war danebengegangen.
Dieser Jörg hatte eine Heidenangst vor allem, was seine Ehe gefährden konnte. Seine Ehe war tabu. Sie hatte fast nur Männer kennengelernt, die irgendeinen Tick auf

sexuellem Gebiet hatten. Aber bis zu Jörgs wunder Stelle war sie nicht vorgedrungen.
Dabei war sie näher daran, als sie ahnte: »Erzähl mir mehr von deiner Frau, bitte. Ich will von ihr lernen. Ich will alles über sie wissen.«
»Du spinnst ja!«
Jörg stand auf und ging. Sie konnte ihn auch mit einem erneuten Tränenstrom nicht halten.

Goldie wittert Morgenluft

Die Woche in Las Vegas war für den Grafen längst um. Isolde hatte in den Spielkasinos mehr Dollars gelassen als er selbst in seinen besten Jahren. Am Tag der Heimreise brach er sich ein Bein und konnte so von seinem Krankenbett in Vegas aus am Fernseher die dramatische Geschichte von Richard Bourbon alias Michael Zimmermann und seiner Geliebten miterleben.
Gleich danach ließ er sich eine Telefonverbindung zu Goldie herstellen. Doch was noch nie vorgekommen war, wurde jetzt Wirklichkeit. Goldie war für ihn nicht zu erreichen. Auch William Schmidt-Rudolf schien von Termin zu Termin zu hetzen und war für den Grafen nicht zu sprechen. Jetzt, Tage danach, erreichte er Goldie.
Goldies Stimmung konnte man als resignativ bis mordlüstern bezeichnen. Die Sexualtherapeutin hatte die Waffen gestreckt. Sie weigerte sich, einen erneuten Verführungsversuch zu landen. Scheinbar hatte Jörg sie schwer beleidigt.
Den Feldzug gegen die ›Quietschtitten‹ hatte Goldie von sich aus abgeblasen, weil deren rascher Erfolg jede Reaktion zu spät kommen ließ.
Der neueste Coup, der vorbereitet wurde, würde Jörg

Staute innerhalb der Kaufhauskettenhierarchie unantastbar machen.
Er war am Ende mit seinem Latein und beschloß, sich mal wieder von Ursula trösten zu lassen. Er spürte sehr deutlich, wie sehr er jetzt ihre Wärme und ihr Verständnis brauchte. Seine Familie sollte ihn auf keinen Fall so deprimiert zu sehen bekommen.
Er wollte gerade gehen, als das Telefon leise surrte. Da er Anweisung gegeben hatte, ihn nicht zu stören, konnte das nur ein Anruf von William Schmidt-Rudolf persönlich sein. Den Grafen und seine Wirkung auf Vorzimmerdamen hatte Goldie schon vergessen.
»Endlich erreiche ich mal jemanden! Keine Sau war für mich zu sprechen, und das in dieser für das Kaufhaus so dramatischen Situation.«
Goldie fuhr zusammen. Der Graf wußte also schon Bescheid. Wer hatte ihm die Sache gesteckt?
»Es muß sofort etwas unternommen werden.«
Wenn Goldie eine Eigenschaft am Grafen wirklich haßte, dann die, solche Plattheiten von sich zu geben.
»Natürlich muß etwas getan werden. Ich habe auch schon sämtliche Register gezogen, aber ich bin kein Gott!«
»Laß dir rasch was einfallen. Einen netten Werbefilm oder so. Wir dürfen nicht das Katastrophenkaufhaus bleiben. Die Kunden brauchen gute Gefühle, wenn sie an unsere Kette denken.«
Der Stein, der von Goldies Herz fiel, war so schwer, daß er den Fußboden durchschlug und eine Etage tiefer in der Herrentoilette zersplitterte. Goldie registrierte zwei Dinge gleichzeitig. Erstens, der Graf wußte nichts von dem Wunderknaben Jörg und zweitens, er war blöd genug, um die Richard-Bourbon-Geschichte nicht nur zu glauben, sondern auch noch für negativ zu halten.

Manchmal fragte er sich, wie er es so viele Jahre neben diesem Schwachkopf ausgehalten hatte. Goldie legte einfach auf. Der Graf war sowieso erledigt. Wer versuchte, den zu halten, der konnte leicht seine eigene Position gefährden. Außerdem hatte er keine Lust mehr, den Grafen als Strohmann zu benutzen. Wenn er erst Jörg Staute aus dem Weg geräumt hätte, dann würde er nur noch Platz brauchen, um die eigene Position auszubauen.
Er wählte Ursulas Nummer und fragte, ob sie heute Zeit für ihn hätte. Natürlich hatte sie Zeit.

Jörgs wunder Punkt beschimpft einen Friseur als Hurenbock

Annie wollte sich eine jugendliche Frisur zulegen. Sie brauchte nicht mehr auf die Pfennige zu achten. Es durfte ruhig der beste Friseur der Stadt sein. Sie war noch nie zuvor dagewesen und jetzt war sie froh darüber, denn hier kannte man sie nicht und bediente sie höflich, aber dezent zurückhaltend. Bei ihrem Stammfriseur wußte es bestimmt schon jeder und nun zerriß man sich die Mäuler. Nur gut, daß sie heute nicht dorthin gegangen war. Wieviele Leute in ihrem Haus, in ihrer Straße, in ihrem Viertel lasen dieses Blatt? Man erkannte Jörg auf den ersten Blick. Ein Zweifel war ausgeschlossen. Unter den feinkörnigen Farbfotos die Frage: ›Ist Lissies neuer Geliebter schuldig an dem Drama? Richard Bourbon konnte es nicht länger ertragen, Lissy in den Armen dieses Mannes zu sehen.‹
Den dazugehörigen Bericht las sie erst gar nicht. Sie fühlte sich, als würde ihr Gehirn eingeeist. Von den Haarwurzeln breitete sich eine unerträgliche Kälte in

ihrem Körper aus, obwohl ihr äußerlich der Schweiß ausbrach. Ihre Wut verselbständigte sich. Sie sah ihren Händen fast ungerührt zu, als sie die Zeitung zerknüllten. Der Friseur, der dabei mit zwei Kämmen bewaffnet um sie herumschwirrte, sagte: »Aber gnädige Frau, ich muß mich doch sehr wundern. Ist Ihnen nicht gut?«
Annie hörte seine Worte gar nicht. Ein anschwellendes Brummen in ihren Ohren ließ keinen Ton von außen durch.
»Du verdammter Hurenbock!« zischte sie.
Jetzt reichte es dem Friseur.
»Gnädige Frau, so lasse ich nicht mit mir reden!«
Sie hörte ihn immer noch nicht, doch sie sah sein erschrockenes Gesicht im Spiegel.
»Verzeihen Sie bitte, mir ist übel, könnte ich bitte ein Glas Wasser bekommen?«
Ein Teil des Friseurhandwerks ist es auch, den Seelendoktor, den Beichtvater und den Eheberater zu spielen. Also faßte sich der gute Mann sofort wieder, erkannte seine Chance, eine neue Stammkundin zu gewinnen, die sich einmal wöchentlich mit ihm unterhalten wollte, und dafür in Kauf nahm, daß er ihr eine sündhaft teure Frisur verpaßte. Er brachte ihr außer dem Wasserglas auch noch einen Cognac. Sie nahm beides dankbar an. Erst nachdem beide Gläser leer auf dem Rand des Spülbeckens standen, begann die Umwelt für sie wieder schärfere Konturen anzunehmen. Auch das Brummen in den Ohren ließ nach. Die Wut machte einer besitzergreifenden Trauer Platz. Gerade durch die Geschichte mit Thomas und der Friedensbewegung passierte wieder mehr zwischen Jörg und ihr... Und jetzt erfuhr sie aus der Illustrierten von seinem Verhältnis zu diesem Hollywoodstar. Sie fühlte sich tief gekränkt. Sie schlug die zerknitterte Zeitschrift noch einmal auf.

Und das sollte nun eine Sexbombe sein? Sie sah alt und fett und arrogant aus.
Im Grunde hatte sie ihm wenig vorzuwerfen. Sie war schließlich bei Thomas auch schwach geworden. Aber das war etwas anderes. Männer betrogen ihre Frauen und Frauen ihre Männer. Das ganze wickelte man heimlich, ja, diskret ab. Schlimm genug und taktlos genug, wenn der andere es merkte. Aber in der Zeitung lesen wollte man so etwas nun wirklich nicht. Er hatte sie blamiert, dem Gespött der Leute ausgesetzt!
Auf dem Nachhauseweg kaufte sie an einem Kiosk einen Stapel ähnlicher Glanzdruckzeitschriften. Vier von zehn brachten die Geschichte, zum Teil mit verschiedenen Fotos. Sie schnitt all diese Stories samt Bildern aus und verteilte sie in der Wohnung. Mitten auf dem Wohnzimmerteppich, in der Küche auf dem Kühlschrank und natürlich auf dem Fußboden. In der Dusche und auf dem Toilettendeckel. Dann verließ sie das Haus. Sie wurde nur von der Nachbarin beobachtet, die ebenfalls solche Blätter las und damit jetzt hausieren ging.

Wenn Jörg jemandem etwas verkaufen will, dann tut er es – aber geht er nicht ein bißchen zu weit?

Jörg Staute verhandelte mit der Prinzessin über ihre Entführung. Ihr Verlobter, das Skias Reinhuber, war sofort einverstanden. Er hatte seine ganze Skikarriere ohnehin nur darauf angelegt, am Ende eine Figur zu sein, mit deren Image man Werbung machen konnte. Wie viele Amateursportler sah auch er so einem gesicherten Lebensabend entgegen.
Elisabeth bastelte an einem neuen Plakat für die ›Quietschtitten‹-Werbung. Auch über einen richtigen

Namen dachte sie nach. Vielleicht konnte man diese Dinger in Zukunft ›Muttterersatzbrust‹ nennen...
Ilse Kempowski, Thomas und die anderen Leute von der Friedensinitiative hatten sich inzwischen zu Jörgs Vorschlag durchgerungen. Mit der direkten Aktion gegen die atomare Bedrohung. Besser ein allgemeiner Schock, weil angeblich eine Neutronenbombe hochgegangen ist, als ein wirklicher Neutronentod war die Devise.
Junge Ärzte, ein paar Freaks vom Deutschen Roten Kreuz und vom Technischen Hilfswerk waren mit von der Partie. Sie kündigten an, die für ihre Organisationen vorgesehenen Katastropheneinsätze auszulösen. Sie wollten einen ganzen Bus voller Leute mit Gasmasken und Schutzkleidung an Ort und Stelle loslassen, was die Echtheit der Gefahr nur unterstreichen konnte. Außerdem wollten sie von ihren örtlichen Dienststellen aus nach oben weitermelden, daß eine Neutronenbombe explodiert sei. Bei exakter Durchführung der Aktion müßte es möglich sein, auch alle staatlichen Stellen über einen Zeitraum von drei bis vier Stunden zu irritieren. Spätestens danach wüßte man dann, ob und wenn, wie die Regierung auf so einen möglichen Unfall vorbereitet war.
Bei aller wilden Planung wurde stets auf eins geachtet: die Realitätsnähe. Die Sache durfte nicht zu schnell auffallen, weil man sonst nicht hinterher diskutieren konnte, was passiert wäre, wenn die Sache echt gewesen wäre. Man rechnete sich durch Jörgs Planung und Überzeugungskraft einen gigantischen Medienerfolg aus. Keine Zeitung konnte es sich leisten, hinterher nicht die Diskussion aufzunehmen. Talkshows im Fernsehen würden folgen. Erklärungen von Politikern. Streit in den Parteien. Eine Mobilisierung der Bevölkerung.

Goldie ließ sich von Ursula trösten und kam auf eine seiner großartigsten Ideen. Er vergaß den Grafen und sogar William Schmidt-Rudolf. Es gab noch eine höhere Instanz: die Frau, die William nur den Drachen nannte. Anastasia Rudolf. Er hatte einen teuflischen Plan. Und sie sah gerade so aus wie jemand, der solche Gemeinheiten liebte. Hinter jedem großen Vermögen steckte bekanntlich ein Verbrechen. Sie wäre zu jeder Schandtat bereit, dessen war er sicher. Vor allen Dingen dann, wenn sie sich nicht selbst die Finger schmutzig machen mußte. Er mußte sie gewinnen, um als Sieger aus der Schlacht hervorzugehen.

Annie wollte nicht länger in der Wohnung bleiben. Aber auch in dem Café fühlte sie sich nicht wohl. Es war nicht leicht für sie, abends allein auszugehen. Eine einsame Frau in ihrem Alter, die in einer Eckkneipe sitzt und stumm trinkt, war das geborene Opfer für jeden Vorstadtcasanova und angetrunkenen Aufschneider. Auch in einem Café war sie ab Einbruch der Dunkelheit nicht mehr sicher. Vor allen Dingen dann nicht, wenn sie länger als eine halbe Stunde blieb und mehrere Getränke bestellte, weil dann niemand mehr annahm, daß sie noch auf ihren Freund wartete. Je länger sie blieb, desto selbstverständlicher wurde sie zum Freiwild. Da sie befürchtete, aufdringliche Männer könnten sie jetzt zu einem Schreikrampf bringen, wechselte sie dreimal das Café und trank in jedem einen Martini. Sie wollte heulen und schämte sich doch, weil man ihre Tränen sehen konnte. Gleichzeitig wollte sie, daß jemand teilhaben sollte an ihrer Trauer.
Sie nahm ein Taxi und ließ sich zu der Wohngemeinschaft bringen. Als sie ausstieg, kam ihr eine weinselige Menschentraube entgegen. Sie feierten den Sieg der

Friedensinitiative schon einmal vorweg. Spontipauli schwärmte von früheren Zeiten und erzählte – zum wievielten Mal eigentlich? – die Geschichte von den Kämpfen vor dem Springerhaus und wie sie gemeinsam die Auslieferung der Bildzeitung verhindert hätten und sich die Arbeiter, die von der Nachtschicht kamen – oder auch dahingingen, so genau wußte er das nicht mehr –, mit ihnen solidarisierten. »Mann, das waren noch Zeiten!«

Die alte Achtundsechziger-Stimmung kam wieder auf, denn Jörg Staute hatte Schwung in die Friedensarbeit gebracht.

»Den hätten wir damals schon gebraucht, als wir gegen den Vietnamkrieg auf die Straße gegangen sind und uns die Zeitungen erzählt haben, daß unsere Freiheit im Mekongdelta verteidigt werden müßte.«

Und schon kramte Spontipauli wieder die Geschichte aus, wie sie damals den Bullen vor der amerikanischen Botschaft Blutbeutel über die Uniformen geknallt hatten.

»Ach, du immer mit deinem alten Scheiß«, schimpfte Thomas. »Heute bringt ihr doch nichts mehr. Verkrachte Studentenexistenzen seid ihr. Rennt hinter der Arbeiterjugend her und erzählt denen eure kalten Sprüche. Ihr seid nicht mehr die Avantgarde. Ihr seid die besoffene Nachhut.«

Spontipauli lachte laut los und spuckte dabei Rotwein aus. Er hielt Thomas die Flasche hin und grölte: »Darauf müssen wir einen trinken!«

Thomas setzte die Flasche an und legte den Kopf in den Nacken, um besser schlucken zu können. Da erblickte er Annie. Sie hatte der Gruppe schon eine Weile zugesehen und wollte eigentlich wieder verschwinden, denn sie paßte jetzt nicht in diese Stimmung. Nicht in die Geschichten von achtundsechzig und schon gar nicht in die Heiterkeit, mit der sie erzählt wurden. Ihr war jetzt mehr nach Händchenhalten, Kerzen und leiser Musik. Lieber stumme Blicke als laute Worte.

Doch sie wurde reingezogen in den Kreis, von ein paar Leuten umarmt und mit in die Wohnung genommen. Im Gemeinschaftsraum fand sie auf einer Matratze neben Atze und Barbara Platz. Da sie Strom sparen wollten und Barbara aus alten Kerzenresten neue Kerzen schmolz, kam man Annies Gefühlen zumindest so weit entgegen, daß nur zwei Kerzen in der Mitte des Raumes das Zimmer spärlich mit flackerndem Licht beleuchteten. Es kreisten mehrere Weinflaschen. Nur drei oder vier Leute waren durch zufällig aufgefundene Gläser privilegiert. Als schon die ersten selbstgedrehten Zigaretten halb angebrannt waren, ging die Suche nach den Aschenbechern los, die Thomas ganz bestimmt vorhin noch gesehen hatte.

Annie konnte es kaum ertragen, wie diese jungen Leute über ihren Jörg sprachen. Erstens war sie mächtig sauer auf ihn, und zweitens fühlte sie sich zurückgedrängt. Es kam etwas in ihr auf, das Thomas ›emanzipatorische Wut‹ nannte. Immer zählte nur Jörg, und sie lief als Anhängsel mit. Bei den Basketballern oder bei seinen Berufskollegen – sie interessierten sich für Jörg. Sie kamen seinetwegen. Sie war immer nur Jörg Stautes Frau. In der Friedensinitiative wurde sie als eigenständige Person geschätzt und ernstgenommen, bis Jörg kam. Er brillierte wieder mit seinen Ideen und seiner Überzeugungskraft, und schon schenkten ihm alle mehr Beachtung als ihr.

So konnte das nicht weitergehen. Selbst jetzt, obwohl er nicht anwesend war, dominierte er die Gespräche. Man fragte sie nicht, was sie im Moment trieb, nicht, wie sie

sich fühlte und nicht, ob sie auch eine gute Idee hätte; nein, man befragte sie zu Jörg. Zu seiner Karriere. Zu seinen Ideen. Sie hätte am liebsten laut geschrien vor Wut: »Ich heiße Annie Staute. Ich habe einen eigenen Kopf zum Denken, und ich bin nicht Jörgs kleines Döfchen.«
Aber das alles tat sie selbstverständlich nicht. Sie brannte sich nur kräftig einen mit dem Wein, der billig war und süß und mit Sicherheit Kopfschmerzen verursachte.
Atze machte Platz. Thomas setzte sich neben sie. Er begann ein bißchen zu fummeln und zu streicheln. Sie gab ihm zu verstehen, daß ihr das im Augenblick unangenehm war, außerdem – und da durfte er sie ruhig verklemmt nennen, war sie immer noch der Meinung, daß gewisse intime Dinge in einen anderen Rahmen gehörten und nicht vor aller Welt stattzufinden brauchten. »Ja, verdammt noch mal, ich schäme mich!«
Thomas behielt seine Finger sofort bei sich. Er entschuldigte sich sogar.
»Schon gut«, sagte sie, aber sie war immer noch sauer.

Als Jörg nach Hause kam, nachdem er erfolgreich mit der Prinzessin abgeschlossen hatte, wußte er sofort, was los war. Die Presseheinis vom Flughafen hatten zugeschlagen. Annie war verschwunden. Diese dämlichen Fotos überall ... wenn er an die Nacht mit Lissy dachte, wurde ihm jetzt noch übel ... er schaltete nur das Licht ein und setzte sich dann noch im Mantel auf den Wohnzimmertisch und wählte ein paar Nummern. Er mußte sie finden und ihr alles erklären. Er ließ seine Ehe nicht von Illustrierten zerstören.
Er fand auch Ilse Kempowskis Nummer, und die riet ihm, mal in der Wohngemeinschaft anzurufen. Jörg fand die

Idee zwar blöd, tat es aber doch. Er hatte ein nettes junges Mädchen am Telefon, das bestätigte, daß Annie bei ihnen war, er sollte doch ruhig vorbeikommen, man würde ohnehin gerade über ihn reden.
Bevor er noch Annie ans Telefon bitten konnte, lachte das Mädchen schon in den Hörer: »Tschüßchen dann, ne, bis gleich!«
Er fuhr tatsächlich hin.
Die Wände waren mit Plakaten tapeziert. Die alten nicht zueinanderpassenden Möbelstücke und die fehlende Sitzgelegenheit blockierten Jörg für einen Moment. Das Wort Haschischhöhle kam ihm in den Kopf. Annie mitten dazwischen. Aber neben ihr der spaßige Junge, mit dem er neulich so gelacht hatte. Annie sah schlimm aus. In sich gekehrt, zerfurchtes Gesicht, weiß um die Nase, schmale aufeinandergepreßte Lippen und einen erschrockenen, aber starren Blick in den Augen. Sie hatte ihn nicht erwartet. Man hatte es nicht für nötig befunden, sie über das Kommen ihres Mannes zu informieren.
Als er sah, wie sie dahockte, fühlte er sich schuldig und schlecht. Er wollte sofort weg mit ihr. Raus aus der Wohnung. Mit ihr allein sein. Es ging ihr nicht anders, doch Jörg kam nicht bis zu ihr durch. Er wurde lautstark begrüßt, einige klatschten sogar Beifall. Als würde er von einer Krake erfaßt, zogen ihn viele Arme nach unten, zwangen ihn mit freundlicher Gewalt in den Schneidersitz und gaben ihm Wein zu trinken. Er schielte immer wieder zu Annie rüber, sie funkelte ihn in hoffnungslosem Zorn an und hörte dann doch zu, als er – weil sie keine Ruhe gaben – seinen ganzen Plan noch einmal erläuterte und dabei immer wieder von begeisterten Zurufen und Klatschen unterbrochen wurde.
Barbara küßte ihn sogar und rief: »Du bist ein Genie.«
Diesen Spruch hatte er in letzter Zeit schon öfters gehört.

Spontipauli tat zu seiner Freude kund: »Und wenn das alles so durchläuft und unsere braven Staatsmänner und Spitzenpolitiker schon vor lauter Panik in ihren gepanzerten Privatjets sitzen, um sich vom Acker zu machen, dann platzt die eigentliche Bombe ... Nämlich die Meldung, daß alles nur eine Aktion von uns war! Dann kriegen die in ihren Bunkern plötzlich rote Köpfe ...«
»Ich lach' mich kaputt.«
»Das wird ein Fest!«
Inzwischen fragte Annie sich schon, ob es vielleicht nicht mehr werden sollte als eben nur ein Fest. Ein Happening für alle Beteiligten. Man wollte sich und aller Welt zeigen, daß man noch einiges auf die Beine brachte. Ihr war nicht mehr so wohl bei dem Gedanken.
Aber vielleicht sah sie das jetzt nur alles so negativ, weil sie so deprimiert war und Jörg sie betrogen hatte. Nicht nur im Bett. Nein, er betrog sie ständig. Er betrog sie um Anerkennung und Zuneigung. Er kassierte alles für sich allein und ließ ihr nichts übrig. Selbst in dieser Wohngemeinschaft, in die sie vor ihm geflüchtet war, machte er sich so breit, daß für sie gar kein Platz mehr war.
Irgendwann stand sie auf, sagte, ihr sei schlecht und ging zum Klo. Erst als sie in diesem engen Raum zwischen all den bunten Postern angekommen war, merkte sie, daß es stimmte. Sie wollte alleine sein. Die Toilette war im Moment der einzige Ort, auf dem das möglich war. Außerdem brauchte sie eine Erklärung dafür, daß sie so schlecht und mißgelaunt aussah. Eine kurze Übelkeit vorzutäuschen schien ihr der einfachste Weg. Vielleicht versprach sie sich davon auch etwas mehr Aufmerksamkeit der anderen. Eine Frage, wenn sie von der Toilette kam, einen rücksichtsvollen Blick, möglicherweise sogar etwas Mitgefühl.
Jetzt stand sie über die Toilettenschüssel gebeugt und

hoffte, das Würgen im Hals möge sich endlich selbst befreien. Es drohte ihr den Kopf zu sprengen und die Augäpfel aus ihren Höhlen zu katapultieren, bevor es in einem einzigen kurzen Stoß aus ihr herausschoß.
Danach war sie völlig erschöpft. Die Wut hatte sie mit ausgekotzt. Jetzt war nichts mehr in ihr. Nur noch ein schlechter Geschmack im Mund, der beseitigt werden wollte, und eine schwarze Leere, die danach schrie, bevölkert zu werden.
An dem winzigen Waschbecken mit nur einem Kran für kaltes Wasser spülte sie sich den Mund aus und wusch die geschwollenen Augen.
Als sie die Toilette verließ, lief sie Jörg direkt in die Arme. Er war ihr nachgegangen, hatte gehört, was da drinnen passiert war – außerdem konnte man es ihr mühelos ansehen.
»Komm«, sagte er, »laß uns nach Hause gehen.«
Eigentlich war das auch alles, was sie sich wünschte, aber eine trotzige Art von Widerstand kam in ihr hoch.
»Laß mich in Ruhe«, sagte sie müde.
»Wir können über alles reden. Wir sind doch vernünftige Menschen.«
»Ich habe einen netten Mann geheiratet, der in der Buchhaltung eines Kaufhauses sein Geld verdiente und ein großartiger Basketballer war. Aber jetzt habe ich manchmal das Gefühl, mit einem neurotischen Popstar verheiratet zu sein.«
Er sah ihre Schwäche und ihre Traurigkeit und nahm sie bei der Hand und sagte: »Jetzt wird es aber wirklich Zeit.«
Sie bemerkte draußen an der frischen Luft erst, wie betrunken sie war. Ihr Körper schien plötzlich von den Beinen zu rutschen. Jörg hielt sie und winkte einem zufällig vorbeifahrenden Taxi. Im Taxi schlief sie augen-

blicklich ein. Sie murmelte schon im Halbschlaf etwas wie: »Hast du wirklich mit der dummen Kuh geschlafen?«
Heute würde er ihr kaum noch etwas erklären können. Aber für das Frühstück hatte er sich schon eine Geschichte ausgedacht.
Er wollte ihr die ganze Illustriertengeschichte als Teil seiner Werbekampagne verkaufen. Immerhin hatte er von Lissies Manager zwei Schecks über 50 000 Dollar bekommen. Dafür mußte er schon einiges tun. Er würde ihr erzählen, daß er die Sache im nachhinein betrachtet selbst auch saublöd fand, aber nun war es eben passiert. In Zukunft würde er besser aufpassen. Sie durfte sicher sein, daß er diesen Sexstar nicht angefaßt hatte.
Sie würde ihm glauben. Sie glaubte ihm eigentlich jeden Mist. Da ging es ihr nicht anders als anderen Menschen. Wenn Jörg jemandem etwas verkaufen wollte, dann tat er das. Dazu war er – wie es schien – auf die Welt gekommen.

Jörg wird zum ersten Mal nervös

Der Sohn des Fuhrunternehmers Alois Schimanek, Klaus Schimanek, war nicht nur ein stadtbekannter Spaßvogel, sondern auch ein aktives Mitglied der Friedensinitiative. Er strich zusammen mit drei anderen Leuten aus der Initiative einen alten LKW seines Vaters olivgrün um. Der Alte würden toben, wenn er, der CDU-Stammwähler, wüßte, wozu sein LKW mißbraucht werden sollte. Eine olivgrüne Plane hatten sie noch. Darauf malten sie sehr korrekt in weißen Buchstaben: ›US ARMY‹.
Sie arbeiteten in der Garage. Sie mußten leise sein, um

den Alten nicht zu wecken, dessen Schlafzimmer direkt darüber lag. Sie trauten sich nicht mal, richtig zu lachen. Dazu mußte es sehr schnell gehen, denn vor Morgengrauen sollte der Wagen bereits vom Gelände sein. Sie hielten das Garagentor geschlossen, um nicht auf sich aufmerksam zu machen. Die bissigen Dämpfe aus den Farbtöpfen sammelten sich im Raum und brannten in den Augen. Vom vielen Pinseln taten ihnen die ungeübten Arme bald schon weh. Und trotzdem, keiner konnte sich daran erinnern, jemals mit so viel Spaß und innerer Befriedigung eine Arbeit gemacht zu haben. Dies hier war keine Arbeit. Es war vielmehr die Vorbereitung für ein riesiges Fest.

Ilse Kempowski wurde wach, schüttelte sich und ging in die Küche, um sich Teewasser aufzusetzen. Die Flugblätter waren bereits fertig. Die Megaphone lagen bereit. Imme, die nach der Schule täglich von sechzehn bis zwanzig Uhr in der Pommesbude direkt am Anfang der Einkaufsstraße stand, hatte den Schlüssel für die Bude zur Verfügung gestellt. Von dort aus konnte man die Szenerie bestens überblicken. In der Nacht wurde das Innere dieser Schaschlikbude zu einer Funkzentrale umgebaut. Von hier aus sollten die einzelnen mit Handsprechfunkgeräten ausgerüsteten Gruppen koordiniert werden.
Es würde ein großer Tag werden für den Club der Amateurfunker. Sie hatten sich gemeinsam schon vor einem halben Jahr der Friedensinitiative angeschlossen, zusammen mit den Taubenzüchtern und einigen Sportvereinen. Bis jetzt waren sie von den politischen Gruppen nicht so recht ernstgenommen worden. Amateurfunker. Taubenzüchter. Wie sich das schon anhörte. Aber jetzt wurden sie mit ihren Geräten und ihrer Kenntnis wirk-

lich gebraucht. Es tat ihnen gut. Daß zwei ehemalige Kumpels austraten, weil sie die Politisierung ihres Clubs nicht verkraften konnten, nahm man gelassen hin. Dafür gingen jetzt Tauben und Funksprüche mit Friedensbotschaften in alle Welt, und man gewann Freunde dazu.
Jörg Staute verspürte vor der Friedensaktion eine bisher nicht gekannte Nervosität. Bei den Geschichten im Kaufhaus war er ruhig und gelassen gewesen. Dabei hing an dem Gelingen sein Job, seine Karriere. Jetzt flatterte ihm das Hemd. Irgendwie war die Geschichte wichtiger für ihn als die Sachen, die er für das Kaufhaus trieb. Ilse Kempowski nannte das: ›sich mit seiner Arbeit identifizieren können‹. Was immer sie damit meinte, es machte ihn ganz schön kribblig.
Annie hatte ihm die Story mit dem schlechten Werbegag in der Illustrierten abgenommen. Es war doch auch kaum vorstellbar, daß er, der täglich mit Werbung umging, mit einer Frau schlief, nur weil sie ein Weltstar war. So blöd konnte Jörg einfach nicht sein. Jörg hatte ihr versprochen, nach der Aktion für die Friedensbewegung nur noch die eine Werbegeschichte mit der Prinzessin durchzuführen und dann mit ihr Urlaub zu machen. Nur sie beide.
Annie fand die Idee mit der Entführung im Fahrstuhl absolut blödsinnig. Doch da ihn alle für ein Genie hielten und sie immerhin seine Frau war, ließ sie sich von dem Gedanken anstecken und begann, an seine Fähigkeiten zu glauben. Und Geldverdienen mußte schließlich jeder.

Wie ging es wohl den Pariser Bürgern vor dem Sturm auf die Bastille?

Die Verkäuferinnen betraten die Kaufhäuser kaum merklich von hinten. Vorne vor den verschlossenen Eingangstüren warteten bereits einige Schüler, die blaugemacht hatten, weil die Klasse heute eine Mathearbeit schrieb. Sie wollten in den Kaufhausrestaurants billigen Kaffee trinken oder einfach nur den Mädchen beim Rolltreppefahren unter die Röcke sehen. Die ersten Stadtstreicher standen mit durchfrorenen Knochen zusammengekauert in den Ecken und warteten auf jemanden, der ihnen ein Frühstück spendierte. Meist waren es die Schüler, die ihre Pausenbrote an die Penner verteilten und selbst lieber Pommes essen gingen.
Es war ein wolkenverhangener Morgen. Nichts deutete darauf hin, daß heute etwas Besonderes passieren konnte.
Aus einem Spalt in der Wand der Würstchenbude lugte ein Auge und beobachtete jede Bewegung auf der Einkaufsstraße. Heute würde die Bude geschlossen bleiben. Der kleine, drahtige Mann am Funkgerät hieß Eckehardt Reuter. Er war ein dunkler, fast südländischer Typ. Eine sehr korrekte Erscheinung. Man hätte ihn für einen Versicherungsvertreter halten können oder einen jungen Studienrat. Ab morgen würde er eine bekannte Figur sein, denn er koordinierte die verschiedenen Trupps. Er checkte noch einmal die Anlage durch. Als Amateurfunker war er für die anderen Mitglieder des Vereins ein Vorbild. Seine Anlage reichte aus, um sogar Funksprüche aus Moskau aufzufangen. Er war der Vorsitzende des Vereins und wurde deshalb von einigen scherzhaft ›der große Meister‹ oder aber auch ›unser leuchtendes Vorbild‹ genannt. In wenigen Stunden würde er den

Spitznamen ›Horror-Ecki‹ verpaßt bekommen, aber das ahnte er jetzt noch nicht.
Vor Ecki lag der Stadtplan. Er war in fünf Zonen eingeteilt. Zone 1 beschrieb einen Kreis von 600 Metern um die Stelle, an der die Bombe angeblich detoniert war. In dieser Zone erlosch laut US-Atomwissenschaftler Kistiakowsky sofort jede Lebenstätigkeit. Man starb aber nicht sofort, sondern angeblich erst in ein bis zwei Tagen. Die Neutronen lähmten einen lediglich und leiteten dann die langsame Versaftung des Körpers zu einer gallertartigen Masse ein.
Zone 2: 900 Meter Umkreis. Die Fähigkeit des Menschen zu körperlicher Tätigkeit dauert höchstens noch fünf Minuten. Dann tritt in zwei bis sechs Tagen ebenfalls die Versaftung ein.
Zone 3: 1400 Meter Umkreis. Etwa eine Stunde nach der Explosion lähmt die Strahlung die körperlichen Funktionen. Die Menschen brechen zusammen. Die Dauer ihres Todeskampfes wird auf bis zu zwei Wochen geschätzt. Je nach der körperlichen Konstitution.
Zone 4: 1700 Meter Umkreis. Etwa zehn Prozent der Menschen, die dort der Strahlung ausgesetzt waren, sterben im Laufe der nächsten Monate. Bei den anderen kommt es zu Krebserkrankungen, die sich auch noch 20 bis 30 Jahre nach dem Vorfall entwickeln können.
Zone 5: 2300 Meter Umkreis. Zunächst keine sichtbaren Folgen. Später sind Krebserkrankungen wahrscheinlich. Erbschädigungen noch in mehreren Generationen.
Da die Neutronenbombe eine verhältnismäßig geringe Sprengkraft hat, werden Häuser usw. nur im direkten Explosionsbereich zerstört. Das war der springende Punkt. Es mußte keine Zerstörungen geben, damit jemand die Geschichte mit den Neutronen glaubte. Einer der Physikstudenten der Friedensinitiative hatte glaub-

haft versichert, es könne bei einer Beschädigung der Bombe zu einem Neutronenschauer kommen, ohne daß die Bombe gezündet würde. Niemand hatte Lust, Häuser in die Luft zu jagen.

Ecki funkte jede einzelne Gruppe an. »Besser eine Taube im Garten als eine Pershing auf dem Dach.«

Alle waren einsatzbereit und bester Laune. Insgesamt hatte die Friedensbewegung für diese Aktion 250 Leute auf die Beine gestellt. Ein Wunder, daß es da noch keine undichte Stelle gegeben hatte. Die Kaufhäuser öffneten sich. Es war neun Uhr. Schon konnte man die ersten Mitglieder der Friedensinitiative auf der Einkaufsstraße sehen. Sie sahen aus wie ganz normale Menschen. Niemand konnte einen Verdacht hegen. Es waren junge Mädchen ebenso wie Männer, die schon einen Weltkrieg mitgemacht hatten, und denen es jetzt reichte. Um Punkt zehn sollte es losgehen.

Klaus Schimanek hatte den Wagen bereits auf einem Parkplatz in der Innenstadt abgestellt. Schließlich sollte sein Vater nicht die ganze Sache aufdecken und verhindern. Klaus saß am Steuer. Der Motor war noch kalt. Seine Hände waren feucht wie Putzlappen. Immerhin mußte er den Wagen gleich gegen eine Litfaßsäule fahren. Er hatte keine Angst, daß ihm etwas passieren könnte, das nicht, aber er fürchtete seinen Vater.

Schließlich mußte er irgendwann beichten, sonst bekämen die Mitglieder der Friedensinitiative eine Anzeige wegen Autodiebstahl an den Hals. Er mußte also seinem Vater beichten, daß er den LKW erst olivgrün angestrichen hatte, um ihn dann gegen eine Litfaßsäule zu setzen. Während er vor dieser Aufgabe stand, die mächtig nach Ohrfeigen roch, würden seine Kumpels längst ihren Sieg feiern, Lieder singen, Pressekonferenzen geben und Flaschen öffnen.

Er hatte sich schon einige kluge Sätze zurechtgelegt. »Besser ein kaputter LKW in der Garage, als versaftet im Bett zu liegen.« Oder: »LKWs kann man reparieren, aber Tote hat noch keiner wieder wachgekriegt.«
Er entschied sich, die Siegesfeier mit seinen Genossen gemeinsam zu feiern. Seinem Alten konnte er auch noch morgen alles gestehen. Er wischte sich wieder die schweißnassen Finger an der Hose ab und überlegte, ob man sich vor historischen Augenblicken immer so kribblig fühlen mußte. Wie ging es wohl den Pariser Bürgern vor dem Sturm auf die Bastille? Wie fühlten sich die russischen Matrosen von der ›Aurora‹, bevor sie an diesem denkwürdigen Oktobertag zuschlugen?
Er spürte, daß er Geschichte machen würde. Nicht er, Klaus Schimanek, als Figur, sondern als ein Teil der Bewegung, die die Stationierung von Neutronenbomben in Europa verhindern würde. Was waren dagegen schon ein paar Moralpredigten von dem Alten? Was ein paar Ohrfeigen?
Sidney kam wie verabredet über den Parkplatz auf ihn zu. Sidney war ein Student aus Amerika. Er studierte Germanistik und verbrachte deswegen zwei Jahre in der BRD. Natürlich fühlte er sich verpflichtet, auch einen Part in dem großen Spiel zu übernehmen. Er hatte eine deutsche Mutter und einen schwarzen amerikanischen Vater. Er nannte sich selbst immer spaßeshalber: Besatzungskind. Er kannte sich ein bißchen mit den Gepflogenheiten bei der US-Army aus. Sein Bruder war Berufssoldat. Vor allen Dingen brauchte man gleich Sidneys Stimme. Das gebrochene amerikanische Deutsch.
Er schwang sich in den LKW. Er lachte mit seinen weißen Zähnen, auf die Klaus neidisch war, denn er selbst hockte alle vierzehn Tage beim Zahnarzt, konnte mit seinen achtzehn Jahren schon nicht mehr kraftvoll zubeißen.

Äpfel aß er höchstens in Form von Apfelkuchen oder Marmelade. Natürlich hatte Sidney wieder einen giftgrünen Apfel in der Hand und biß so laut rein, daß es schon fast unanständig klang.
»Au Mann, das wird ein Ding. Ich freue mich darauf!«
»Ja, wenn es nur endlich so weit wäre.«

Neutronenschauer

Um zwei Minuten vor zehn ließ Klaus Schimanek den LKW an. Vorsichtig, höchstens vierzig fahrend, steuerte er das ausgesuchte Ziel an.
Hundert Meter vor der angepeilten Litfaßsäule stand eine Telefonzelle. Klaus Schimanek hielt an. Sidney sprang aus dem Wagen, ging in die Zelle, warf schon mal Geld ein, hörte den Ton und beobachtete dann den LKW. Klaus Schimanek überprüfte noch einmal den Sicherheitsgurt, setzte sich einen Sturzhelm auf – eine Vorsichtsmaßnahme, die er etwas lächerlich fand, aber Jörg hatte darauf bestanden –, dann ließ er den Wagen auf die Litfaßsäule zurollen. Kurz davor knallte er mit dem Fuß ins Gaspedal. Um Punkt zehn Uhr stand ein Wagen der US-Army mit zerknautschter Schnauze vor der Litfaßsäule mit der Zigarettenwerbung ›Let's go West‹.
Klaus Schimanek war nichts passiert. Er fühlte sich großartig. Im Wagen zog er den Helm ab und sprang dann raus. Ursprünglich hatte man daran gedacht, den Wagen umzukippen, aber erstens war das zu kompliziert und zweitens fand Klaus Schimanek, man sollte die Reparaturkosten für seinen Vater doch nach Möglichkeit in Grenzen halten.
Sidney wählte nun die Nummer des Deutschen Roten Kreuzes. Er wartete nicht ab, bis der Typ am anderen

Ende der Leitung sich vorgestellt hatte. Er redete sofort in gebrochenem Deutsch los: »Ich US-Army-Unteroffizier. Unfall in Marienstraße. Mannschaft geflohen.«
»Da müssen Sie 112 anrufen, dafür sind wir nicht zuständig.«
»Nein, kein normaler Unfall. Neutronenbomb. Du verstehen? Bombe undicht geworden.«
»Ja, äh hm, da müssen Sie wohl mit der Feuerwehr... oder können Sie das nicht selber reparieren?«
»O man! Nein, nix reparieren. Mannschaft geflohen. Angst vor Neutronen. Du verstehen? Sie rennen aus Gefahrenzone. Es gibt eine Katastrophe jetzt!«
»Ach, Katastrophenalarm! Ja, das kann ich nicht entscheiden. Warten Sie mal, da muß ich Sie mit dem Kreisbereitschaftsführer verbinden.«
Die Leitung war jetzt ein gutes Weilchen tot. Sidney kratzte sich nervös am Hals. Das konnte doch nicht wahr sein! Dann meldete sich die Stimme wieder.
»Hallo, hören Sie? Sind Sie noch da?«
»Ja, aber nicht mehr lange, dann können Sie mich mit dem Staubsauger von der Straße auflesen.«
»Vielleicht wäre es besser, wenn Sie sich an das Technische Hilfswerk wenden ... ich meine, damit diese Bombe wieder repariert werden kann. Obwohl, eigentlich ist für solche Sachen die Feuerwehr...«
»Mensch, da ist nichts zu reparieren. Es handelt sich um eine Nuklearbombe, da knallen in jeder Sekunde Billionen von Neutronen raus.«
Er bemerkte, daß sein Deutsch eigentlich zu glatt war, aber irgendwie mußte er doch erklären können ... die Aktion durfte nicht daran scheitern, daß keiner zuständig war.
»Nun geben Sie mir schon endlich ihren Kreisbereitschaftsführer!« Er begann zu brüllen.

»Ja, das ist ja eben das Problem.«
»Wie, das Problem?«
»Ja, ich erreich' den nämlich nicht.«
»Waaas? Ich denke, der ist Bereitschaftsführer, dann wird er doch wohl bereit sein!«
»Ja, wissen Sie, das ist ein ehrenamtlicher Posten. Wenn wir nicht unsere vielen ehrenamtlichen Helfer hätten, dann...«
»Verdammt, jetzt reicht's mir aber! Hier sterben in ein paar Minuten die ersten Menschen!«
»Nun regen Sie sich doch erst mal ab. Es wird nichts so heiß gegessen, wie es gekocht wird.«
Sidney hängte auf. Er kramte zwei Groschen aus der Tasche und versuchte es noch einmal. Diesmal bei der Polizei.
»Guten Tag. Ich will einen schweren Unfall melden. Eine Neutronenbombe ist...«
»Langsam, langsam, junger Mann. Sie wollen also einen Unfall zu Protokoll geben? Nun gut. Wie heißen Sie?«
Sidney war verdutzt. Damit hatte er nicht gerechnet. Schnell erfand er einen Namen für sich: »Miller. Steve Miller.«
»Miller mit zwei ll?«
»Ja, Herrgott, hören Sie doch, hier ist eine Neutronenbombe...«
»Wohnhaft?«
»Wie?«
»Wo wohnen Sie?«
»Bachstraße 17. Hier in der Marienstraße ist ein LKW der US-Army verunglückt. Im Fahrzeug befanden sich nukleare Waffen. Neutronenbomben. Die sind in Mitleidenschaft gezogen worden. Es ist nicht auszuschließen, daß eine nukleare Verseuchung stattfinden wird.«
»Oh.«

»Jawoll!«
»Waren Sie Augenzeuge des Unfalls?«
»Nein, ich war der Fahrer.«
»Gab es Verletzte?«
»Nein, aber es wird gleich Tote geben, wenn nicht...«
»Wurden andere Fahrzeuge in den Unfall verwickelt?«
»Ist Ihnen klar, daß wir vor einer Katastrophe stehen? Die Menschen werden gleich im Umkreis von mehr als zwei Kilometern sterben.«
»Na, das können Sie doch wohl nicht beurteilen. Da werden wir gleich mal einen Streifenwagen vorbeischikken, die Herren werden sich dann selbst überzeugen und vor Ort entscheiden, was zu geschehen hat.«
»Das kann nicht Ihr Ernst sein. Es muß doch fertige Pläne dafür geben, was zu passieren hat, wenn eins dieser Fahrzeuge verunglückt, die täglich mit dem Nuklearscheiß durch die Straßen fahren.«
»Ach, Sie stellen sich das so einfach vor. Natürlich haben wir Katastrophenpläne, aber man kann nicht alles vorher wissen. Hochwasser, ja, da könnte ich Ihnen sofort... aber Nuklearwaffen, nee, so etwas ist bisher noch nicht vorgekommen. Da sind Sie der erste. Sie machen sich doch hoffentlich keinen Scherz mit mir!«
So schwierig hatte Sidney sich die Sache nicht vorgestellt. Vielleicht schöpfte der Typ ja schon Verdacht und hielt ihn deshalb mit solchen Sprüchen hin.
»Haben Sie denn schon Ihre Einheit verständigt?«
»Nein!«
»Warum nicht?«
»Weil dafür noch keine Zeit war.«
»Das sollten Sie aber jetzt tun, während Sie auf unseren Streifenwagen warten. Wo standen Sie noch?«
»Ich werde nicht hier warten. Ich haue jetzt ab. Ich habe doch keine Schutzkleidung.«

Er fand, daß er seine Arbeit gemacht hatte. Er verließ die Telefonzelle und rannte zu dem Platz, wo er dann gemäß der Absprache zusammenbrechen sollte.
Inzwischen hatte sich die Einkaufsstraße gefüllt. An verschiedenen Stellen begannen Leute gleichzeitig zu husten, sich zu recken und dann zusammenzubrechen. Sie hielten sich mit den Händen die Hälse, als wollten sie sich selber würgen, und blieben nach einer kurzen Zeit regungslos liegen. Nur die Augen schienen weiterhin funktionsfähig zu sein.
Auch in den verschiedensten Kaufhäusern und Boutiquen sackten Menschen einfach so zusammen und blieben liegen. Aufruhr entstand. Alle Telefone waren plötzlich besetzt.
Ein Abteilungsleiter versuchte es mit Mund-zu-Mund-Beatmung. Ein Kaufhausdetektiv hielt das für eine großangelegte Finte der Kaufhausdiebe. Er würde natürlich nicht darauf reinfallen. Statt sich um die Umgefallenen zu kümmern, rannte er zu den Monitoren und beobachtete die Abteilungen mit den teureren Sachen. Schmuck, Pelze, Fotoapparate. Und er hatte recht. Tatsächlich wurde die Verwirrung von einigen Leuten ausgenutzt. Es war zwar nicht geplant, aber sie schlugen in der Schnapsabteilung kräftig zu. Genau diese Abteilung war seiner Aufmerksamkeit entgangen.
Es gab nicht so viele Krankenwagen, wie jetzt gerufen wurden. Es war zehn Uhr fünfzehn. Signal für die Ärzte der Friedensbewegung, einige Kollegen anzurufen. Da alles so gut durchgetimt war, brauchte Eckehardt Reuter mit seinem Funkgerät noch gar nicht in Erscheinung treten. Er sammelte lediglich die Erfolgsmeldungen der einzelnen Gruppen. Fünf Ärzte der Friedensinitiative riefen nun jeweils einen wichtigen anderen Kollegen an und erklärten ihm fassungslos, sie seien sich sicher, ein

Strahlenopfer in ihrer Praxis zu haben. Dies war nötig, um genügend anderen Ärzten den Weg zu einer solchen Diagnose zu öffnen. Aber es reichte auch aus, um einige Chefärzte dazu zu bringen, ihre Krankenwagenfahrer zu informieren.
›Nukleare Strahlungen. Also Vorsicht.‹
Nachdem diese Information durch war, fuhr vom katholischen Krankenhaus nicht mehr ein einziger Wagen ab. Im Gegenteil. Man funkte sogar noch hinter den Wegfahrenden hinterher, um sie zurückzuholen. Das Personal der Krankenwagen gab an, nicht lebensmüde zu sein und außerdem Familie zu haben. Sollte sich doch das THW oder das DRK oder die Feuerwehr oder die Bundeswehr drum kümmern.
Die anderen Krankenwagen fuhren auch nicht unbedingt zu den Einsatzstellen, an die sie gerufen worden waren. Einige Männer fuhren die Schulen ihrer Kinder an und holten die Kinder aus den überfüllten Klassenräumen. Andere fuhren zu Frauen und Eltern, um nach dem Rechten zu sehen.
Ein Amtsrat, ein Oberregierungsrat, zwei Bürgermeister und ein Oberbürgermeister wurden schließlich aus den verschiedensten Kanälen informiert, und einer von ihnen (hinterher wollte es keiner gewesen sein) löste den Katastrophenalarm aus. Die Sirenen jaulten einen ununterbrochenen Heulton von einer Minute. Die verschiedenen anderen Alarmsirenenzeichen, zum Beispiel der zweimal unterbrochene Heulton, waren erst vor kurzem abgeschafft worden. Es gab jetzt nur noch den einfachen Heulton, der den Bürgern sagen sollte: ›Schaltet eure Radios und Fernseher ein, gleich erfahrt ihr mehr.‹
Das hatte sich aber noch nicht bis zu allen durchgesprochen. So hielten viele diesen Heulton für den üblichen Probealarm. Aber die Leute, die neben sich andere um-

fallen sahen, glaubten nicht an Probealarm. Sie begannen zu kreischen und zu rennen. Binnen weniger Sekunden wurde die Situation auf der Einkaufsstraße hysterisch. Auch die Gruppe in der Zone zwei meldete schon bei Eckehardt Reuter, daß die Menschen in wilde Panik geraten waren.

Der Amtsrat, der Oberregierungsrat, die zwei Bürgermeister und der Oberbürgermeister zogen auch noch den Verwaltungschef hinzu und bildeten dann den Katastrophenschutzstab. Dieser Stab nun zog sich als erstes in den dafür vorgesehenen atomaren Schutzbunker im Kellergeschoß des Rathauses zurück. Von dort aus waren sie nun – ausgerüstet mit zwei Fernschreibern, einem Funkgerät und mehreren Telefonanlagen – bereit, das Leben der Bevölkerung zu schützen.

Und das sah so aus: Der Oberbürgermeister griff zum Telefon. Er überlegte nur kurz, dann wählte er eine Nummer und sagte knapp: »Schatz, ich kann dir das jetzt nicht erklären. Komm bitte sofort ins Rathaus. – Nein, du brauchst keine Rücksicht auf die Leute zu nehmen. Ja, ich dich auch ... Nein, nicht in mein Zimmer, ganz nach unten ins Kellergeschoß, Raum 012. Nein, du brauchst dich nicht erst zu frisieren. Bitte beeil dich. Fahr nicht durch die Innenstadt. Du mußt bereits am Stadtrand in die U-Bahn steigen. In der U-Bahn bist du sicher. Dann steigst du erst direkt vor dem Rathaus aus und rennst, so schnell du kannst, rein. *Hast du mich verstanden?* Nein, du wirst dir kein Taxi nehmen. Himmel Arsch und Zwirn, jetzt tu, was ich dir sage. – Es ist eine Bombe undicht geworden. Verkehrsunfall. Neutronen. Ist mir egal, ob du nicht verstehst, wie so was passieren kann! Ja, Liebling. Verzeih, Liebling. Natürlich, Liebling.«

Der Oberregierungsrat griff sich an den Kopf. »Mein Gott!«

»Legen Sie endlich auf! Ich habe auch Frau und Kinder!« schrie der Amtsrat.
Bruchteile von Sekunden später begriffen die anderen, daß sie ohnehin nur ein paar Leute retten konnten. Nicht mal für die Rettungsmannschaften gab es genügend Schutzräume. Sie stürzten zu den Telefonen. Der Oberbürgermeister hatte aufgelegt. »Meine Herren!« tönte er. »Ich darf Sie doch wohl um etwas mehr Disziplin bitten. In dieser schweren Stunde für unsere Stadt müssen wir alles tun, um . . .«
»Halt's Maul, du blöder Schwätzer. Jede Minute ist kostbar. Meine Jüngste ist erst fünf Monate alt.«
»Werden Sie nicht ausfallend, ja. Gewisse Höflichkeitsformeln . . .«
»Ja klar, Höflichkeitsformeln! Wer hat zuerst seine Frau angerufen?«
»Das war nicht meine Frau.«
»Ja, hat man gemerkt. Willst dir wohl in dieser trostlosen Zelle hier die Zeit mit deinem Betthäschen versüßen, hä! Und die Frau kann draußen ruhig krepieren. Scheidung auf amerikanisch.«
»Halten Sie Ihr freches!!! Das wird Konsequenzen für Sie haben!«
Der Amtsrat begann hysterisch zu lachen. »Der denkt immer noch, er hätte etwas zu sagen und Beförderungen würden noch eine Rolle spielen. Oder politisches Wohlverhalten. Aber das ist Quatsch. Wenn wir hier jemals wieder rauskommen, werden die Menschen – falls es noch welche gibt – uns steinigen.«
»Mensch, Mertens!« fauchte der Vertreter der Verwaltung. »Sie reden sich ja um Kopf und Kragen.«
Mertens' Lachen schlug plötzlich in Weinen über. Er brach heulend zusammen. Speichel tropfte aus seinem Mund, als er schrie: »Ihr seid ja alle wahnsinnig!«

»Die Kinder und Irmi und Jens! Vergiß Irmi und Jens nicht.«
»Hol auf jeden Fall noch Karsten und Michaela ab. Ach, was interessiert mich Tante Elli, die alte Ziege. Geh lieber rüber zu Joseph und rette seine Frau. Er ist ohnehin verloren. Weil er bei der Rettungstruppe ist, deshalb.«
»Moment mal!« brüllte der Oberbürgermeister. »Jeder ist sich selbst der Nächste. Ich weiß. Ich habe auch Verständnis! Aber unser Schutzraum ist nur vierundzwanzig Quadratmeter groß. Wir können hier nicht alle Mann mit Kind und Kegel...«
»Hauptsache, die Freundinnen kommen, oder was?«
»Vielleicht müssen wir hier drei Wochen aushalten. Ich weiß nicht mal, ob der Proviant für uns alle reicht.«
»Sollen wir unsere Frauen und Kinder etwa verrecken lassen?«
Jetzt drehte auch Bürgermeister Stahlschmidt durch. Er packte den Oberbürgermeister mit beiden Händen an der Gurgel, schüttelte ihn und brüllte: »Es gibt doch noch mehr Schutzräume! Wo sind die? Wo?«
»Lassen Sie mich doch los. Ich weiß es nicht! Ich sagte, ich weiß es nicht!«
»Wer weiß es denn?«
»Vermutlich die Leute, die die Eintrittskarten haben.«
Stahlschmidt ließ den Oberbürgermeister los.
»Und wer hat die Eintrittskarten bekommen?«
»Na, wir zum Beispiel. Alle, wie wir hier sitzen. Und jede Stadt hat einen Krisenstab und jeder Kreis, ist doch klar.«
Mertens hielt sich die Ohren zu und schrie: »Wahnsinnig seid Ihr! Wahnsinnig!«
Plötzlich begann der Fernschreiber zu arbeiten. Da tukkerte eine Meldung rüber. Die Männer starrten das Ding gebannt an, als ob die Lösung von dort kommen könnte.

Der Oberbürgermeister riß das Papier aus dem Gerät.
»Einheiten des Bundesgrenzschutzes sind unterwegs und der ABC-Dienst. Eintreffen in knapp zwanzig Minuten. Krankenhäuser nicht mehr aufnahmefähig.«
»Na endlich Hilfe.«
»Meine Frau kommt nicht von zu Hause weg. Sie liegt im Einzugsbereich der Strahlung. Aber bei ihr ist keine U-Bahn-Station. Sie ist verloren!« weinte der Oberregierungsrat.
»Noch nicht!« Jetzt setzte sich der Oberbürgermeister in Szene. Er nahm per Telefon Kontakt zum DRK auf. Dort war natürlich besetzt. »Kann jemand das verdammte Funkgerät hier bedienen?«
»Ich nicht.«
»Ich auch nicht.«
»Und warum steht das dann hier und nimmt Platz weg?«
»Weil man doch im Ernstfall nach draußen funken muß, um Kontakt zu den Rettungstrupps zu halten.«
»Verdammt noch mal, das ist doch zum ...«
»Jetzt ist die Leitung frei. Deutsches Rotes Kreuz? Ja, hier spricht der Oberbürgermeister. Sie müssen sofort einen Rettungswagen in die – wo wohnt ihr?«
»Kaiser-Wilhelm-Straße. Nummer 24.«
»In die Kaiser-Wilhelm-Straße Nummer 24 schicken. – Was heißt hier, ist Ihnen scheißegal, ob ich Oberbürgermeister bin oder nicht? Waaas – Sie schicken Ihre Leute nicht raus? Wieso Verantwortung? Draußen krepieren Menschen, die Ihre Hilfe brauchen und Sie sitzen da auf Ihrem fetten Arsch in völliger Sicherheit und trauen sich nicht raus? Sie Memme, Sie!
Herrgott, Schutzanzüge! Kann ich was dafür, daß Sie zu wenig haben? Nicht bewilligt, ach so. Ich soll aus der Leitung gehen, weil ich den Notruf blockiere? Dies ist ein Notruf. Also ich ... der Kerl hat aufgelegt.

Er sagte, daß er keine Rettungstrupps rausschickt, weil er nicht nur die Fahrzeuge, sondern auch die Mannschaft zurückhaben will, und zwar lebendig.«
Jetzt begann auch der Oberbürgermeister zu weinen.
»Geben Sie mir mal. Das THW. Den MAD. Die Bundeswehr. Die Amis. Die Feuerwehr. Die Polizei. Einer muß doch meine Frau retten können.«
»Hier, aus dem Ministerium des Innern, eine Botschaft vom leitenden Ministerialdirigenten im Fernschreiber!«
Wieder stürzten alle Männer hin.
›Jetzt in dieser schweren Stunde müssen wir uns alle unserer Verantwortung bewußt werden und zunächst mal Ruhe bewahren. Alle im Bundestag vertretenen Parteien verurteilten den Zwischenfall bereits energisch. Helmut Kohl schloß einen möglichen terroristischen Sabotageakt nicht aus, wofür er das antiamerikanische Klima in der Bundesrepublik verantwortlich machte. Jetzt sei es an der Zeit für die Bundesregierung, Farbe zu bekennen zum Atlantischen Bündnis.‹
»Das könnt ihr doch nicht machen! Wir wollen wissen, wo die anderen Schutzräume sind!«
›Regierungssprecher Becker wies die Vorwürfe des Oppositionsführers zurück und sagte: Man müsse den Sachverhalt erst genauer prüfen, bevor man zu einer abschließenden Beurteilung kommen könnte. Schon jetzt sei aber zu sagen, daß durch den selbstlosen Einsatz der Rettungstruppen und Hilfsorganisationen Zeichen christlicher Nächstenliebe gesetzt wurden. Kardinal Höpfner...‹
»So ein Wahnsinn.«
Über die anderen Fernschreiber lief nun ein weiterer Text: ›Die Bevölkerung soll nicht länger aufgefordert werden, in den U-Bahn-Schächten Zuflucht zu suchen, da diese hoffnungslos überfüllt sind. Es tritt bereits Sau-

erstoffknappheit ein. Der U-Bahn-Verkehr liegt völlig lahm, da Menschenmassen die Schienen blockieren. Es wird mit einer Massenhysterie in den Schächten gerechnet, weil von außen nachdrängende Menschenmassen die im Schacht Eingeschlossenen zu erdrücken drohen. Es gibt bereits Schlägereien und Ausschreitungen gegen Ordnungskräfte.‹

Jetzt sackte der Oberbürgermeister in sich zusammen.

»Mein Gott, Maria!«

Auch die anderen Männer begann zu weinen. Der Oberregierungsrat steckte sich eine Camel ohne an.

Sofort wurde er angeschnauzt: »Hier wird nicht geraucht! Wir werden die Luft noch brauchen.«

»Sie werden sich doch jetzt nicht mit mir streiten wollen, ob hier geraucht werden darf oder nicht?!«

»Doch, genau das will ich! Wir haben gerade erst gehört, wieviel Quadratmeter wir zur Verfügung haben. Wenn wir hier die nächsten Tage, vielleicht Wochen aufeinanderhocken, dann werden Sie wohl nicht erwarten, daß ich die ganze Zeit passiv mitrauche!«

Die Stimme des Verwaltungschefs überschlug sich. Er griff den Oberregierungsrat an. Niemand ging dazwischen.

Der Oberbürgermeister beugte sich wieder über den Fernschreiber. Mit seinen tränennassen Augen konnte er kaum etwas erkennen, aber dann fuhr er doch zusammen: »Was soll das heißen? Die Pfeifen haben die Bombe bisher gar nicht gefunden? So was hätten wir uns damals mal erlauben sollen. – ›Ein Bundeswehr-Sanitätsbataillon versucht zwei im äußeren Einzugsgebiet der Strahlen befindliche Krankenhäuser zu evakuieren.‹

Das ist die Chance. Die können meine Frau abholen. Das sind tapfere Jungens. Die haben nicht gleich bei ein paar Neutronen die Hose voll.«

»Da hämmert jemand gegen die Tür.«
»Machen Sie auf!«
»Ich bin doch nicht wahnsinnig.«
»Warum nicht? Vielleicht ist es meine ...«
»Und vielleicht sind es die, die nicht mehr in die U-Bahn-Schächte passen. Eine hysterische, mordlüsterne Menschenmenge. Sie werden uns erdrücken und erschlagen und um diesen Platz hier kämpfen.«
Die Schläge gegen die Tür wurden lauter.
»Machen Sie auf! Ich bin's, Erwin! Ihr Funker. Machen Sie doch auf, verdammt.«
»Haben Sie das gehört?«
»Ja.«
»Ich glaube nicht, daß wir einen Funker haben.«
»Wieso nicht? Wir haben doch auch ein Funkgerät.«
»Und wenn das ein Trick ist? Wenn da nicht ein Funker hinter der Tür steht, sondern eine irre verängstigte Meute?«
Der Amtsrat faßte sich. Er bemühte sich, ohne das schreckliche Vibrieren in der Stimme einen klaren Satz zu sprechen. Er bekam auch noch einen Schlick.
»Ich ... ich kenne den Jungen. Er ist Verwaltungslehrling und hat einen Sonderlehrgang gemacht. Er ist tatsächlich als Funker für den Katastrophenstab eingeteilt.«
»Na also.« Der Oberbürgermeister wollte ihm öffnen.
Mit einem Schrei warf sich der zweite Bürgermeister gegen die Tür.
»Das glaub' ich nicht. Das glaub' ich nicht. Das ist ein mieser kleiner Trick. Sie werden uns töten. Sie werden uns töten. Sie werden uns die Verantwortung dafür geben, daß es nicht genug Schutzbunker gibt. Sie werden uns foltern, bis wir die Adressen der anderen Bunker preisgeben.«

»Aber wir wissen doch gar nicht, wo ...«
»Ich will nicht sterben. Nicht sterben. Heilige Maria, die du bist im Himmel, geheiligt werde dein Name! Dein Name, Dein Reich komme, wie im Himmel so auch auf Erden. Nicht sterben. Nicht, bitte! Maria!«
»Machen Sie die Tür auf, wir brauchen den Funker. Die Telefonleitungen sind alle blockiert.«
»Und die Neutronen? Was ist damit, bleiben die außen davor oder wie?«
Mertens brüllte schon wieder.
»Soll das heißen, wir kommen hier nicht mehr raus und keiner zu uns rein?«
»Es muß auch dafür eine technische Lösung geben. Unsere Familien! Wenn jetzt jemand durchkommt, wir können ihn doch nicht vor der Tür verrecken lassen! Oh mein Gott!«
»Natürlich gibt es eine technische Lösung. Die sollte auch nächste Woche eingebaut werden. Wir hatten baupolizeiliche Probleme, außerdem muß erst der Aktenkeller umgebaut werden, weil wir den Raum dazu brauchen. Und wie Sie wissen, meine Herren, ist der eh zu klein und völlig überfüllt!«
»Ihr Scheißbürokraten!«
Die Männer saßen jetzt stumm auf dem Boden vor den leeren Stühlen. Ein Fernschreiber tickerte weiter. Der Oberbürgermeister verlor das Bewußtsein.

Annie lag zitternd auf dem Bett. Ihre Nerven hatten die letzten Stunden nicht mehr verkraftet. Das Chaos in den Straßen. Die schreienden Menschen in den U-Bahn-Schächten und die sich prügelnden Leute davor. Dann die Typen der Friedensinitiative mit ihren Flugblättern. Und die Wut der Menschen. Hemmungslos droschen sie auf die Organisatoren dieses Spiels ein. Einige wurden schwer verletzt, und noch war nicht klar, ob zum Beispiel ›Horrorecki‹ mit dem Leben davonkommen würde. In einigen Krankenhäusern kam es angeblich zu körperlichen Auseinandersetzungen zwischen Pflegern, Ärzten und scheinbaren Strahlenopfern.
Und dann erst die Pressekonferenz. Erst kam niemand, weil der Konferenzsaal noch im angeblichen Strahlengebiet lag. Dann, nachdem der Ort verlegt worden war, kamen die Journalisten. Jörg versuchte ihnen den Sinn der Aktion zu erklären. Danach sollte Ilse Kempowski eine Erklärung der Initiative verlesen. Dazu kam es nicht mehr. Jörg wurde beschimpft. »Schwein! Verbrecher! Perverse Sau!« Er wurde tätlich angegriffen. Er, der Muskelmann, wehrte sich nicht. Er ließ sich von schmalbrüstigen Jüngelchen verdreschen und beschimpfen. Dann ihre gemeinsame Flucht. Sie hatte die Schuhe einfach weggeworfen, um schneller laufen zu können. Ilse Kempowski fiel mehrfach hin. Sie rannten zurück, halfen ihr auf. Kein Taxi zu bekommen. Der Verkehr war überall zusammengebrochen. Sie flüchteten sich in die Wohngemeinschaft, weil sie die am schnellsten erreichten. Die verängstigten, geprügelten Gesichter dort. Weinen. Nervenzusammenbrüche. Schreie. Schließlich Polizeibeamte zusammen mit empörten Bürgern an der Tür: »Aufmachen, oder wir schlagen die Tür ein!«

Der Sprung aufs Garagendach. Die Hautabschürfungen an der Hand. Das schmerzende Knie. Die Bierdose – wie sie gegen Jörgs Hinterkopf krachte. Das Rennen durch die Stadt. Angerempelt werden. Hinfallen. Weiter. Und jetzt endlich in der eigenen Wohnung. Sie fror und zitterte und heulte Rotz und Wasser.
Ilse Kempowski hockte kreidebleich, die Knie ans Kinn hochgezogen, in einem Wohnzimmersessel, der plötzlich viel zu groß für sie war. Sie wünschte sich ein winziges Stückchen Erde. Ein warmes Fleckchen, wo sie niemand sehen, berühren oder ansprechen konnte. Sie wünschte sich weit weg von dieser Welt. Sie starrte vor sich. Sah nichts Bestimmtes, starrte nur so, weil sie zu nichts anderem mehr fähig war.
Jörg riß sich immer noch zusammen.
»Ich hol' uns was zu trinken«, sagte er tonlos. Und bemühte sich, gerade und aufrecht zum Kühlschrank zu gehen. Bis dort schaffte er es auch noch, dann schüttelte ihn ein Weinkrampf, er hielt sich am Kühlschrank fest und glitt langsam daran runter. Er saß dann mit dem Rücken gegen den Kühlschrank gelehnt auf dem Boden und schämte sich seiner Tränen nicht länger.
»Es ist aus. Alles aus. Oh, was bin ich für ein Idiot!«

Goldie amüsiert sich

Als Goldie zwischen frischen Brötchen, selbstgemachter Himbeermarmelade und duftendem Kaffee die zusammengefaltete Tageszeitung sah, griff er sofort hin, denn Jörg Stautes Bild erregte sein Interesse. Ungläubig, aber höchst amüsiert las er den Bericht, der mit vier weiteren Fotos von größeren Menschenansammlungen gespickt war. Dazu zwei Kommentare auf der ersten Innenseite

und ein Hintergrundbericht mit Stellungnahmen der Politiker. Die Geschichte nahm gut zwei ganze Zeitungsseiten ein.
Er küßte und streichelte seine Kinder, ermahnte sie, in der Schule gut aufzupassen und rieb sich siegessicher die Nasenwurzel: »Das war's dann ja wohl, Jörg Staute.«

Am Matterhorn

Der erste Anruf kam von Tante Frieda, die sofort loskeifte: »Wie konntest du mir das antun. Ich bin jetzt blamiert. Hast du denn dabei überhaupt nicht an mich und deine Frau gedacht?«
Ilse Kempowski bereitete das Frühstück. Annie stand unter der Dusche, da rief ein Mensch an, der sich nicht vorstellte und brüllte: »Kommunistenschwein! Dir werden wir auch eine Bombe unter den Arsch legen. Aber unsere Dinger funktionieren.«
Zwei Minuten später weinte Melanie in den Hörer: »Wie geht es dir? Ich habe die ganze Nacht vor dem Fernseher verbracht. Ich habe jede Meldung mitbekommen. Haben sie dich zusammengeschlagen? Warum hast du das gemacht?«
Goldie wollte sich ebenfalls erkundigen, ...und dann rief William Schmidt-Rudolf persönlich an. Er bedauerte die Vorfälle und machte Jörg den Vorschlag, erstmal Urlaub zu machen. Am besten ganz weit weg.
Der Gedanke, jetzt einfach alles stehen und liegen zu lassen und einfach abzuhauen, gefiel Jörg gut, trotzdem fragte er: »Und was wird aus der Entführung?«
»Mach dir darüber keine Sorgen, alter Junge. Es war deine Idee. Es wird genau so laufen, wie du vorgeschlagen hast. Um die Einzelheiten brauchst du dich nicht zu

kümmern. Dafür haben wir Leute. Von dir wollen wir nur Ideen. Also, schalte mal ab. Mach Urlaub.«

Annie kam, in ein riesiges Badehandtuch eingewickelt, aus der Dusche.

»Jetzt geht es mir schon wesentlich besser. Solltest du auch machen.«

»William schlägt vor, ich soll erstmal Urlaub machen.«

»Frühstück ist fertig!« rief Ilse aus der Küche.

»Au ja, Schatz. Laß uns das machen. Wir hauen erst mal ab!«

Wieder klingelte das Telefon. Madame Isolde. »Ich wußte schon lange, daß Sie ein mieser, kleiner, perverser Verbrecher sind.«

Jörg erkannte die Stimme nicht. Aber es reichte ihm. Er riß mit einem Ruck das Telefonkabel aus der Wand. Dann setzte er sich an den Frühstückstisch.

Ilse Kempowski war von der Idee gar nicht begeistert.

»Jetzt, da unsere Initiative ihre härteste Zeit hat, könnt ihr euch nicht einfach verziehen. Die meisten unserer Mitglieder liegen im Krankenhaus oder sind zumindest verletzt worden. Angeblich sind noch gestern über 300 fotokopierte Haftbefehle rausgegangen.«

Jörg und Annie blickten sich entgeistert an. Haftbefehle. Daran hatten sie noch gar nicht gedacht. Natürlich würde man Jörg festnehmen. Ein Wunder, daß noch niemand da war. In der Zeitung war auch davon die Rede, daß die Friedensinitiative eine kriminelle Vereinigung sei. Sie standen gleichzeitig auf.

»Du kannst gerne in unserer Wohnung wohnen, falls du Angst hast, in deine zu gehen. Du kannst auch gerne mit uns mit...«

»Nein. Ich bleibe hier, bei der Initiative. Ich kann das nicht so einfach wie ihr. Abhauen liegt mir nicht. Die Dinge holen einen doch immer ein.«

Fluchtartig verließen sie die Wohnung. Sie packten nichts. Sie steckten nur Personalausweise und Schecks ein.
Sie nahmen sich ein Taxi zum nächsten Dagobert-Kaufhaus. Der Taxifahrer guckte Jörg kritisch an und sagte dann: »Sind Sie nicht der Spinner, der gestern...«
»Nein, bin ich nicht. Man verwechselt mich häufig mit diesem Menschen.«
Der Taxifahrer atmete erleichtert auf. »Dann ist ja gut. Den Irren hätte ich nämlich nicht gefahren. Höchstens ein paar heiße Ohren kann der sich bei mir abholen. Drei von unseren Autos sind gestern beschädigt worden. Einen unserer Fahrer haben sie am Kreuz einfach aus dem Auto geholt, sie haben ihm ein paar in die Fresse gehauen, und dann sind die mit unserem Wagen geflüchtet. – Na ja, man kann den Leuten keinen Vorwurf machen. Die haben eben die Panik gekriegt. Aber die Verbrecher, die das organisiert haben, die gehören aufgehängt. Sind doch keine echten Mitglieder der menschlichen Gemeinschaft mehr. Aber unsere Regierung ist ja viel zu lasch. Die mit ihren Reformen. So ein kleiner Adolf fehlt uns. Nur so ein kleiner. Der würde aufräumen mit der ganzen Bande.«
Zum Glück war der Weg nicht weit. Jörg schwieg verbissen. Wenn die Stimmung jetzt überall so war, dann wurde es wirklich Zeit, daß sie aus dem Land kamen, bis Gras über die Geschichte gewachsen war.
Sie gingen sofort in die Reiseabteilung.
Natürlich erkannten sie Jörg sofort, aber sie waren freundlich und höflich, denn er war ein hohes Tier für sie. Einer, der den Bleistift hatte.
»Wir suchen etwas ganz Ruhiges. Am besten weit abgelegen. Ohne Autos und Verkehr und so«, sagte Annie.
Das Mädchen im Reisebüro sprudelte sofort los: »Da

habe ich, glaub' ich, genau das Richtige für Sie. Zermatt. Ein bekannter Luftkurort in der Schweiz. Genauer gesagt, im Kanton Wallis an der Mattervisp. Zermatt liegt 1616 Meter über dem Meer. Saubere Luft. Nicht eine Fabrik, und: Autofahren ist dort verboten. Man muß die Autos unten im Tal lassen und dann mit einer Bergbahn hoch.«

»Das klingt wirklich gut.«

»Sie haben eine großartige Sicht aufs Matterhorn. Zermatt liegt am Fuße des Matterhorns. Mit einer Zahnradbahn können Sie zum Riffelberg oder zum Gornergrat.«

»Schon gut, schon gut. Wir nehmen es. Erst mal für zwei Wochen.«

Nervös trommelte Jörg mit den Fingern auf der Tischplatte herum. Er konnte jetzt nicht schnell genug wegkommen.

»Wollen Sie mit dem Zug oder mit dem eigenen Auto ... Sie können auch erst bis Genf fliegen und dann ...«

»Nein, wir wollen ein Auto mieten und dann damit ...«

Den Gedanken, mit vielen anderen Leuten einen Zug zu teilen, fand Jörg unerträglich. Auch ein Flugzeug war nicht drin. Nichts mit großen Menschenansammlungen. Allein mit Annie in einem abgeschlossenen Raum. Zum Beispiel in einem Auto. Das war noch vorstellbar. Aber auch nicht der eigene Wagen. Es mußte schon ein Leihwagen sein.

»Soll ich Ihnen einen Wagen besorgen?«

»Ja.«

»Für wann?«

»Sofort.«

»Wie?«

»Wir wollen jetzt sofort losfahren. Oder geht das nicht?«

»Natürlich geht das, Herr Staute.«

Während das Fräulein telefonierte, flüsterte Annie in

Jörgs Ohr: »Sollen wir uns rasch hier Bergkleidung besorgen? Du brauchst hier doch nichts zu bezahlen.«
»Meinetwegen«, sagte Jörg. »Aber schnell.«
Annie ging schon rauf in die Sport- und Freizeitabteilung. Jörg zahlte die Zermattreise mit dem Bleistift und ließ sich die Wagenpapiere und Schlüssel geben. Eine andere Karte war fürs Hotelzimmer.
»Und es gibt dort wirklich nicht mal Autos?«
»Nein. Gibt es nicht. Ein Naturparadies. Sie werden sich bestimmt gut erholen.«
»Danke.«
Jörg sprintete hinter Annie her. Praktisch wie sie war, kaufte sie zunächst zwei Lederkoffer, und dann füllte sie die. Sie war noch lange nicht fertig, als Jörg schwitzend und von einem Fuß auf den anderen tretend sagte: »Laß uns abhauen. Ich halte das nicht länger aus. Alle starren uns an.«
»Sofort, Schatz. Laß mich nur noch diese Trachtenjacke anprobieren.«
Annie lenkte den Wagen. Jörg war zu fertig. Er hatte sich am Zeitungsstand mit Zeitungen eingedeckt. Jetzt saß er stumm neben Annie und las.
Er war schon einmal zum Clown gemacht worden, als er die Trikotwerbung für Pfarrer einführen wollte, aber die Zeitungen redeten jetzt von ihm wie von einem geisteskranken Verbrecher. ›Offensichtlich Geistesgestörter... stadtbekannter Narr... Friedensinitiative, die diesen Namen nicht verdient... Terror-Staute... Größenwahnsinnige Aktion... menschenverachtende Geisteshaltung... Gestörtes Verhältnis zur Realität!‹
Annie fuhr noch einmal an ihrem Haus vorbei. Sie wollte nicht mehr rauf. Nichts mehr mitnehmen. Es war nur so eine vage Ahnung. Und tatsächlich. Vor der Tür standen zwei Einsatzwagen der Polizei.

»So viel Aufwand, um uns hoppzunehmen. Mein Gott, müssen wir gefährlich sein.«
»Werden wir überhaupt über die Grenze kommen?«
»Mit ein bißchen Glück.«
»Glück! Glück! Wenn man sich schon darauf verlassen muß!«
»Was willst du dann? Ausweise fälschen?«
»Liefert die Schweiz an die Bundesrepublik aus?«
»Bestimmt. Aber ich will verdammt noch mal jetzt nichts wissen.«
Sie fuhren stumm weiter. Sie kamen unkontrolliert über die Grenze – und dann, in den Bergen: diese gewaltige Weite, der freie Blick. Mitten durch die Wolken zu fahren. Die schmalen geschwungenen Straßen über den Paß. Wenn ein Auto ihnen entgegenkam, mußten sie rückwärts bis zu einer Einbuchtung. Neben sich Eisberge. Wie Mauern begrenzten sie den Straßenrand. Zwei, vielleicht drei Meter hoch. Plötzlich Bäche auf der Fahrbahn. Abgebrochene Eiszapfen, zentnerschwer. Eine Gegend, in der man jede Minute damit rechnen konnte, daß plötzlich ein Waldschrat auf die Straße trat, Landschaften, in denen sich Zwerge, Trolle und Feen bewegten. Langsam kehrten innere Ruhe und Gelassenheit für die beiden zurück. Hier in den zerklüfteten Bergen, in dieser wilden Landschaft, da hatten die Gesetze keine Gültigkeit, so zumindest empfand Annie es. Undenkbar, daß hier jemand verhaftet wurde. Hier war man nicht abhängig vom Wohlverhalten. Hier war man nur der Natur ausgeliefert und sonst nichts und niemandem.
Sie atmete tief.
Sie übernachteten in einem Berghotel. Ein altes, ehrwürdiges Haus. Mit offenem Kamin und knarrenden Dielen.

Sie aßen ein Schweizer Käsefondue und tranken dazu eine Flasche Heidelbeerwein. Sie schliefen in einem hundert Jahre alten Bett und hörten nachts den Wind und die Holzwürmer.
Zum Frühstück nahmen sie Müsli mit Rahm und kamen sich vor wie die alternativen Gesünderleben-Freaks.
Sie erreichten den letzten Parkplatz vor Zermatt gegen Mittag. Von dort aus führte die Bergbahn weiter nach oben. Sie lösten zwei Karten und warteten gespannt.
»So hoch, daß man mit dem Wagen nicht hin kann!« lachte Annie.
»Man darf dort gar nicht mit dem Auto fahren – wegen der Abgase.«
»Sieh dich nur um, dieses Panorama. Und diese Luft.«
Die Bahn kam, und etwa vierzig Leute stürmten aus einem kleinen Wartehäuschen heran und bevölkerten den Wagen. Trotzdem erwischten Annie und Jörg einen Fensterplatz. Manchmal konnten sie gar nicht runterschauen, so tief klaffte unter ihnen der Abgrund und so schräg tuckerte die Bahn dahin. Immer wieder zwischen den grünen Pflanzen Eis und Schnee. An einer besonders steilen Stelle, dazu noch in einem Tunnel, blieb die Bahn plötzlich mit knirschenden Zahnrädern stehen.
Ein »Huch« und ein »Oh, was ist denn da los!« ging durch die Reihen. Langsam bewegte sich die Bahn rückwärts.
»Papa, stürzen wir jetzt ab?«
»Sei ruhig!«
»Papa, ich muß das aber wissen.«
»Du sollst ruhig sein.«
»Weil nämlich, wenn man abstürzt, dann soll man sich die Ohren zuhalten, hat der Gert gesagt.«
»Fahrer! Was ist denn?«
»Sollen wir aussteigen oder was?«
»Besser nicht.«

Wieder ruckte die Bahn ein Stück zurück.
»Ich hab' dir gleich gesagt, ich will Urlaub am Meer machen! Aber du immer mit deinen blöden Bergen. Das haben wir jetzt davon!«
»Franz, hol den Flachmann raus.«
»Mama, ich hab' Angst.«
»Guckt mal da runter. Ich bin doch nicht blöd. Ich steig aus.«
»Ja, aussteigen!«
Die ersten Fenster wurden aufgerissen, da ruckte die Bahn vorwärts weiter. Auch Annie atmete auf, schloß die Augen, die ihr von der langen Autofahrt schmerzten, und lehnte sich einen Moment an Jörg an. Sie döste kurz ein. Geweckt wurde sie von Autohupen. Sie fuhr zusammen.
»Sind wir wieder runtergefahren?«
»Nein, mein Schatz. Ganz im Gegenteil. Wir sind oben.«
»A... aber der Ort ist ja hoffnungslos überlaufen! Und was sind das für komische Autos?«
»Das sind Elektrofahrzeuge. Hier darf man wegen der Abgase nicht mit Benzin fahren.«
Das erste Gebäude vor ihnen war eine Bank. Daneben ein Schmuckgeschäft. Eine Herrenboutique. Eine Nachtbar. Eine weitere Bank. Ein Hotel mit Restaurant. Ein Andenkengeschäft. Eine Pizzeria. Ein Hotel. Ein Skihotel. Ein Nobelhotel. Eine Pension. Ein Kaufhaus. Eine Bäckerei. Ein Andenkengeschäft. Eine Bank.
Bürgersteige gab es entweder nicht, oder sie waren zu schmal, so daß sich die Menschen auf der Fahrbahn für die Elektroautos bewegten. Da diese jedoch besonders umweltfreundlich konstruiert waren und daher fast lautlos dahinglitten, konnte man sie nicht hören, wenn sie einem von hinten in die Hacken fuhren. Um diesen

Nachteil auszugleichen, hatten sich die Fahrer angewöhnt, mindestens alle fünf Meter die Hupe zu drücken und ›Achtung‹ zu schreien. Einige riefen auch ›Attention please!‹ Der Ort schien zu einer hysterischen amerikanischen Kolonie geworden zu sein.

»Und hier wollten wir ruhige Ferien machen. Ohne jede Hektik und ganz streßfrei. Hier muß man Beruhigungspillen nehmen, wenn man über die Straße gehen will.«

Eine Amerikanerin rempelte Jörg an und hastete dann mit ihrem Hut, der einem Blumenbeet ähnelte, Plastiktüten schwingend, weiter.

»Bloß schnell weg!« rief Jörg Annie zu. Es war so laut, daß er brüllen mußte.

Sie fanden ihr Hotel ein paar Straßen weiter.

Sie legten sich angezogen auf die Betten, und ihnen war zum Heulen zumute. Durchs Fenster konnte man tatsächlich das schneebedeckte Matterhorn sehen. Eine kahle, dreieckige Speerspitze, dem Tourismus trotzend. Doch irgendwann würden auch dort oben gutgeheizte Hotels stehen. Falls man nicht den Berg einfach abtragen und in einem geologischen Museum wieder aufbauen würde.

»Immerhin ist das Hotel erstklassig.«

»Eine kleine Bauernpension wäre mir lieber gewesen.«

Sie machten ein Nickerchen und gingen dann unten im Restaurant des Hotels essen. Sie wollten nicht wieder auf die Straße. Doch die volle Speisekarte gab es nicht. Dafür war es noch zu früh.

Sie bestellten sich jeder eine Currywurst mit Beilage, weil sie Appetit auf etwas Herzhaftes hatten. Sie bekamen eine gekochte Weißwurst mit Nudeln in Maggisoße. Jörg schob das Essen schon nach dem ersten Bissen von sich. Annie versuchte noch einen zweiten runterzuwürgen. Doch da nutzte auch der Gedanke nichts, daß es

viele hungernde Menschen in der Welt gab, die sich über so ein Mahl gefreut hätten. Sie tranken ein Bier und einen Aquavit und riefen nach der Rechnung. Als der Kellner sich erdreistete zu fragen: »Hat es Ihnen geschmeckt?« antwortete Jörg: »Treiben Sie es nicht bis zum Äußersten!«
Dann gingen sie beide aufs Zimmer. Sie waren zu müde, um noch miteinander zu schlafen.

Hektographierte Haftbefehle

Ilse Kempowski wurde in der Wohnung der Stautes verhaftet. Mehr als 5000 Leute wurden in der gesamten Bundesrepublik den Haftrichtern vorgeführt. Gegen vierhundert wurde auch Haftbefehl erlassen. Zu ihnen gehörte Ilse Kempowski. Im Flur des Polizeipräsidiums begegnete ihr der Amateurfunker Eckehardt Reuter. Er sah schlimm aus. Mullverband am Kopf und an den Schultern. Ein blaugrünes Auge. Seine gute Laune schien er immer noch nicht verloren zu haben: »Weißt du, wie sie mich hier nennen, Ilse?« brüllte er durch den Flur.
Schnell wurden sie aneinander vorbeigeführt. Doch Ecki drehte sich im Griff des Polizisten noch einmal halb um und rief: »Horrorecki!« Schon beim ersten Verhör wurde Ilse Kempowski klar, was die wollten. Sie wurden nicht mit der Struktur der Friedensbewegung fertig. Sie brauchten einen verantwortlichen Vorsitzenden. Einen Rädelsführer. Einen Andreas Baader der Friedensbewegung. Einen, den sie dann exemplarisch fertigmachen konnten. Denn des Volkes Zorn kann am besten gelenkt werden, wenn man ihm Figuren gibt, die es hassen darf. Mit Bewegungen ist das immer etwas schwieriger.

Sie merkte auch, daß Jörg Staute diese Figur war. Denn alle Fragen gingen in eine Richtung: »Wessen Idee war es?«
Sie überlegte nicht lange. Jörg durfte nicht zum Märtyrer werden. Er hatte politisch nicht genug drauf. Er würde bereuen, umkippen. Sie sah auch ein, daß die Aktion falsch war. Aber sie sah für sich die Chance, den Gerichtssaal zum Tribunal gegen die atomare Aufrüstung zu machen.
Sie legte ein volles Geständnis ab. Nur die Namen der an der Aktion Beteiligten verschwieg sie.
Als sie nach dem Verhör in ihre Zelle gebracht wurde, fühlte sie sich erleichtert, frei – als könnte sie fliegen. Der Katzenjammer kam erst nachts, als sie sich einsam fühlte und unter der Pferdedecke zu frieren begann.

Geiselnahme

Am nächsten Tag gegen 16 Uhr gingen eine Prinzessin und ihr Verlobter im Kaufhaus Dagobert mit Einkaufstüten spazieren. Die Prinzessin trug ein weißes Rüschenkleid bis zu den Knien und dazu weiße Stöckelschuhe. Sie war von einem Maskenbildner so geschminkt worden, daß bei einer Fernsehübertragung in gleißendem Scheinwerferlicht ihre Nase nicht glänzen würde. Ihr Begleiter trug einen sportlich geschnittenen Einreiher.
Zwei auffällig unauffällig gekleidete Männer näherten sich ihnen. Plötzlich zog der eine einen Trommelrevolver und schnauzte: »Pfoten hoch. Das ist ein Überfall.«
Der andere Kerl packte aus seinen Plastiktüten eine Maschinenpistole aus und feuerte eine Salve in die Decke.
Schreie. Ohnmachtsanfälle. Hilferufe. Polizei.
Die vier Akteure stoppten den Fahrstuhl, schmissen alle

Fahrgäste raus, und während sie von Stockwerk zu Stockwerk rauf und runter fuhren, stellten sie sich vor.
»Ich bin Martin. Wir sind uns ja vorher nicht vorgestellt worden. Vielleicht kommt Ihnen mein Gesicht bekannt vor. Ich habe schon mehrere kleine Kinorollen gespielt. Zum Beispiel in *Schüsse in der Nacht* und *Himmelfahrtskommando.*«
»Ich bin der Eckbert. Jurastudent. Fünftes Semester. Das hier ist sozusagen mein Ferienjob. Ich bekomme nämlich kein Bafög, und das hier ist auf jeden Fall besser, als drei Monate auf dem Bau zu malochen. Außerdem kriegt man da im Moment sowieso nichts.«
Martin sah ein bißchen verlegen aus und fragte dann: »Wie sollen wir Sie überhaupt anreden? Ich meine – ich war noch nie –, ich habe noch nie eine Prinzessin ... was sagt man da? Hoheit oder Frau Prinzessin oder was?«
»Nennen Sie mich Prinzessin. Ich mag das, wenn man mich so anredet. Es klingt so zärtlich. Mein Pa sagte früher immer zu mir ...«
»Einfach Prinzessin?«
»Ja, wenn es Ihnen nichts ausmacht, Martin.«
Skias Reinhuber protestierte: »Mir wird ganz schlecht von diesem ewigen Rauf und Runter! Können Sie das Ding nicht stoppen?«
»Aber es war abgemacht, daß wir den Fahrstuhl zunächst in Bewegung halten und dann im dritten Stock anhalten, um erste Bedingungen zu stellen. Ich habe das komplette Drehbuch für diesen Film im Strumpf. Wir sollten zwar nichts Schriftliches mitnehmen, aber ich dachte, sicher ist sicher.«
»Du, Martin?«
»Ja, Eckbert?«
»Wir bekommen gutes Essen und die besten Getränke direkt aus dem Restaurant. Das war so abgemacht.

»Was denn?«
Eckbert schielte auf die Prinzessin und wurde leicht rot.
»Was ist, wenn man mal muß? Ich meine ...«
»Ich kann mir denken, was du meinst.«
»Ja, und was jetzt? Ich muß.«
»Halt ein.«
»Ich glaub', ich spinne! Halt ein, hat der gesagt! Mensch, ich muß, ich hab' Dünnschiß. Ich hab' so eine Sache noch nie gemacht. Für dich ist das was anderes, du bist Schauspieler, aber ich bin saunervös. Wahrscheinlich sind wir schon in einer Stunde im Fernsehen. Und wenn ich nervös werde, bekomme ich immer Dünnschiß! Halt den Fahrstuhl sofort an, ich muß zum Klo.«
»Ich kann doch jetzt den Fahrstuhl nicht mehr anhalten, die Aktion läuft schon. Wir haben die beiden gerade gekidnappt! Da kannst du nicht durch den Flur laufen und dich an der Kundentoilette in der Schlange hinten anstellen.«
»Warum nicht?«
»Weil dies hier aussehen soll wie eine echte Entführung!«
»Los, halt im obersten Stockwerk. Ich bin in einer Minute zurück.«
»Nein!«
»Doch!«
»Lassen Sie ihn doch, bevor er sich ...«
»Ja, genau!«
Eckbert schob seinen Freund zur Seite und stoppte den Fahrstuhl selbst. Die Tür ging mit einem Surren auf und Eckbert sprintete zwischen die ersten Verkaufsregale.
»Dieser Idiot! Dieser hirnverbrannte Idiot! Wenn wir den Job hier verpatzen, dann ist alles hin!«

»Was ist denn dann hin?« fragte Reinhuber. »Wir haben Verträge. Zahlen müssen die auf jeden Fall.«
»Aber das ist nicht alles. Ich bekomme für die Sache hier nur zweitausend an Gage.«
Reinhuber grinste verächtlich.
»Aber ich habe gehofft, hinterher wieder Rollen im Film zu bekommen, weil ich dachte, durch so eine Geschichte wird man vielleicht auf mich aufmerksam.«
Reinhuber sah seine Prinzessin an, und sie lächelte mild zurück. Sie wußten jetzt, was sie von ihren Entführern zu halten hatten. Ein Schauspieler, der keine Rollen bekam und dem jedes Mittel, bekannt zu werden, recht war. Und dazu noch ein nervöser Jurastudent, der nur hinter dem Geld her war und die Sache so schnell wie möglich hinter sich bringen wollte.
Martin hielt in einer Hand einen großen 45er. Mit dem Griff schlug er sich in die Faust. »Nun mach doch endlich, du Idiot! Beeil dich!«
Er hörte Polizeisirenen vor dem Kaufhaus.
»Beeil dich, oder ich ...«
»Regen Sie sich ab, Mann. Überlegen Sie lieber, wie das weitergehen soll!« forderte Reinhuber.
»Wie? Was? Weitergehen?«
»Na, wir werden alle irgendwann zur Toilette müssen, was dann? Der konnte gerade noch hinrennen, aber in wenigen Minuten wird das vorbei sein, wenn dann einer von uns mal austreten geht, ist die ganze Sache geplatzt.«
»Scheiße!«
»Das kann man so sagen.«
»Aber meine Herren«, entrüstete sich die Prinzessin. »Wir wollen doch gewisse Formen wahren.«
»Da kommt er, dieser Idiot. Ich seh' ihn in der Porzellanabteilung. Ja, jetzt rennt er.«

Eine ältere Dame kam von rechts auf den Fahrstuhl zu. Sie wollte einsteigen. Martin ließ sie nicht durch.
»Tut mir leid, gnädige Frau, dieser Fahrstuhl ist schon belegt. Warten Sie bitte auf den nächsten.«
»Aber Sie haben doch noch jede Menge Platz. Lassen Sie mich durch.«
»Nein, das geht nicht!«
»Aus dem Weg, Sie Rüpel, ich werde mich bei der Geschäftsführung beschweren!«
Eckbert erreichte mit rasselndem Atem den Fahrstuhl und stürmte an der alten Dame vorbei ins Innere.
»He, halt mal, ich denke, der Fahrstuhl ist besetzt. Ich lasse mich doch von Ihnen nicht...«
Martin schuppte die Frau weg und brüllte: »Verpiß dich, Oma!«
Die Fahrstuhltür schloß sich.
Martin lehnte sich mit dem Kopf gegen die kalte Plastikwand und sagte: »Mach das nicht noch mal mit mir!«
»Es schaudert mich, wie ordinär Sie sind«, sagte die Prinzessin.« Wie Sie mit der Dame umgesprungen sind...«
»Ja Himmel Arsch und Zwirn, sollten wir die etwa mit nach unten nehmen?«
»Meine Herren, wir haben Verträge, die wir erfüllen werden, bedingt dadurch müssen wir eine recht lange Zeit gemeinsam auf engstem Raum verbringen. Ich bitte Sie, sich wie zivilisierte Menschen aufzuführen. Ich kann Ihre Sprache nicht ertragen. Ich finde Ihre Umgangsformen scheußlich.«
»Da hast du es!« sagte Eckbert mit gespielter Vorwurfsmiene zu Martin. Am liebsten wäre er in brüllendes Gelächter ausgebrochen, doch dazu war er immer noch zu nervös und ängstlich.

Sie schliefen fast bis zum Mittag des anderen Tages und suchten dann in Zermatt ein Lokal, in dem es keine typische Schweizerküche für den amerikanischen Gaumen gab. Sie fanden tatsächlich einen einfachen Mittagstisch, aßen sich satt, tranken Bier dazu und fühlten sich besser. Die Sicht war klar und das Matterhorn erschien in bläulichem Glanz. Plakate kündigten einen Bergfilm von Luis Trenker an, der hier in jeder Saison lief, und Annie fragte sich, ob es klug sein könnte, den Abend in einem Kino zu verbringen.
Jörg bestellte sich zum Nachtisch ein Eis und sagte: »Aber ich möchte die Nachrichten sehen. Wer weiß, was noch alles passiert ist nach unserer Aktion. Mir wird richtig schlecht, wenn ich dran denke. Ob man Ilse verhaftet hat?«
»Wir haben heute noch keine Zeitung gelesen.«
»Vielleicht ist es besser so.«
»Bestimmt sind die Zeitungen hier sowieso alle einen Tag zu alt.«
»Aber bevor wir uns auf dem Zimmer vor den Fernseher hängen, will ich noch was von der Landschaft haben.«
»Okay, wir machen eine kleine Bergtour, reden dabei nicht über Friedensinitiativen, nicht über Geschäfte und nichts über all den anderen Streß. Wir genießen nur die Gegend. Dann legen wir uns mit einer Flasche Wein aufs Zimmer und gucken uns an, was noch so läuft in der Welt.«
»Dann schnell, raus aus dem Kaff hier, ab in die Berge!«

Etwa ein Dutzend Polizeibeamte verschanzten sich in jedem Stockwerk vor dem Fahrstuhl. Entkommen konnten die Entführer nicht mehr. Zwei Hubschrauber waren auf dem Dach des Dagobert-Kaufhauses gelandet und warteten darauf, Verletzte sofort abtransportieren zu können. Der Einsatzleiter hatte Scharfschützen angefordert, die schon unterwegs waren. Für normale Kundschaft war das Haus gesperrt worden. Nur noch wenige Angestellte blieben. Fast alle Abteilungsleiter, der Betriebsrat, der Hausdetektiv und ein paar Neugierige.

Die Entführer hatten noch keine Forderungen gestellt. Sie verlangten lediglich vier warme Speisen, Getränke, einen leeren Eimer, Decken und Kissen. Sie befanden sich mit dem Fahrstuhl im dritten Stock und wollten die Sachen dort entgegennehmen.

Die ersten mit kugelsicheren Bleischürzen ausgestatteten Beamten einer Spezialeinheit nahmen Stellung. Sie sahen aus wie altmodische Astronauten. Die Reporter machten einen mittleren Aufstand, weil man sie bei der Essensübergabe nicht knipsen lassen wollte.

»Da drin sitzen ein paar schwer nervöse Jungens. Sie sind bis an die Zähne bewaffnet. Wenn die euer Blitzlicht falsch auslegen, habe ich gleich hier ein paar Leichen, darum werdet ihr verschwinden, bis die Essensübergabe gelaufen ist! Klar?« brüllte der Einsatzleiter. Dann wurden die Fotoreporter abgedrängt. Auch die Fernsehkameras beeindruckten den Einsatzleiter nur wenig.

Er brüllte durch sein Megaphon: »Die von Ihnen geforderten Sachen sind auf einem Einkaufswagen. Wir rollen den Wagen jetzt vor den Fahrstuhl.« Die Tür blieb geschlossen. Ein Beamter fuhr mit dem Wagen in geduckter Haltung bis vor die Tür, ließ ihn da stehen und rannte zurück. Eine Weile geschah nichts, dann schob sich die Fahrstuhltür auf. Martin erschien. Er hielt die Prinzessin vor sich und drückte ihr den 45er an die Schläfe. Einen Moment wartete er irritiert auf die Blitzlichter. Als nichts geschah, ließ er die Prinzessin los, damit sie den Einkaufswagen in den Innenraum ziehen konnte. Dabei blieb er hinter ihr und rief: »Keine Dummheiten, sonst ist sie eine Leiche!«

Sekunden später waren beide mit den Sachen im Fahrstuhl verschwunden. Reinhuber warf eine Decke auf den Boden, setzte sich darauf und biß gleich in eine Hähnchenkeule. Eckbert konnte nichts essen, ihm war übel.

»So ein Quatsch, ich versteh' das nicht, erst erzählen sie uns was von einer riesigen Werbeaktion und dann nicht mal ein einziges, kleines Foto!« nörgelte Martin.

»Greift zu, es schmeckt besser, als ich dachte.«

»Ich kann nicht«, sagte Eckbert. »Mir macht so ein Polizeiaufgebot immer Angst, seit ich bei einer Demonstration gegen die Startbahn West in einen Polizeieinsatz geraten bin.«

Reinhuber lachte: »Aber das sind doch nur Schauspieler in Polizeiuniform!«

»Trotzdem. Ich hab' da ein Trauma oder so was.«

»Also, mir schmeckt es.«

»Die Luft hier drin ist schlimm!« beschwerte sich die Prinzessin.

»Ja, stimmt. Vielleicht sollten wir das Rauchen einstellen?«

»Wenn ich nervös bin, muß ich rauchen!« beteuerte Eckbert.

»Aber ich will hier nicht ersticken.«

»Kinder, streitet euch nicht, eßt was. Morgen sind wir alle berühmte Leute.«

»Die Prinzessin ist doch schon berühmt.«

»Aber ab morgen wird man um sie zittern. Danach gibt es Filmrollen im Dutzend.«

Martin lächelte. »Hoffentlich.«

Draußen war inzwischen ein Mann angekommen, der sich Polizeipsychologe nannte und darauf spezialisiert war, mit Flugzeugentführern und ähnlichen Leuten die Verhandlungen zu führen. Über eine Flüstertüte forderte er die Entführer auf, ihre Gründe und Bedingungen zu nennen.

»Was ist das denn für einer?« fragte die Prinzessin.

»Eins muß man denen lassen«, sagte Reinhuber, »sie haben das alles verdammt echt arrangiert.«

»Trink wenigstens einen Schluck! Komm, Eckbert, trink was, dann geht es dir besser.«

»Ich bin für solche Sachen nicht gemacht. Mir schlägt das immer gleich auf den Magen. Ich bin froh, wenn ich erst Richter bin. Geregelte Arbeitszeit, garantierter Aufstieg, sichere Position. Und man zählt was in dieser Gesellschaft.«

»Ich hasse Pommes frites! Und diese sind kalt!«

»Nörgel nicht, Prinzessin. Ich habe schon schlechter gegessen.«

»Sollen wir auf das Geschwätz von dem da draußen eingehen?«

»Ich versteh' ihn gar nicht richtig. Seid doch mal ruhig.«

»Im Drehbuch steht da nichts von drin. Wir sollen es spannend machen. Mit den ersten konkreten Forderungen sollen wir erst morgen in die Frühnachrichten.«

»Ich muß schon wieder.«

»O Scheiße.«

»Also bitte, meine Herren!«

»Ich muß aber trotzdem, ob es der Prinzessin nun paßt oder nicht!«

Ruhig sagte Reinhuber: »Wir haben auch noch keine

Lösung für dieses allgemeine Problem gefunden. Vielleicht sollten wir denen da draußen sagen, daß wir jetzt mal eine Pinkelpause einlegen wollen?«
»Nein, geht nicht. Die Journalisten müssen die Sache für echt halten. Und wenn die das mitkriegen?«
»Gerade waren keine zu sehen.«
»Mensch, die brauchen doch heute kein Blitzlicht mehr. Die haben hochempfindliche Filme, damit fotografieren die dich nachts ohne Blitzlicht.«
»Ich muß aber jetzt.«
Martin trumpfte auf: »Was meinst du, warum ich einen Eimer angefordert habe?«
»Du meinst... Du glaubst doch nicht etwa, daß ich... hier? Vor allen...«
»Um Himmels willen!« protestierte die Prinzessin.
»Es geht nicht anders. Wir haben im Vertrag stehen, daß wir den Fahrstuhl unter keinen Umständen verlassen dürfen, bis die Aktion offiziell abgeblasen wird.«
»Das ist mir egal!«
»So, Prinzessin, das ist Ihnen egal. Ich kassiere hier zweitausend, das weiß ich, aber was bekommen Sie?«
Die Prinzessin druckste rum. Reinhuber antwortete für sie: »Zweihundertfünfzigtausend.«
Eckbert pfiff leise durch die Zähne.
»Na also, dafür können Sie ja wohl die paar Unannehmlichkeiten auf sich nehmen!«
»Stimmt.«
Die Prinzessin wurde zornig. »Ich protestiere energisch dagegen, daß...«
»Die Luft ist ohnehin so stickig.«
»Egal.«
»Aber ich kann nicht, hier so vor allen...«
Die Prinzessin faßte sich an den Kopf. »Mein Gott, worauf habe ich mich da eingelassen?«

»Ich kann dir ja eine Decke überlegen, dann siehst du uns nicht, und wir brauchen dich auch nicht zu sehen. Schließlich wird jeder mal unter die Decke müssen.«
Eckbert zierte sich noch eine Weile, dann wurde das Magenkneifen zu heftig. Er setzte sich unter einer Decke auf den Eimer.
Reinhuber grinste: »Sieht toll aus. Ein Nachtgespenst.«
Die anderen schwiegen und nichts geschah. Plötzlich fluchte Eckbert unter seiner Decke: »So kann ich nicht. Ich fühle mich belauscht! Redet was, kümmert euch nicht um mich. Meinetwegen singt ein Lied! Aber tut was!«
»Also«, sagte Martin, »beginnen wir ein Gespräch.«
Ein würziger Furz knatterte unter der Decke. Dann plätscherte etwas in den Eimer. Die Prinzessin schloß die Augen und hielt sich angewidert die Ohren zu.
»Ihr sollt reden, verdammt!«
»Also, ich finde das komisch. Alles ausgesprochen komisch. Ich könnte mich kaputtlachen!« tönte Reinhuber.
»Das glaub' ich. Für Zweihundertfünfzigtausend!«
»Pro Nase!« fügte Reinhuber grölend hinzu.
Martin spürte einen Stich im Herzen. Warum war dieser Depp so viel mehr wert als er? Nur weil er das Schätzchen der Prinzessin war? Weil er ein paar Skiläufe gewonnen hatte? Er beschloß, nach der Aktion höhere Honorarforderungen zu stellen. Zweitausend Mark, das war einfach lächerlich.
Eckbert kam mit rotem Kopf unter seiner Decke hervor und fragte: »Und was machen wir jetzt damit?«
»Es stinkt grausam.«
»Scheiße duftet eben nicht. Scheiße stinkt.«
Die Prinzessin riß ein Erfrischungstuch auf, das nach Zitrone roch und betupfte sich damit.
»Ich stelle den Eimer raus«, sagte Martin und betätigte den Türmechanismus.

»Nein, das mach ich selber!«
Eckbert stellte den Eimer vor den Fahrstuhl und rief: »Sorgt dafür, daß das wegkommt, und dann hätten wir gerne einen neuen Eimer und einige Papiertaschentücher.«
Der Einsatzleiter befahl: »Kruse, holen Sie den Eimer und dann ab damit ins Labor!«

Der Innenminister äußert sich

Annie und Jörg lagen mit einer Flasche herbem Weißwein auf dem Bett und hörten die Nachrichten.
»Eine besonders dreiste Form von Entführung ist aus dem Kaufhaus Dagobert zu melden, das erst vor wenigen Tagen in die Schlagzeilen geriet, weil sich der weltbekannte Filmstar Richard Bourbon vom Dach stürzen wollte. Prinzessin Marianne von Hohenklimm und ihr Begleiter, das Skias Reinhuber, befinden sich seit einigen Stunden in der Hand von Entführern, die sich mit ihnen im Fahrstuhl des Kaufhauses verschanzt haben. Hier unser Reporter Hans Schlauener vom Ort des Geschehens:
Was sich hier ereignet, meine Damen und Herren, läutet unter Umständen ein völlig neues Kapitel im internationalen Terrorismus ein. Entführte man bisher Flugzeuge oder wichtige Persönlichkeiten aus Wirtschaft und Politik, so schrecken die Terroristen heute schon nicht mal mehr vor alten Adelsgeschlechtern zurück. Neu ist auch, daß die Entführer sich erst gar nicht mit ihrem Opfer verstecken und dann ihre Forderungen stellen, sondern daß alles sozusagen unter den Augen der Öffentlichkeit stattfindet. Noch haben die Entführer keine konkreten Forderungen gestellt. Dieses bisher spektakulärste Un-

ternehmen der Terrorszene traf die Behörden völlig unerwartet. Ein Krisenstab der Innenminister aller Länder tagte bereits vor einer Stunde.
Herr Minister Tischler, sind Sie schon zu einer ersten Stellungnahme in der Lage?
›Nun, äh, die Vertreter aller im Bundestag vertretenen Parteien haben diese unmenschliche Entführung auf das schärfste verurteilt.
Es müssen konkrete Schritte untersucht werden, wie der internationale Terrorismus wirksamer als bisher bekämpft werden kann. Klar ist schon jetzt, daß die Sicherheitskräfte sowohl personell als auch materiell zu schlecht ausgestattet sind. Da werden Besserungen eingeführt werden. Wir denken zunächst an zwanzigtausend Polizeibeamte mehr und eine neue spezielle Fahndungstruppe gegen Terroristen. Es kommt auch darauf an, den geistigen Hintergrund für diese Leute zu zerstören. All die Schreibtischtäter, die das intellektuelle Hinterland für diese Wirrköpfe bilden. Die Schriftsteller, die Filmemacher, die Theaterintendanten, die Professoren, die radikalen Lehrer, ja ich will auch sagen, daß große Teile der sogenannten Friedensbewegung zu diesem Sumpf dazugehören. Denken Sie nur an die skrupellosen Verbrecher, die einen Neutronenschauer vortäuschten! Was trennt diese Leute heute noch vom Terrorismus? Geht hier nicht die Saat auf, die die Friedensbewegung als langer Arm Moskaus gesät hat?‹
Herr Minister Tischler, wir danken Ihnen für dieses Gespräch.
Und nun zum Sport ...«
Annie sprang auf und drehte ab.
»Jörg, das ist ja furchtbar. Statt einer Werbung für euer Kaufhaus wird daraus eine Hetze gegen die Friedensbewegung. Wußtest du das?«

Jörg schüttelte den Kopf. Er sah sehr nachdenklich aus. Er nahm noch einen Schluck Weißwein und sagte dann: »Du, Annie, da stimmt was nicht. Von Terroristen war vorher nicht die Rede. Ich wollte die Sache unpolitisch halten, eine einfache Erpressung. Zwei Millionen. Aber was wollen die nun fordern? Und außerdem, ich hätte nicht gedacht, daß die in der Lage wären, einen Minister zu kaufen.«
Annie lachte: »Aber Jörg, manchmal bist du sehr naiv. Sie haben den Minister genauso gekauft wie du den Filmstar. Vor allen Dingen paßt dem Tischler doch die ganze Sache vortrefflich ins Konzept. Der mit seiner Ruhe-und-Ordnung-Politik. Jetzt hat er das mit den schärferen Überprüfungen durch Computer viel leichter. Auch das schärfere Demonstrationsrecht kriegt er jetzt mit größerer Mehrheit durch. Besonders nach der Neutronengeschichte. Vielleicht mußten sie den gar nicht kaufen, vielleicht hat der, als man ihm ein Angebot gemacht hat, genauso reagiert wie der Manager von Bourbon? Hat noch was draufgelegt, damit die Entführung vielleicht auf jeden Fall stattfindet. Es hat lange keine spektakuläre Terrorgeschichte mehr gegeben, aber in dem Fahrwasser ist der Tischler immer gefahren. Er braucht die Terroristen, so wie ein Zahnarzt Karies braucht...«
Sie stoppte ihre Rede, als sie Jörgs eigenartigen Blick sah.
»Was ist? Paßt dir was nicht, Jörg?«
»Ach, es ist nur... wie du plötzlich redest.«
»Wie rede ich denn?«
»Fast wie... na... wie die Ilse Kempowski fast. So schnell, dabei verhaspelst du dich nicht mal. Was du sagst klingt so ungewöhnlich, so aufrüttelnd, daß man einfach *nein* schreien möchte, aber doch, so wie du es

sagst, da drängt sich einem der Gedanke auf: Mensch, die hat recht. Ist doch alles ganz klar! Du sagst Sätze, die man sehr einfach verstehen kann, obwohl der Sachverhalt...«
»Was ist mit dem Sachverhalt?«
»Nun, ich denke gerade daran, wie sie die Geschichte auflösen wollen. Und was ist, wenn es auffliegt? Der Schauspieler, dem so was passiert, der gerät kurz in die Schlagzeilen und man verzeiht ihm, weil er seinen Job gemacht hat, mehr nicht. Dem Konzern verzeiht man auch. Vielleicht findet man den Werbegag sogar originell. Es gibt vielleicht eine Anzeige wegen groben Unfugs, aber nicht mal daran glaube ich. Doch was ist mit den in die Sache verstrickten Politikern. Die können nicht einfach sagen: Tja liebe Leute, das ist eben Showgeschäft, alles nur, um eure Aufmerksamkeit zu bekommen. Das kann der Tischler unmöglich... Ich muß Goldie anrufen oder besser noch William Schmidt-Rudolf!«
Er stand vom Bett auf und ging zum Telefon. Annie war schneller, drückte den Hörer fest auf die Gabel und sah Jörg vorwurfsvoll an: »Wir wollten ausspannen. Wir brauchen das. Du bist nicht mit dem Konzern verheiratet, sondern mit mir.«
»Ja, Annie, aber ich muß wissen, was da vor sich geht. Verstehst du, ich habe das ausgeklügelt. Es darf mir nicht entgleiten wie die Geschichte mit der Neutronenbombe.«
»Nein, du telefonierst jetzt nicht! Wir werden irgendwo nett zu Abend essen, und wenn wir dafür mit der Bergbahn runter müssen und noch hundert Kilometer fahren. Ich will ein saftiges Steak, dazu Salat und eine Kartoffel in Folie.«
»Und wo, bitte schön, willst du das auftreiben?«
»Laß dir was einfallen. Du bist doch sonst so ein Genie!«

»Sie haben keine Chance. Das Kaufhaus ist vollständig abgeriegelt. Hier kommt keine Maus raus, wenn wir es nicht wollen. Lassen Sie Ihre Geiseln frei. Das wirkt strafmildernd. Mit jeder Stunde, die Sie sich dort verkriechen, verschlimmern Sie Ihre Situation. Ich wiederhole: Sie haben keine Chance!«
»Der geht mir ganz schön auf den Zwirn.«
»Muß sein, wegen der Presse. Wir sollen jetzt langsam verhandeln, steht im Drehbuch.«
»Los, dann nehmen Sie die Sache in die Hand. Wir können schlecht selber über unsere Freilassung verhandeln. Hähähä!« lachte Reinhuber.
Martin schaltete die Sprechanlage ein.
»Hören Sie zu, hier spricht das Kommando zweiter November. Wenn Sie unsere Forderungen nicht erfüllen, sterben die beiden Gefangenen. Wir haben Sprengstoff. Wir jagen den Fahrstuhl samt Kaufhaus in die Luft. Wir verlangen den Bundespräsidenten zu sprechen. Er ist unser Verhandlungspartner. Nach dem Gespräch ziehen wir ab. Die Geiseln nehmen wir mit. Wir verlangen einen vollgetankten Mercedes 450 SE, eine Million für jeden und eine vollgetankte Maschine auf der Rollbahn. Außer dem Piloten wollen wir keine Besatzung an Bord sehen. Wir geben Ihnen 24 Stunden Zeit, den Bundespräsidenten davon zu überzeugen, daß es das beste wäre, wenn er dem Gespräch mit uns zustimmt. Danach stirbt die erste Geisel. Ende der Durchsage.«
Reinhuber nickte anerkennend.
»Ich dachte nicht, daß die Forderungen so weit gehen würden. Glauben Sie denn wirklich, daß der Bundespräsident kommt?«
»Quatsch, das ist doch nur der Gag, der in die Nachrich-

ten soll. Hinterher geben wir uns mit weniger zufrieden, steigen in den Mercedes und brausen mit Euch ab. Danach ist die Sache erledigt.«
»Vorher mußt du noch ballern.«
»Ja, klar, aber jetzt noch nicht.«

Jörg muß William sprechen

Sie schnibbelten gerade an dem Steak rum, als der Zeitungsjunge mit der Abendzeitung ins Restaurant kam.
»Die Fahrstuhlentführer verlangen, den Bundespräsidenten zu sprechen. Deutsche Sicherheitsbehörden beunruhigt.«
Jörg sprang so blitzartig von seinem Stuhl, daß er fast umgefallen wäre. Er war mit wenigen Schritten bei dem Zeitungsverkäufer und nahm ihm eine Zeitung ab. Jörg gab ihm zwei Franken, verzichtete auf das Wechselgeld und begann schon zu lesen, während er zum Tisch zurückging.
Als er saß, sah er von der Zeitung auf und fragte Annie: »Glaubst du, daß sie auch den Bundespräsidenten gekauft haben?«
Annie zuckte mit den Schultern.
»Vielleicht paßt die Sache in sein politisches Konzept?«
»Meinst du, er soll bei den Verhandlungen die Entführer zur Aufgabe überreden und dann als Held nach Hause fahren?«
»Kann sein. Das bringt mehr Sympathien als tausend schöne Reden.«
»Und was wird dann aus den Entführern? Die lassen sich doch nicht verknacken. Oder meinst du, die sitzen ein, zwei Jährchen ab für gutes Geld?«
»Warum nicht?«

»Glaub ich nicht. Damit würden alle erpreßbar. Wenn die beiden auspacken – was dann?«
»Dann glaubt ihnen kein Mensch. Die Sache ist viel zu wild.«
»Es war alles ganz anders geplant. Ich muß William sprechen.«
»Iß erst mal auf.«

Ein endloses schwarzes Loch

»Der Fahrstuhl ist blockiert worden. Genau nach Drehbuch. In fünf Minuten ist es soweit. Sind Sie fertig, Reinhuber?«
»Ja.«
»Dann können Sie ja gleich den Helden spielen.«
»Die Sache darf nicht zu schnell gehen. Die Jungens müssen Gelegenheit haben, alles zu filmen.«
»Also nochmal: Sie rennen aus dem Fahrstuhl. Nach vier, fünf Metern stolpern Sie. Eckbert springt hinter Ihnen her und zerrt Sie zurück in den Fahrstuhl. Ich feure zwei, drei Schüsse ab, damit alles schön dramatisch wird und Eckbert Rückendeckung hat.«
»Feuerschutz nennt man das!«
Reinhuber grinste. »Zielen Sie nicht auf mich.«
»Keine Sorge. Wir haben natürlich nur Platzpatronen geladen. Die anderen werden auch ganz schön ballern. Das ist es, was die Leute sehen wollen!«
»Also, meinetwegen, ich bin fertig.«
Eckbert wischte seine schwitzigen Hände an den Hosenbeinen ab. Die Prinzessin fand die Aktion blödsinnig, doch so war es vereinbart worden und die Männer schienen sogar etwas Spaß dran zu haben.
Martin zog den Hahn des 45ers zurück. Die Tür öffnete

sich. Reinhuber stürmte raus. Er fiel wie vereinbart. Eckbert warf sich auf ihn. Martin eröffnete das Feuer auf die Regale, hinter denen er die Polizisten vermutete. Als erstes fiel ihm der gewaltige Rückschlag auf, der ihm die Waffe fast aus der Hand riß. Er umklammerte sie jetzt mit beiden Händen und ballerte noch einmal. Schreie. Schüsse von der anderen Seite. Eckbert zog Reinhuber zurück. Doch Reinhuber schien plötzlich viele Zentner schwer zu sein. Der Fahrstuhl schloß sich automatisch wieder, bevor die beiden darin verschwinden konnten. Jetzt erkannte Eckbert den größer werdenden roten Fleck in Reinhubers Brust. Für eine Sekunde war er gelähmt. Dann zuckte Reinhubers Körper, der wie ein Schutzschild vor Eckbert in dessen Armen hing, zweimal. Zwei neue rote Flecke bildeten sich.

»Nein!« schrie Eckbert. »Hilfe, Mörder! Nein, nicht schießen!«

Eine Kugel krachte hinter Eckbert gegen die Fahrstuhltür und pfiff von dort aus in den Raum zurück.

Eckbert ließ Reinhubers Körper fallen und rannte los. Er wollte die Treppen erreichen. Aus mehreren Maschinenpistolen knatterte das tödliche Metall. Eckbert wurde umgeschuppt. Er fiel zu Boden. Dann erst spürte er den brennenden, stechenden Schmerz in der linken Schulter und im linken Oberschenkel.

Er hörte nichts mehr. Ein Dröhnen, wie es aus übersteuerten Musikboxen kommt, lähmte ihn. Er schrie, ohne seine eigene Stimme zu hören. Er sah sich selbst in seinem Blut am Boden liegen und brüllen, als sei er ein unbeteiligter Betrachter. Er wußte nicht, wieviel Zeit vergangen war. Jedenfalls schien er zu stehen, denn ein neuer Schlag schüttelte seinen Körper und die Knie gaben nach.

Er sah sich in ein endloses schwarzes Loch fallen.

»Die machen keine realitätsnahen Aktionen mehr, die machen Realität!«

Jörg kam aufgeregt zu Annies Tisch zurück. Er schien einen Entschluß gefaßt zu haben.
»Ich habe telefonisch keinen erreicht. Aber ich weiß, wo ich sie finde. Annie, wir müssen sofort los. Wenn das stimmt, was ich glaube, dann... Wir müssen ein Unglück verhindern. Da hat jemand Mist gebaut, oder die sind alle geisteskrank geworden. Das geht nicht gut aus, sag ich dir. Das geht nicht gut aus.«
An seinem Gesicht sah Annie, daß jeder Widerspruch sinnlos war. Sie stand auf. Er würde ihr unterwegs schon alles erklären. Auf dem Paß, zwischen den herrlichen Eismauern, die im Scheinwerferlicht so geheimnisvoll glitzerten, hörten sie dann die Meldung im Radio: Die Entführung hatte die ersten zwei Todesopfer gefordert.
»Das ist keine Show mehr, Annie. Das ist Realität.«
»Vielleicht ist es genauso ein Werbegag wie alle anderen auch. Wer sagt dir, daß sie wirklich nicht mehr leben? Es mußte doch immer alles so realitätsnah wie möglich sein, und jetzt fällst du selbst drauf rein, nur weil die ein bißchen von deinem Plan abweichen!«
»Du, da kommt keiner mehr lebend raus, das weiß ich. Es sei denn, ich bin schneller. Die machen keine realitätsnahen Aktionen mehr. Die machen Realität. Verstehst du. Die Werbung spiegelt keine künstliche Wirklichkeit mehr vor. Nein, sie schafft die Wirklichkeit, die ihr nutzt und die sie braucht!«
»Du meinst, es ist alles wahr? Aber wer soll denn das Spiel spielen? Ich meine, man findet doch keinen, der sich für Geld erschießen läßt.«
»Nein, aber man findet Leute, die andere für Geld erschießen.«

»Fahr nicht so schnell, Jörg. Wenn wir auch noch draufgehen, nutzt das keinem. Außerdem, wie willst du über die Grenze, ich denke du wirst gesucht ...«

Weltstar – oder tot

Das weiße Rüschenkleid war zerknüllt. Zusammengekauert und zitternd lag die Prinzessin auf dem Boden. Martin starrte die Wand an und flüsterte kaum hörbar: »Die machen ernst. Die machen ernst. Die legen uns um. Die schießen mit scharfer Munition.«
Mit zitternder Hand ließ er die Trommel aus dem 45er schnappen. Es waren noch drei Kugeln drin. Mit den Fingernägeln löste er eine und zog sie raus. Sie fiel ihm aus den zittrigen Händen, doch er sah sie lange genug, um zu wissen, daß sie echt war. Keine Platzpatronen wie versprochen. Aber was gab das für einen Sinn? Keine Platzpatronen. Wenn die da draußen ihn fertigmachen sollten, warum versorgte man ihn dann auch mit scharfer Munition?
Er löste jetzt das Magazin aus der Maschinenpistole. Ebenfalls scharfe Munition. Langsam begann er zu verstehen. Man hatte ein Interesse daran, daß er für einen wirklichen Entführer gehalten wurde. Und die Leute da draußen, das waren wirkliche Polizeibeamte. Sie wurden genauso gelinkt wie er. Und deshalb stand im Drehbuch auch, daß er das Feuer eröffnen sollte. Sie brauchten einen Vorwand, um ihn abzuknallen.
»He, Prinzessin! Prinzessin!?«
Er mußte mit ihr reden. Er wollte noch nicht sterben. Und vor allen Dingen nicht so. »Prinzessin!«
Er berührte ihre Schulter. Sie zuckte wie geprügelt zusammen und brüllte los. Es kamen keine wirklichen

Sätze oder auch nur Worte heraus. Nur ein tierisches, ängstliches Brüllen.
Er schlug der Prinzessin ins Gesicht, bis sie zu brüllen aufhörte. Dann schrie er sie an: »Kapieren Sie, man hat uns reingelegt. Ich habe damit nichts zu tun. Ich bin genauso Opfer wie Sie, wie Reinhuber und Eckbert.
Die Bullen da draußen sind brave Familienväter, die ihren Job tun. Sie halten diese Entführung für echt, und einige von denen möchten vielleicht sogar den Helden spielen, damit sie ihren Söhnchen hinterher was zu erzählen haben. Es gibt nur eine Möglichkeit: Wir spielen das Spiel weiter. Wir tun so, als sei die ganze Sache echt. Verstehen Sie? Wir ergeben uns, ich lasse mich abführen und Sie erzählen denen auf dem Revier dann alles. Hören Sie mich überhaupt?«
»G... geben Sie mir eine Zigarette.«
»Waaas? Aber Prinzessin, ich will hier raus, so schnell wie möglich raus.«
»Bitte geben Sie mir eine Zigarette, bevor wir rausgehen. Ich zittre so, daß ich nicht mal laufen kann.«
»Man hat bestimmt eine Bahre für Sie.«
Martin zündete zwei Zigaretten an und gab der Prinzessin eine.
Sie nahm zwei kräftige Züge hintereinander und blies den Qualm durch die Nasenlöcher aus.
»Ich glaube Ihnen«, sagte sie dann. »Aber irgendwer da draußen hat ein Interesse daran, daß wir alle sterben. Wer sagt uns, daß nicht einer von den zig Polizisten da draußen unecht ist?«
Martin verspürte einen stechenden Schmerz in der Herzgegend. Seine Brust zog sich zusammen.
Die Prinzessin hatte recht. Die ehrlichen Polizeibeamten würden nur auf ihn zielen, aber irgendwer hatte schließlich auch Reinhuber abgeschossen.

»Das heißt«, folgerte Martin, »wenn wir uns ergeben, werden wir umgelegt. Es löst sich versehentlich ein Schuß, oder einer meint zu sehen, daß ich eine Waffe ziehe.«
»Das könnte es heißen.«
Kalter Schweiß stand auf Martins Stirn. Seine Hand umklammerte den 45er. Die Prinzessin war zwar unter ihrer inzwischen verlaufenen Schminke kreidebleich, sogar die Lippen schimmerten bläulich, aber sie machte auf Martin einen überlegenen, geistesgegenwärtigen Eindruck.
»Ich habe Angst«, sagte sie. »Ich trau mich nicht raus.«
Plötzlich ging Martin in die Knie und tastete mit den Händen den Boden ab.
»Die Kugel. Wo ist die Kugel? Ich muß die Kugel finden!«
»Was wollen Sie? Drehen Sie jetzt nicht durch.«
»Hier ist sie!«
Schwer atmend betrachtete Martin die Kugel. Seine Augen hatten etwas Wahnsinniges an sich. Sein Gesicht war völlig verschwitzt. An den kurzen Bartstoppeln, die sich in der letzten Nacht gebildet hatten, hingen kleine Schweißtropfen wie Morgentau.
Er lud die Waffe sorgfältig mit der Patrone, dann sagte er: »Ich habe noch drei Schuß im 45er, die MP ist noch geladen, und die Handgranate hier ist sicherlich auch nicht bloß Schau.«
»Was wollen Sie? Was haben Sie vor?«
Die Prinzessin bekam jetzt Angst vor ihm. Sie befürchtete, seine Gedanken lesen zu können. Sie drückte sich fest an die Wand, als wäre jeder Millimeter Abstand zwischen ihm und ihr lebenswichtig.
»Was haben Sie vor?«
»Ich will nicht draufgehen, das ist schon alles!«

»Aber was haben Sie vor?«

»Ich werde mit dir als Schutzschild hier rauskommen. Wie geplant. Fast laut Drehbuch...«

Er lächelte geheimnisvoll, als würde ihm der Gedanke Spaß machen.

Tatsächlich wurde ihm plötzlich klar, daß, wenn er hier lebendig rauskäme und dann die ganze Geschichte erzählen könnte... er würde über Nacht zum Weltstar. Die Filmgesellschaften würden sich um ihn reißen. Er hätte es endlich geschafft. Aber er mußte überleben. Er mußte seinen Killern entgehen.

»Warum duzen Sie mich plötzlich? Ich will das nicht haben. Und lächeln Sie nicht so merkwürdig. Sie machen mir Angst.«

»Spielt das jetzt noch eine Rolle, Prinzessin?«

»Sie sind wirklich ein Kind, Jörg Staute!«

Jörg warf sich mit der ganzen Wucht seines Körpers gegen die schwere Tür und stand schon mitten im Raum. Links neben der Tür lag Bruno auf dem Boden und wischte sich Blut von den Lippen.

Goldie saß gerade wie eine Schaufensterpuppe auf einem schmalen Stuhl und schien kaum zu atmen. Zwischen seinen Fingern glomm eine lange Zigarette. Langsam, sehr langsam bemühte Goldie sich, ein freundliches Lächeln in seine Gesichtszüge zu bringen. Dabei fixierten seine wachen Augen Jörg so intensiv, als erwarte er, daß Jörg jeden Moment auf ihn losgehen könnte.

In dem viel zu großen Ledersessel hockte völlig in sich zusammengesunken William Schmidt-Rudolf. Er hielt die Augen auch jetzt geschlossen und den Kopf müde in beide Handteller gestützt.

Vor ihm stand ein halbvolles Glas Wasser und darin sprudelte eine Tablette.
Der Graf – Jörg hatte ihn noch nie gesehen – stolzierte nervös auf und ab und fingerte an seiner schwarzen Sonnenbrille herum.
Melanie saß starr vor einem Fernschreiber und stierte Jörg an.
Es herrschte völlige Stille.
Im Nebenzimmer, im Karl-May-Museum, mußte sich noch eine Person befinden, denn dort wurde ein Streichholz angerissen. Das interessierte Jörg aber nicht weiter. Er hatte hier die Sippschaft versammelt, mit der es abzurechnen galt.
»Sie werden jetzt sofort zum Telefonhörer greifen und die ganze Aktion abblasen!« bellte Jörg.
»Welche Aktion?« fragte Goldie süffisant lächelnd.
Bruno erhob sich langsam, ohne Jörg aus dem Auge zu lassen.
»Sagen Sie dem Schwachkopf, er soll sich trollen, sonst werfe ich ihn durch das geschlossene Fenster auf die Straße.«
Williams Kopf hob sich. Er öffnete die verschlafenen Augen. Er war seit dem letzten Treffen mit Jörg ein müder alter Mann geworden. Jörg sah das mit Schrecken, angesichts der Situation war es ihm aber egal, erschien ihm völlig zweitrangig.
»Haben Sie schon gehört, was passiert ist?« fragte Goldie. Er bewegte sich dabei keinen Zentimeter. Die Zigarette schwelte unbenutzt weiter. »Ein Terroristenkommando hat sich in unserem Kaufhaus verschanzt.«
Dieses Schwein, er tat, als ob er von nichts wüßte. Annies Herz trommelte wild in ihrer Brust, doch sie würde Jörg beistehen. Jetzt und hier. Sie behielt die Typen im Auge. Besonders diesen Bruno.

»Ihr wißt genau, was los ist. Warum tut ihr das? Ihr könnt sie doch nicht umlegen lassen! Das ist die Sache nicht wert. Sagt den Bullen, daß es nur ein Scherz war, daß sie aufhören sollen mit der Ballerei.«
»Geht leider nicht mehr«, sagte Goldie. »Es hat schon zwei Tote gegeben. Jetzt müssen wir die Sache durchstehen. Außerdem, ich verstehe gar nicht, warum Sie sich so aufregen. Es war doch Ihre Idee.«
»Meine Idee? Sie! Sagen Sie das nicht nochmal, Sie ...«
Jörg ging zwei Schritte näher auf Goldie zu und drohte mit den Fäusten. Bruno nutzte die Situation und wollte sich von hinten auf Jörg stürzen. Annie sah sich selbst und konnte es kaum fassen – sie stellte Bruno ein Bein. Er schoß lang hin.
Williams rauchige, zerrissene Stimme ließ alle einen Moment zusammenfahren.
»Doch, es war deine Idee, damit mußt du leben, Junge. Es war deine Idee.«
»Aber ...« Hilflos stand Jörg mitten im Raum. Ihm fiel nur noch ein, jetzt alles zusammenzuschlagen.
»Es war eine geniale Idee ... aber leider ...« William griff zu dem Wasserglas und trank.
Jörg fand seine Sprache wieder.
»Ich habe nichts geplant, in dem echte Waffen vorkommen. Bei mir war alles nur Schau! Ihr macht ernst. Ich wollte Schauspieler, aber ihr habt richtige Polizisten, und alle glauben an die Terrorgeschichte!«
Plötzlich trat eine Frau aus dem Karl-May-Zimmer. Sie war dürr, aber sie flößte offensichtlich allen Respekt ein. Etwas ordinär sah sie aus, als sie sich an die Wand lehnte, mit einer riesigen Zigarettenspitze rumfuchtelte und Jörg fixierte. Die hagere Frau hieß Anastasia.
»Das ist es ja eben. Alle glauben die Geschichte. Ist es nicht herrlich? Was glauben Sie, was passiert wäre, wenn

die Polizisten nicht echt gewesen wären? Ich kann es Ihnen sagen. In zwei bis drei Tagen würde die Sache auffliegen, und dann wären wir blamiert bis auf die Knochen. Sie selbst, Herr Staute, haben uns bewiesen, daß man solche Aktionen anders anpacken muß. Ihre Ideen in allen Ehren, aber die Durchführung müssen Profis in die Hände nehmen. Skrupellos.«

»Ich habe Ihnen gar nichts bewiesen!«

»O doch. Ihre köstliche Idee mit dem Neutronenbömbchen. Reizend, wirklich.« Ihre Stimme wurde härter. »Sie wollten die Menschen aufrütteln, wecken! Mit einem Bluff.« Sie lachte. »Sie sind ein naives Kind. Es ist ein Bumerang geworden. Man haßt Sie und Ihre Leute. Einige von Ihnen werden in Zwangsjacken landen. Da müssen Sie übrigens auch auf sich selbst sehr aufpassen. – Wenn Sie die Leute wirklich aufrütteln wollten, dann hätten Sie eine richtige Bombe hochgehen lassen müssen. Dann wären Sie jetzt nicht der Verbrecher. Dann hätte man andere Sorgen, als Sie in eine Zwangsjacke zu stecken. Dann hätten Sie Ihr Volksbegehren gegen neue Atomwaffen bekommen! Aber Sie hatten zu viele Skrupel. Zu einer solchen Tat wären Sie nicht fähig, deswegen sind Sie trotz Ihrer Begabung jetzt der Clown. Die Geschichte im Fahrstuhl dagegen ist perfekt. Niemand wird mit dem Leben davonkommen. Und deshalb wird es immer eine richtige Entführung bleiben. Wir werden uns nicht blamieren. Wir machen keine Werbung. Wir produzieren publikumswirksame Wirklichkeit. Das ist der Unterschied!«

»William! Sagen Sie doch was! William, Sie können doch nicht zulassen, daß ...«

William blickte Jörg flüchtig, ja fast verlegen an und zuckte dann bedauernd mit den Schultern, bevor er wieder in seinen Sessel versank.

Jörg überlegte. Wer garantierte ihm, daß man ihn gehen ließ? Mußte er nicht auch beseitigt werden – er und Annie? Sie konnten unmöglich zwei so unbequeme Zeugen gebrauchen. Er mußte raus aus dem Zimmer und die Polizei verständigen. Langsam bewegte er sich rückwärts auf Annie und die Tür zu. Dabei sprach er, damit die Aufmerksamkeit der anderen abgelenkt wurde.
»Aber wie können Sie sicher gehen, daß auch die beiden anderen sterben? Die Polizei schießt normalerweise nicht auf Geiseln. Die Prinzessin wird Sie verraten.«
Anastasia grinste mitleidig. Goldie antwortete. »Sie sind wirklich ein Kind. Natürlich haben wir dafür gesorgt, daß sie nicht überlebt. Sie wäre ein viel zu großes Risiko.«
»Und wir?« schrie Annie. »Wir sind wohl auch ein zu großes Risiko. Wir werden jetzt auch umgelegt, oder wie?«
Anastasia nahm einen tiefen Zug durch ihre Zigarettenspitze. Sie ließ den Qualm langsam aus dem geöffneten Mund hochgleiten und sog ihn dann ruckartig durch die Nasenlöcher ein, um ihn durch den Mund wieder auszustoßen. An diesem Kunststück hatte sie lange geübt, auf der Schönheitsfarm, wenn die anderen Männer und Frauen sie anödeten.
»Aber Kindchen. Wir sind doch keine brutalen Killer. Wir sind lediglich Geschäftsleute. Uns wäre sogar sehr daran gelegen, wenn wir Ihren geschätzten Mann dazu bewegen könnten, auch weiterhin für uns Ideen zu entwikkeln. Die praktische Durchführung wird dann Herr Goldammer...«
Jörg brüllte: »Gar nichts werde ich für Euch tun, Ihr Schweine! Ich werde auspacken, und dann seid Ihr dran. Ihr könnt mich ruhig umlegen, ich habe die ganze Geschichte aufgeschrieben und bei meinem Notar hinterlegt. So oder so. Ihr seid dran.«

Den Trick kannte er vom Fernsehen. Wieder lächelte Anastasia. Diesmal direkt milde.
»Mein lieber Herr Staute. Ich mag Sie. Und Ihr mutiges Frauchen auch. Sie sind ein Mann mit Phantasie und Kraft. Selbstbewußt – aber leider eben für die wirklichen Dinge eine Nummer zu klein. Was wollen Sie der Polizei oder der Presse denn erzählen? – Na, was? Legen Sie los! Gehen Sie hin. Ich hindere Sie nicht. Schon wegen der Sache mit dem Bömbchen wartet die Zwangsjacke auf Sie. Wenn Sie jetzt auch noch mit dieser Geschichte kommen, sehe ich aber schwarz für Sie.
Niemand wird Ihnen glauben. Sie haben keine Beweise. Sie sind geliefert, wenn Sie mit der Geschichte rausrücken. Ich dagegen könnte Ihnen und Ihrer Familie durchaus einen angemessenen Lebenstandard gewähren.«
»William! William! Ich beschwöre Sie! Das können Sie doch nicht zulassen. Ich weiß, daß Sie kein Schwein sind. Das haben Sie sich doch nicht ausgedacht! William!«
»Stimmt, junger Mann. William ist lediglich eine Null, die sich gegen diese Erkenntnis jetzt nicht länger wehrt. Herr Goldammer und ich haben Ihren Plan zur Vollendung gebracht. Zur Rettung des Konzerns.«
Verzweifelt sah er zu Melanie: »Und du, was ist mit dir? Wirst du aussagen, was du weißt?«
Sie blickte ihn aus wasserklaren Augen an und sagte mit einem Kloß im Hals: »Du mußt das verstehn, Jörg. Sie waren sehr großzügig zu mir.«
Er nickte.
»Ja, ja, ich verstehe schon.« Seine Fäuste ballten sich, als wollten sie für immer verschlossen bleiben.
Goldies Körper wurde langsam beweglicher. Er streifte die Asche von seiner Zigarette, wischte sich mit dem Zeigefinger der rechten Hand zwischen Hals und Kragen lang und sagte: »Tja, so ist das Leben.«